Ella Rosen

Sieben Tage am Meer

Über die Autorin:

Ella Rosen wuchs in einem kleinen Dorf in Süddeutschland auf, ging im Winter Ski fahren und träumte immer davon, am Meer zu wohnen. Erst als sie ihren Debütroman *Sieben Tage am Meer* schrieb, klappte es. Sie wohnt jetzt mit ihrer Familie in Schwerin und weiß: Schreiben kann Wunder bewirken.

ELLA ROSEN

Sieben Tage am Meer

ROMAN

lübbe

Dieser Titel ist auch als E-Book erschienen.

MIX
Papier aus verantwortungsvollen Quellen
FSC® C014496

Originalausgabe

Dieses Werk wurde vermittelt durch die Literarische Agentur
Thomas Schlück GmbH, 30161 Hannover

Lektorat: Dr. Stefanie Heinen
Umschlaggestaltung: ZERO Werbeagentur, München unter Verwendung von Motiven von © shutterstock.com: mmphotographie.de | Resul Muslu | Flas100; © DEEPOL byplainpicture/Wenblad-Nuhma
Satz: Dörlemann Satz, Lemförde
Gesetzt aus der Baskerville MT
Druck und Verarbeitung: GGP Media GmbH, Pößneck
Printed in Germany
ISBN 978-3-404-18346-3

2 4 5 3 1

Sie finden uns im Internet unter luebbe.de
Bitte beachten Sie auch: lesejury.de

Für meine Mama

Inhalt

Prolog

»Chef, was gibt's?

Oh, eine neue Aufgabe, wunderbar, ich bin ganz Ohr!

Ja … aha.

Oh, gleich drei?

Ja. Verstehe.

Sie meinen von der härteren Sorte? Okay.

Dann bedeutet das sicher Einsatzstufe vier. Wochenenddienst?

Nachtdienst, natürlich. Sie wollen Vierundzwanzigstundenservice. Ja, habe ich notiert.

Das könnte ein längerer Einsatz werden bei drei …

Ach, tatsächlich? Na, die schnapp ich mir!

Das ist doch unglaublich! Die Menschen heutzutage, ich sag ja immer …

Nein, Sie haben recht, ich sage nichts. Taten statt Worte. Absolut richtig.

Wie viel darf ich denn nachhelfen? Ich meine, kann ich etwas …

Ah ja? Ach. Also gar nicht? Nur die Tür öffnen.

Geht klar.

Geben Sie mir nur noch eben die Koordinaten durch.

Okay, danke.

Sie können sich auf mich verlassen, Chef, wie immer.

Ich berichte!«

Auf dem Weg

Ohne Waschlappen konnte sie nicht verreisen. Auch nicht für ein Wochenende. Das war mal sicher. Gitta schnallte sich entschieden ab und nahm den Haustürschlüssel entgegen, den Michael ihr seufzend reichte. »Ich beeil mich«, versprach sie und verschwand im Haus. Dabei waren sie sowieso schon spät dran. Zum Bahnhof brauchte man zehn Minuten, ohne Ampelpech, und in fünfzehn Minuten fuhr Gittas Zug. Sie würde rennen müssen. Nun, Michael könnte sie am Hintereingang rauslassen. Gleis zwei, gleich links, das müsste zu schaffen sein.

Mit einem fransigen grünen Waschlappen in der Hand, einen schöneren hatte sie in der Eile nicht gefunden, stieg sie wieder ins Auto.

»Das wird verdammt knapp«, sagte ihr Mann und startete dennoch in aller Ruhe den Motor.

»Nun fahr!« Gitta fummelte an der Heizung herum. Es konnte ihr nie warm genug sein. Was hätte sie für eine Sitzheizung gegeben, aber Michael hing an der alten Karre.

»Hast du sonst alles? Ich will nicht noch mal zurückfahren müssen, weil du kein Stück Seife mithast, oder keine Zahnseide oder …«

»FAHR!«

Endlich setzte Michael den Volvo in Bewegung. Er fuhr zügig und sicher.

Gitta knüllte trotzdem aufgeregt ihren Lappen. Noch zwölf Minuten, dann ging ihr Zug, zumindest wenn er pünktlich war. Die blöde Bahn-App ließ sich nicht öffnen, und so konnte sie nicht nachgucken, ob er Verspätung hatte. *Ohnehin unwahrscheinlich. Man bekommt nie Verspätung, wenn man sie mal braucht.*

»Warum packst du auch immer auf den letzten Drücker?«, fragte Michael, als sie an einer roten Ampel halten mussten.

»Ist das eine rhetorische Frage?«

Er lächelte und nickte dann. Sie kannten sich seit fünfundzwanzig Jahren. Er wusste, dass seine Frau in der richtigen Stimmung sein musste, um eine Tasche zu packen. Gitta plante zwar für ihr Leben gern, konnte aber unmöglich schon einen Abend vorher wissen, was sie am nächsten Tag anziehen wollte und welche Klamotten das Wochenende mit ihr verbringen durften.

Die nächste rote Ampel.

Beide stöhnten. »Wegen deinem Stück Stoff da verpasst du jetzt den Zug. Ich weiß nicht, ob wir das noch schaffen!«

Gitta sah nervös auf die Uhr im Auto, dann auf ihre Armbanduhr und schließlich auf ihr Handy. Keines der Zeitmessgeräte konnte sie beruhigen. »Ich hab dir Lasagne eingefroren. In der zweiten Schublade, im Gefrierfach. Und es ist auch noch Suppe da, von gestern. Wenn du dir die warm machst, kannst du dir noch etwas Petersilie reinschneiden. Steht neben der Spüle. Die puschelige Pflanze …«

»Ich weiß, wie Petersilie aussieht.«

»Vergiss nicht, die Spülmaschine abends anzustellen, sonst hast du morgens keinen Milchschäumer. Oder du spülst ihn von Hand. Das musst du aber gleich nach dem Benutzen machen, sonst geht das so schwer.«

Michael ließ sie reden. Er konnte gut kochen und brauchte weder eingefrorene Lasagne noch Petersiliennachhilfe. Doch irgendwohin musste Gittas Fürsorge ja, und es gab schließlich nur ihn. Wie so oft fragte er sich, ob Gitta nicht eine zu fürsorgliche Mutter gewesen wäre. Wie viele Freiheiten hätte sie einem Sohn oder einer Tochter zugestanden? Hätte ihr Kind jemals ohne Tupperware voller Essen das Haus verlassen dürfen? Müßig, darüber nachzudenken, das Schicksal hatte sie beide nicht als Eltern vorgesehen.

Noch zwei Minuten, als sie endlich am Bahnhof ankamen. Für einen Abschiedskuss oder einen Dank blieb keine Zeit.

»Renn!«, rief er ihr nach, als sie mit wehender Jacke auf den Eingang zueilte, den kleinen Koffer hinter sich herzerrend wie einen dicken, unwilligen Hund.

Der Zug setzte sich in Bewegung, sobald sie drin war. Schwer atmend ließ sich Gitta auf den nächstbesten Sitz fallen und zerrte ihren Koffer neben sich. Es war voll. Eigentlich hätte sie ihren Koffer in die Gepäckablage quetschen müssen, um nicht den Sitzplatz neben sich zu blockieren, aber sie hatte keine Lust auf einen Sitznachbarn.

Ein dünner, offensichtlich schüchterner Mann näherte sich mit einem Seesack. Er schaute auf sein Ticket, dann auf die Anzeige über ihrem Sitz, dann wieder auf sein Ticket.

Mist, dachte Gitta, die mit einem Blick sah, dass ihr Platz reserviert war. Eigentlich musste sie nun aufstehen, dem Mann seinen Platz am Fenster überlassen, den Koffer nach oben wuchten und sich dann auf den Platz am Gang setzen. Stattdessen sah sie stoisch aus dem Fenster. Eine dunkle Wolke zog am Himmel auf. Das Weichei würde es sicher nicht wagen, sie anzusprechen. Zur Sicherheit sendete sie so unfreundliche Bleib-mir-bloß-weg-Signale, wie sie nur konnte.

Der Dünne lief unschlüssig auf und ab. Sah immer wieder hilflos zu ihr herüber und sagte schließlich ganz leise: »Entschuldigung …«

Gitta tat, als hätte sie ihn nicht gehört, und steckte sich ihre Kopfhörer in die Ohren, um die Hürde für ihn noch größer zu machen. Er würde sie jetzt schon berühren müssen, und auch das würde sie erst mal ignorieren.

Ratlos schaute der schüchterne Mann auf das volle Abteil vor ihm. Er unternahm noch einen Versuch und sagte diesmal sein »Entschuldigung« für seine Verhältnisse wahrscheinlich laut, aber Gitta rührte sich auch jetzt nicht. Dafür schauten ihn einige andere Passagiere an, was ihm sichtlich unangenehm war. Mit einem Seufzen raffte er seinen Seesack und ging durch die vollen Sitzreihen in den nächsten Waggon.

Gitta, die keinen Platz reserviert hatte, lächelte. Jetzt saß sie auf zwei Plätzen und hatte die Reservierungsgebühr gespart, besser ging es doch gar nicht. Sie zog ihre Schuhe aus und verstaute endlich den grünen Waschlappen in ihrem Koffer. Das Wochenende konnte kommen!

Noch 134 Kilometer bis zum Autozug. Marlies fand, sie habe sich eine Pause verdient. Am nächsten Rastplatz würde sie rausfahren. Das kleine MINI Cabrio fuhr sich so gut. So ein Auto hatte sie schon immer haben wollen, aber bis vor Kurzem war Frank immer das schicke Auto gefahren und ihr war die Familienkutsche geblieben, die die Familie wegen der drei Kinder einfach gebraucht hatte. Jetzt war Frank in seinem schicken Auto über alle Berge, mit einer Dreißigjährigen.

Der Gedanke trieb ihr immer noch Tränen in die Augen. Sein Anwalt war widerlich großzügig gewesen. Sie und die Kinder sollten ja gut versorgt sein. Was für ein Witz! Die Kinder waren inzwischen aus dem Haus. Nur die alte Katze ihrer mittleren Tochter lebte noch mit ihr in dem nun zu großen, verwaisten Haus und legte überall ihr Fell ab, als würde sie verzweifelt versuchen, die vielen leeren Räume zu füllen. Marlies war seit der Trennung so wenig wie möglich dort. Irgendwann würde sie das Haus verkaufen. Bis dahin tröstete sie sich mit dem MINI Cabrio. Das Verdeck war jetzt allerdings geschlossen. Ihre Freundinnen und sie hatten auf ein goldenes Oktoberwochenende gehofft, als sie sich verabredet hatten. Nun ja, vielleicht wurde das ja noch. Bis jetzt war der Himmel ein düsteres Versprechen. Es war windig und sah nach Regen aus.

Marlies hatte sich das MINI Cabrio richtig eingerichtet. Nach so vielen Jahren mit Familienkutsche, inklusive Kekskrümeln in allen Ritzen und Kinder-CDs in der Mittelkonsole, war es ihr ein

Bedürfnis gewesen, in ihr neues Auto etwas Persönliches zu packen: eine Michael-Jackson-CD – Frank hatte Michael Jackson gehasst –, antibakterielles Gel und eine Handcreme, Taschentücher mit Aloe Vera und – darauf war sie besonders stolz – verschiedene sorgfältig ausgewählte Lippenstifte in ihren Lieblingsfarben. Blieb abzuwarten, wie sie den Winter überleben würden. Vielleicht wäre es klug, ihnen ein flauschiges Täschchen zu kaufen, das sie etwas vor der Kälte schützte.

Sie parkte auf dem Rastplatz und entschied, schnell einen Kaffee trinken zu gehen. Weil sie hatte keine Lust hatte, den Kofferraum zu öffnen und sie herauszukramen, verzichtete Marlies auf ihre Jacke.

In der Raststätte war es auch nicht richtig warm. Marlies zog verärgert die Schultern hoch. Vermutlich wollte der Besitzer die Heizkosten sparen. Missmutig stellte sie sich an einer Theke an und bestellte einen Latte Macchiato. »Groß«, bestimmte sie.

Die Bedienung, ein Typ mit Mütze, hatte heute offensichtlich ihren ersten Tag. In Zeitlupe bediente er die Kaffeemaschine. Seine Finger fuhren suchend über die Knöpfe. Er zögerte lange, bis er endlich einen drückte. Es passierte nichts. Er hatte wohl den falschen erwischt. Erneut fing er an, mit den Fingern suchend die Knöpfe abzufahren.

Marlies seufzte ungeduldig. Sie hatte es zwar nicht eilig, aber ihr war kühl, und sie brauchte jetzt wirklich ein heißes Getränk. Als der Mann ihr endlich den Kaffee reichte und sich an die nächste Kundin wandte, war er lauwarm.

»Das ist nicht Ihr Ernst, oder?«, herrschte sie ihn an. »Sie können mir doch keinen kalten Kaffee verkaufen!«

»Oh, das tut mir leid!« Der junge Mann war sichtlich bestürzt. »Das … Das ist sicher die Milch, die krieg ich nie richtig heiß –«

»Wenn Sie nicht in der Lage sind, Ihren Job anständig zu machen, sollten Sie hier nicht arbeiten!« Marlies reichte ihm angewidert das lauwarme Getränk zurück.

»Ich mache Ihnen sofort einen neuen. Entschuldigen Sie bitte!«

Irgendetwas an seiner unterwürfigen Art provozierte Marlies zusätzlich. Dieser Raststellenkaffeeverkäufer tat so scheinheilig freundlich, aber was er dabei dachte, konnte Marlies sich nur zu gut vorstellen. Sicher fand er sie übertrieben pingelig, nur weil sie ihren Kaffee in einer vernünftigen Temperatur haben wollte. Doch damit würde er bei ihr nicht durchkommen. »Ich möchte jetzt sofort mit Ihrem Chef sprechen!«, verlangte sie.

Der Mützentyp wurde blass. »Das ist nicht nötig, ich mache Ihnen schon –«

»Ob das nötig ist oder nicht, entscheide ich. Sie holen jetzt sofort Ihren Chef, oder ich schütte Ihnen Ihren kalten Kaffee über die Mütze!«

Auf dem Rückweg zum Auto öffnete der Himmel seine Schleusen, und die wenigen Meter zu ihrem Cabrio reichten aus, um Marlies von Kopf bis Fuß zu durchnässen. Mit tropfenden Haaren nippte sie an ihrem frischen, heißen Kaffee, den ihr der Restaurantleiter kostenlos überreicht hatte, nachdem er seinen unfähigen Mitarbeiter umstandslos gefeuert hatte.

Kurz hatte ihr der junge Verkäufer ein wenig leidgetan, aber es war nicht ihre Aufgabe, ein gutes Wort für einen unfähigen Mitarbeiter einzulegen. Ihr gönnte schließlich auch keiner etwas, ihr rollte auf dem Arbeitsmarkt nach Jahrzehnten der Kindererziehung auch keiner den roten Teppich aus.

Sie nahm noch einen Schluck und verbrannte sich die Zunge. »Verdammt noch mal!«, schimpfte sie. Dann startete sie den Motor, stellte die Heizung auf volle Pulle und fuhr los. Das Wochenende konnte jetzt eigentlich nur besser werden.

»Für mich nichts mehr, danke.« Ungeduldig winkte Cornelia die Stewardess weiter. Sie wollte keinen Orangensaft und auch kein zweites Wasser. Sie sollten sie einfach alle in Ruhe lassen, damit sie noch ein wenig ihre Wunden lecken konnte, bevor das Wochenende mit ihren Freundinnen begann. Die kleine Maschine würde bald landen.

Sylt! Warum hatte es unbedingt Sylt sein müssen? Cornelia wäre lieber in die Eifel gefahren, aber Gitta hatte die Insel als Reiseziel ausgesucht, und wenn sich ihre Freundin etwas in den Kopf gesetzt hatte, dann konnte nur ein sehr willensstarker Mensch sie davon abhalten. Doch solche Menschen gab es im Leben ihrer Freundin nur sehr wenige, und auch Cornelia kam nicht gegen Gitta an. Dabei war Sylt genau das, was sie jetzt am allerwenigstens brauchen konnte: windiges, karges Land, besiedelt von lauter erfolgreichen, reichen Menschen, die fette Karrieren vorzuweisen hatten.

Sie knautschte ihren Plastikbecher zusammen, bis er tiefe Risse hatte. *Genau so fühle ich mich*, dachte sie. Sie hatte so gehofft, dass ihr Auftritt in München ein Erfolg werden würde. Und sicher, das Publikum hatte ihre Musik gemocht. Das Publikum mochte sie fast immer. Leider bestand es aber immer nur aus einer sehr geringen Anzahl von Leuten. In dem kleinen Club waren es gerade einmal zwölf gewesen. Zwölf Gäste, die sich mehr oder weniger zufällig in ihr Konzert verirrt hatten. Vielleicht hatte auch Klaus, der Veranstalter, ein paar Freunde angerufen, damit sie nicht umsonst sechs Stunden angereist war.

Und jetzt auch noch Sylt, die Insel der Reichen und Schönen. Immerhin hatte sie einen einigermaßen günstigen Flug ergattert. Zurück würde sie mit Marlies fahren können. Wenn Gitta auch mitfuhr, würde sie hinten sitzen müssen – das war schon immer so gewesen –, aber das konnte ja auch ganz gemütlich sein.

Cornelia sah aus dem Fenster, ließ die Gedanken schweifen. Gitta hatte ihnen ein Ferienhaus gebucht. »Mit Kamin«, wie sie mehrfach betont hatte. Da würde sie sich einfach vergraben. Sollten die beiden anderen ruhig im kalten Wind am Meer entlangspazieren. Sie konnte sich das nicht erlauben. Bei dem Wetter war eine Erkältung vorprogrammiert. Schnell steckte Cornelia sich eine Lutschtablette aus isländischem Moos in den Mund. Für eine Sängerin wie sie war die Stimme das Kapital. Kalter Wind war Gift für sie.

Sie zog ihr Halstuch enger. Wie gerne hätte sie im Flugzeug einen Mittelplatz gehabt! Dort erwischte einen die kalte Luft der Klimaanlage am wenigsten, und Klimaanlagen waren noch schlimmer als Wind. Leider gab es in der kleinen Maschine nur Gang- und Fensterplätze. Sie hatte das Fenster gewählt und konnte deshalb jetzt genau beobachten, wie dick die Wolkendecke über der Insel war. Endlos schwebten sie durch dicke weißgraue Fetzen, eine Art Niemandsland. Wie es wohl wäre, hier zu stranden? Keine Termine mehr und keine Enttäuschungen. Aber vermutlich saß auch auf der nächsten Wolke jemand, der besser sang als sie oder, noch schlimmer, nicht besser sang, aber mehr Publikum hatte.

Die Wolkenfetzen lichteten sich. Cornelia erhaschte einen Blick auf die Insel, die aus dieser Perspektive schmutzig graugrün aussah. Keine schönen Laubwälder. Sie seufzte.

Ihre Stimmung besserte sich auch nicht, als sie aus dem Flugzeug stieg. Die Landung war holprig gewesen, die Ankunft am winzigen Flughafen trostlos. Ihr kleiner Koffer kam ihr neben den ganzen teuren Gepäckstücken der anderen Passagiere billig vor, und das war er wohl auch.

Eine halbe Stunde später seufzte Cornelia erneut. Sie hatte den Weg unterschätzt. Google Maps hatte siebenundzwanzig Minuten angezeigt, aber das war wohl die Zeit, die man im Sommer bei einer lauen Brise ohne Gepäck benötigte. Sicher hätte sie auch ihre Freundinnen bitten können, sie vom Flughafen abzuholen, aber sie bat nicht gerne um etwas, und es hatte ihr keiner angeboten. Sicher waren die beiden davon ausgegangen, sie würde sich ein Taxi nehmen. Keine von ihnen verdiente ihr Geld mühsam mit Gesangsunterricht für Kinder an einer Musikschule, die ihre Lehrer ausbeutete.

Sylt würde auch ohne Taxi noch teuer genug werden.

Cornelia hatte die gesamte Strecke Gegenwind, und so tränten ihre Augen, als sie endlich an der Adresse ankam, die Gitta ihr gegeben hatte. Die Gitarre auf ihrem Rücken fühlte sich an, als sei sie aus Blei.

Sie blieb stehen und sah sich um. Hier stimmte doch etwas nicht! Das Haus vor ihr, ein Doppelhaus, war zwar wunderschön. Allerdings war es mit einem Gerüst eingekleidet, und im Vorgarten wurde gerade der Weg zum Haus neu gepflastert. Als sie auf es zuging, hinterließ sie Fußabdrücke auf dem glatt gezogenen Splitt.

Cornelia klingelte.

Vergeblich.

Sie lief einmal um das Haus herum. Der Garten wurde auch neu angelegt. Pflanzen und Blumenzwiebeln standen bereit, außerdem Säcke voller Blumenerde. Eine Schubkarre mit der Aufschrift »Garten und Landschaftsarchitekt Angelo« fiel ihr ins Auge. Aha, hier wurde nicht selbst gepflanzt, man ließ pflanzen!

Weit und breit war niemand zu sehen. Cornelia spähte durch die bodentiefen Wohnzimmerfenster. Das Haus war leer. Mit kalten Händen und laufender Nase zerrte sie ihr Handy heraus, und sie brauchte eine Weile, um zu verstehen, dass es sich noch im Flugmodus befand. Kaum hatte sie wieder Empfang, plingte ihr eine Nachricht von Gitta entgegen:

Connylein, hatte einen Tippfehler drin, es ist RANDweg, nicht STRANDweg! Bis gleich, haben schon den Kamin an und freuen uns auf Dich!

Zur richtigen Adresse waren es zu Fuß laut Google dreiundfünfzig weitere Minuten.

Cornelia stellte Koffer und Gitarre ab und ließ sich in den Strandkorb sinken. Im nächsten Augenblick sprang sie wieder auf. Was war das denn? Eine Harke, sie hatte sich auf eine kleine, spitze Harke gesetzt! Wer hat die denn so unachtsam rumliegen lassen? Und warum, zum Teufel, war Gitta so unaufmerksam gewesen?

Wenn man eine Adresse weitergibt, muss die doch stimmen, das muss man doch checken!

Jetzt saß sie hier, an einem Haus in den Dünen, das irgendeiner reichen Tussi mit Karriere gehörte, die auch noch vorne und hinten ihr Haus hübsch gemacht bekam, von irgendeinem Gärtner, der seine Harken herumliegen ließ!

Ihr Blick fiel auf einen Korb mit Blumenzwiebeln. Spontan griff sie sich eine Handvoll und feuerte sie, so weit sie konnte, in die Dünen. Sollte die blöde Hausbesitzerin ohne hübsche Frühlingsblumen auskommen!

Die Zwiebeln landeten auf einem Sandhügel und rollten sofort bergab, wobei sie kleine, dünne Spuren im Sand hinterließen. Cornelia nahm noch eine Handvoll Zwiebeln und warf sie jetzt höher auf die Düne, um längere Spuren zu machen.

Es gelang ihr erst nach einigen Versuchen, weil sich die Blumenzwiebeln im Gras verfingen. Als alle geworfen waren, hatte sie immerhin ein paar schöne Spuren geschafft, und Cornelia fühlte sich etwas besser. Es sah aus, als hätte die Düne geweint. Am liebsten hätte sie jetzt noch die Säcke mit Blumenerde aufgeschlitzt und in den Strandkorb geschüttet, aber das wäre wohl etwas zu weit gegangen. Sollten die Leute hier doch auf ihrer dummen Windinsel im Strandkorb sitzen.

Eine letzte Blumenzwiebel hatte sie übersehen. Sie warf sie in die Hecke – und traf den Kopf des Mannes, der plötzlich nahezu lautlos aus der Hecke auftauchte, als sei er ein Geist in Holzfällerhemd und grüner Latzhose.

»Was soll das denn? Was machen Sie da?«

Das musste der Gärtner sein. *Nichts wie weg!* Cornelia schnappte sich hektisch die Gitarre und ihren Rollkoffer und rannte wie ein Wiesel vom Grundstück.

»›Man erntet eben nicht immer, was man sät.‹ Das hast du gesagt?« Gitta kicherte.

Sie saßen in Jogginghosen auf dem flauschigen Teppich vor dem Kamin und tranken Gin Tonic. Irgendwann vor vielen Jahren, kurz nach dem gemeinsamen Abitur, hatten sie einen feuchtfröhlichen Gin-Tonic-Abend gehabt. Inzwischen war er Tradition. Sie sahen einander nicht regelmäßig, manchmal lagen Wochen oder Monate zwischen ihren Treffen. Doch selbst in den Zeiten, in denen sie sich weiter voneinander entfernt hatten, hatte Gitta die Gruppe immer wieder zusammengetrommelt und ein gemeinsames Wochenende organisiert.

Das von Gitta dieses Mal ausgesuchte Haus war ein hübsches Reetdachhaus mit einer Steinmauer davor, wie sie hier auf der Insel üblich waren. Natürlich fehlte der Strandkorb im Garten nicht, und es gab drei gemütliche Schlafzimmer, eins davon ganz oben unter dem Dach. Hier war Cornelia untergekommen, und sie freute sich, dass sie, obwohl sie als Letzte angekommen war, das schönste Zimmer ergattert hatte.

Draußen stürmte und regnete es, und keine von ihnen hatte das Bedürfnis verspürt, heute noch einmal das Haus zu verlassen. Stattdessen hatten sie sich über Gittas mitgebrachte Vorräte hergemacht und waren ziemlich schnell vor dem warmen, knisternden Feuer gelandet.

So lässt sich sogar Sylt aushalten, dachte Cornelia, die gerade ihr Erlebnis mit den Blumenzwiebeln und dem Gärtner erzählt hatte. Sie hatte es etwas ausgeschmückt und den schönen Satz dazuerfunden. Hätte sie die Zeit und den Mut gehabt, hätte sie schließlich genau das zu ihm gesagt: *Man erntet eben nicht immer, was man sät.*

»Zu meinem Konzert in München sind nur zwölf Leute gekommen«, gestand sie.

»Ach, dann kommen beim nächsten Mal wieder mehr!« Marlies schenkte ihr noch etwas nach.

Cornelia schüttelte den Kopf. »Es kommt nie richtig viel Publikum. Deshalb wird es auch immer schwerer, noch einen Veranstalter zu finden. Ich werde nie ein zweites Mal gebucht, weil es sich einfach nicht lohnt.«

»Das ist doch mies, du singst so gut«, fand Gitta.

»Das ist auf alle Fälle mal keine Ernte«, stimmte Marlies zu.

»Tja. So ist das eben. Bei mir hat das ganze Säen auch nicht geholfen.« Gitta tauchte die Eiswürfel in ihrem Gin Tonic unter, als versuche sie, sie zu ertränken. »Kein Samen hat mich je befruchtet. Auf natürlichem Weg nicht und mit IVF schon gar nicht.«

Marlies sah sie fragend an. »IVF?«

»In-vitro-Fertilisation. Künstliche Befruchtung. Das brauchst du nicht zu kennen, Marlies. Du bist ja schon schwanger geworden, sobald Frank mit dir im selben Raum war!«

Marlies fühlte sich sofort schuldig, auch wenn sie wusste, dass dies unsinnig war. Als hätte sie mit ihrer übergroßen Fruchtbarkeit verhindert, dass sich die mühsam im Reagenzglas befruchteten Eizellen bei Gitta einnisten konnten! »Mein großartiger Befruchter ist dafür aber über alle Berge, und du hast deinen Michael noch«, verteidigte sie sich.

»Will er mit seiner Neuen eigentlich auch noch Kinder haben?«, erkundigte sich Gitta.

Gute Frage. Darüber hatte Marlies noch gar nicht nachgedacht. Doch so absurd war der Gedanke gar nicht, schließlich war die neue Freundin erst Anfang dreißig.

»Das ist doch nie im Leben von Dauer!«, versuchte Cornelia zu trösten.

Marlies warf ihr einen dankbaren Blick zu. »Und du bekommst sicher auch noch mehr Publikum, du musst einfach durchhalten!«

»Ich glaube, das Gegenteil ist der Fall«, sagte Cornelia leise. »Ich glaube, ich muss endlich einsehen, dass es mit einer Karriere als Sängerin einfach nichts geworden ist. Es ist doch langsam peinlich, mit über fünfzig noch auf einen Plattenvertrag oder auf volle Häuser zu hoffen. Das wird nicht mehr kommen!« Sie war mit jedem Satz lauter geworden.

»Und ich werde nie im Leben Mutter sein«, sagte Gitta und hob ihr Glas, als hätte sie gerade einen Trinkspruch erfunden.

Marlies hob ebenfalls ihr Glas. »Und ich werde einsam sterben, weil mich mein Mann für eine Jüngere verlassen hat.«

»Auf unser trauriges, unvollkommenes Leben!«, fasst Gitta zusammen.

Die drei stießen an und kippten dann gleichzeitig den Gin Tonic herunter.

Gitta nahm die Gläser von ihren Freundinnen entgegen und ging in die angrenzende offene Küche. Die anderen folgten ihr.

»Ich dachte eigentlich, du bist mit dem Kinder-Thema durch«, sagte Marlies zu Gitta. »Hast du nicht vor sechs Jahren schon gesagt, ihr wolltet es nicht weiter versuchen?«

Gitta nickte, ohne Marlies anzusehen. Stattdessen konzentrierte sie sich auf die Gläser. »Entscheidend für den perfekten Gin Tonic sind eine niedrige Trinktemperatur und eine geringe Schmelzwasserabgabe. Hier vor dem Kamin zu trinken ist ganz schlecht. Die Gläser werden viel zu schnell viel zu warm«, sagte sie und schaufelte in jedes Glas einige Eiswürfel, die sie glücklicherweise im Gefrierfach gefunden hatten. Offenbar ein kleines Überbleibsel des Sommers.

Sie ließ die Eiswürfelgläser stehen und stützte sich schwer auf die Arbeitsfläche. »Wir haben es schon vor einer ganzen Weile aufgegeben. Aber man liest ja von so vielen Paaren, die plötzlich noch auf natürlichem Wege ein Kind bekamen, nachdem sie den Wunsch begraben hatten. Das habe ich lange gehofft.«

»Dann hattest du den Wunsch eigentlich gar nicht begraben«,

analysierte Marlies. »Wenn du ihn nur begräbst, um dann doch schwanger werden zu können, hast du dich in Wirklichkeit noch immer nicht mit der Realität abgefunden.«

Gitta schüttete mit einer aggressiven Bewegung das Eis aus den Gläsern und füllte eins nach dem anderen zu einem Drittel mit Gin. Dann goss sie langsam das Tonicwater hinzu, füllte neues Eis in die Gläser und garnierte sie mit einer Zitronenscheibe.

»Manche Wünsche lassen sich einfach nicht begraben«, sagte sie, als sie Marlies ein Glas reichte.

»Da hast du recht«, seufzte Cornelia. »Ich hoffe auch jedes Mal aufs Neue. Meine Lieblingsfantasie ist, dass unter den paar Leuten ein Plattenproduzent ist. Inkognito. Nach der Show kommt er auf mich zu und bietet mir einen Vertrag an. Einfach so, weil er mich brillant findet und seit Jahren auf der Suche nach genau so einer Stimme war.«

»Sieht er gut aus?«

»Wer?«

»Na, dein Plattenproduzent?«, Gitta grinste und nippte von ihrem kalten Getränk.

Marlies dirigierte die Freundinnen mit einer Kopfbewegung zurück zum Kamin, wo sie es sich auf dem flauschigen Teppich bequem machten.

»Keine Ahnung. Ist das wichtig?«

Gitta verdrehte die Augen. Diese Frage war einfach typisch für Cornelia. »Mit der Einstellung findest du nie einen Kerl!«, sagte sie.

»Will ich ja auch gar nicht.« Cornelia schaute beleidigt in ihr Glas. Wie oft musste sie diese blöden Bemerkungen noch über sich ergehen lassen! Als wäre allein zu leben ein großer Makel, den man umgehend beheben müsste. »Ich brauche keinen gut aussehenden Plattenproduzenten. Ich brauche *überhaupt* einen. Meinetwegen kann er klein und dick sein und eine Glatze haben. Wäre mir total egal!«

»Ob es Frank ärgern würde, wenn ich mit deinem kleinen dicken Produzenten zusammen wäre? Oder würde es ihn mehr ärgern, wenn ich so einen George Clooney hätte?«, überlegte Marlies laut.

»Michael wird auch immer dicker«, sagte Gitta düster. »War wahrscheinlich ein Fehler, dass ich ihm auch noch Lasagne eingefroren habe. Ich hätte ihm Gemüse machen sollen. Ist besser für die Spermienqualität. Aber das schmeckt nicht so, wenn man das wieder auftaut. Also, das Gemüse, mein ich jetzt.«

Marlies seufzte. »Ach, Gitta!«

Alle drei starrten ins Feuer. Jede war in ihre eigenen Gedanken versunken.

Später machten sie laute Musik an und tanzten. Cornelia sang laut mit und fand ihre Stimme großartig. *So eine Verschwendung an Talent*, dachte sie.

Gitta tanzte mit erhobenen Armen und geschlossenen Augen. Marlies hatte Mühe, sich alleine zu dem Rhythmus zu bewegen. Früher hatte sie gerne und viel mit Frank getanzt. Allein zu tanzen fühlte sich für sie an, als sei sie nackt.

Gitta verbrauchte den kompletten Eisvorrat und mixte einen Drink nach dem anderen.

Jedes Mal stießen sie auf ihr trauriges und unvollkommenes Leben an.

Letztlich schaffte es niemand die Treppe hoch in sein Bett. Marlies schlief auf dem Sessel, Gitta rettete sich auf das Sofa, sodass Cornelia nur der flauschige Teppich blieb.

Das verkannte Talent schläft auf dem Boden, dachte sie noch, bevor sich alles zu drehen begann.

Der Engel

Am nächsten Morgen war der Himmel blau, und weiße Wolkenfetzen flitzen an ihm entlang wie Eisschnellläufer. Nach ihrem alkoholgeschwängerten Abend waren die drei erst nach zwei Aspirin und einigen Gläsern Wasser überhaupt in der Lage gewesen, sich stöhnend von Marlies in ein Café fahren zu lassen.

»Hier gibt es wirklich ein Katerfrühstück?«, fragte Cornelia nach einem Blick in die Karte.

»Hast du das gewusst?« Marlies versuchte, Gitta anzusehen, ohne dabei allzu schnell den Kopf zu drehen.

»Man muss auf alles vorbereitet sein«, antwortete Gitta nicht ohne Stolz in der Stimme. Sie hatte zu Hause sehr viel über Sylt recherchiert und sich lange Listen geschrieben, wo man etwas essen und trinken konnte. Das Katerfrühstück war ganz oben auf ihrer Liste gelandet. Das Café war groß, und man saß in dicken, sesselartigen Stühlen.

»Ich mag keinen Rollmops«, sagte Cornelia leise.

»Bestell ihn trotzdem. Der hilft!«, riet Marlies.

Erst nach ihrem Katerfrühstück – zwei Flaschen stilles Wasser, sechs Latte Macchiato und ein geteiltes Rührei – wurden die Freundinnen langsam gesprächiger.

»Ihr glaubt nicht, was ich geträumt habe!« Gitta beugte sich langsam nach vorne. Ihren Kopfschmerzen war immer noch nicht zu trauen.

»Ich hatte auch einen irren Traum!«, sagten Marlies und Cornelia gleichzeitig.

Die drei sahen einander abwartend an. »Du zuerst«, sagte Marlies schließlich ritterlich, obwohl auch sie darauf brannte, den anderen von ihrem Traum zu erzählen.

»Ich hab geträumt, wir drei wären heute Nacht von einer Lichtgestalt geweckt worden. Das war so ein Körper, der von innen heraus leuchtet«, begann Gitta.

Marlies und Gitta starrten sie an.

»Jedenfalls hat dieser Leuchtemann behauptet, er sei ein Engel …«

»Engel oder nicht, wie sind Sie bitte hier reingekommen?!« Gitta richtete sich mühsam auf.

»Könnten Sie vielleicht ein kleines bisschen weniger leuchten? Das blendet wirklich sehr!«, bat Marlies und schirmte ihr Gesicht mit einem Kissen ab.

Die Lichtgestalt seufzte, verringerte aber tatsächlich ihre Wattzahl. Er strahlte allerdings immer noch genug, sodass man nicht erkennen konnte, wie er eigentlich aussah. Er hatte eine männliche Gestalt, war durchschnittlich groß und wäre ohne das überirdische Leuchten eine ganz und gar unauffällige Person gewesen. »So, meine Damen, dann fangen wir mal an. Conny, ich darf dich doch Conny nennen, oder?«

Cornelia nickte stumm.

»Du findest es also eine schreiende Ungerechtigkeit, dass es mit deiner Sangeskarriere nicht so läuft, wie du dir das wünschst, stimmt's?« Der Engel wartete keine Antwort ab. »Alles misst du an deinen Misserfolgen. Du hast überhaupt keine Augen mehr für das, was gut läuft in deinem Leben!«

»Das stimmt. Das hat sie nicht!«, mischte Marlies sich ein.

»Und du, liebe Marlies.« Die Lichtgestalt wandte sich an sie. »Du bist keinen Deut besser! Von dir kommt bei uns auch nur Gejammer an. Frank hier und Frank da! Du sitzt in einem teuren Haus und fährst ein schickes kleines Auto, und alles, was ich höre, ist ›näg, näg, näg‹!«

Er wedelte mit den Armen. Gitta fand ihn ziemlich unfreundlich. Durften Engel einen derart nachäffen?

»Ich darf noch ganz andere Sachen!«, antwortete der Engel und drehte sich zu ihr. »Gitta, warum freust du dich nicht an deiner schönen stabilen Beziehung mit Michael? Warum konzentrierst du dich stattdessen auf deinen Hass auf alle Frauen, die dir mit Kindern entgegenkommen?«

»Das, mein lieber Strahlemann, ist ganz leicht zu beantworten«, sagte Gitta mit zusammengebissenen Zähnen. »Weil dein Chef irgendetwas gegen mich hat! Ich wäre eine gute Mutter! Zumindest eine sehr viel bessere als die ganzen Frauen, die nicht richtig verhüten und, zack, ein Kind nach dem anderen bekommen, ohne zu begreifen, was für ein Geschenk das ist! Da wird dann noch rumgejammert, dass sie keine Zeit mehr für sich selbst haben und was Kinder alles kosten und –«

»Sehr, sehr gut Gitta, dann siehst du ja, wie es uns den ganzen Tag geht! Genau das meine ich: Ihr Menschen seid so beschäftigt zu jammern, dass ihr gar nicht mehr seht, welche Schätze ihr eigentlich habt!«

»Wenn ich Mutter wäre, dann würde ich nicht mehr jammern, bestimmt nicht!« Gitta zog eine Schnute.

Marlies neben ihr fing an zu kichern.

»Was lachst du so blöd?«, zischte Gitta sie an.

»›Wenn ich Mutter wäre, dann würde ich nicht mehr jammern.‹ Schätzchen, du hast echt keine Ahnung! Mutter zu sein ist der härteste Job der Welt!«

»Ach, hör bloß auf. Das kann ich nicht mehr hören!«, Gitta winkte ab und schaute Hilfe suchend zu dem Engel.

»Da muss ich Marlies leider recht geben. Aber zurück zur Tagesordnung.« Er entrollte mit großer Geste eine Pergamentrolle, die er aus seiner ebenfalls leuchtenden Umhängetasche zog, die Gitta bisher gar nicht aufgefallen war. Oder hatte er sie erst jetzt auf einmal um? »Laut Paragraf zwölf, Himmelsgesetz, verdonnere ich euch wegen Undankbarkeit und ungebührlichem Verhalten zum unverzüglichen Eintritt in den Club der Engel. Ihr werdet ab sofort vollwertige Mitglieder sein und Gutes tun.« Er rollte das Pergament wieder zusammen und sah streng von der einen zur anderen.

Was war das denn gerade?, *fragte sich Gitta. Marlies und Cornelia schienen ebenso ratlos wie sie zu sein, denn auch sie schwiegen kurz, bevor sie alle drei gleichzeitig losredeten.*

»Ungebührliches Verhalten?«

»Club der Engel?«

»Gutes tun?«

»Euch muss man auch alles im Detail erklären, was?« Der Engel war auf

einmal merklich ungehalten. »Noch mal: Ihr seid ab sofort im Club der Engel registriert und werdet den anderen Menschen da draußen fortan nur noch Gutes tun.«

»Warum das?«, fragte Gitta.

Der Engel schüttelte den Kopf. »Da regt mich ja schon die Frage auf!«

»Gibt es da so etwas wie einen Vertrag?«, wollte Cornelia wissen.

»Allerdings!«, sagte der Engel. »Ihr seid, wie gesagt, ab sofort eigetragene Mitglieder. Das ist bindend, ein Austritt ist unmöglich.« Er kramte in seiner Hosentasche. »Hier, das hätte ich fast vergessen.«

Er legte drei einzelne Cent-Münzen auf den Wohnzimmertisch.

»Was soll das sein? Clubausweise? Oder etwa unser Jahresgehalt?«, scherzte Marlies.

»Betrachtet es als eine Erinnerung«, sagte er ruhig. »Ein Glückscent. Das Erkennungszeichen des Clubs der Engel. Helft anderen Menschen, ihr kleines Glück zu finden. Tut Gutes.« Er musterte sie noch einmal. »Kriegt ihr das hin?«

Schweigen.

Der Engel seufzte. »Ob ihr das hinkriegt?«

Wieder Schweigen. Dann huschte ein Grinsen über Cornelias Gesicht, und mit einem Mal sprang sie auf dem Teppich herum wie ein Cheerleader in einer amerikanischen Teenie-Komödie »Gebt ihm ein E! Gebt ihm ein N! Gebt ihm ein G! Gebt ihm ein E! Gebt ihm ein L!«

»ENGEL!«, riefen Marlies und Gitta und rissen die Arme hoch.

Gitta konnte nicht sagen, ob der Engel lächelte, aber es sah fast so aus.

»Na, mit euch werde ich noch Spaß haben«, sagte er und ging zur Tür.

»Was denn?«, rief Gitta ihm hinterher. »Löst du dich nicht auf? Keine Rauchwolke, in der du verschwindest?«

Er drehte sich noch einmal um. »Da verwechselst du mich, Gitta. So was macht der da unten. Du weißt schon, wer.« Jetzt grinste er eindeutig. Dann wurde sein Strahlen wieder stärker, so hell, dass die Freundinnen die Augen zusammenkneifen mussten.

»Das war's. Verrückt, oder?«, schloss Gitta.

»Rede ich im Schlaf?«, fragte Marlies entsetzt. »Hast du das alles gehört, meinen ganzen Traum?«

»Was redet sie?« Gitta schaute irritiert von Marlies zu Cornelia, die sie mit weit aufgerissenen Augen anstarrte.

»Sie hat dasselbe geträumt wie du. Und ich hab dasselbe geträumt wie sie.«

»Was? Du hast dasselbe geträumt wie wer?« Gitta sah von einer Freundin zur anderen.

Marlies packte ihre Freundinnen links und rechts am Arm. »Wir hatten alle denselben Traum!«

Gitta schloss hektisch die Haustür zu ihrem Ferienhaus auf. Kaum war sie offen, stürzten die drei gleichzeitig los, was ein ziemliches Gedränge verursachte, denn zu dritt passten sie definitiv nicht durch die Tür. Gitta war schon mit einem Bein und einem Arm durch, als Marlies sie mit einem Sprung überholen wollte, dabei aber von Conny gestoppt wurde, die mit einer hektischen Wedeltechnik die beiden anderen zur Seite drängte.

Sie gewann das Rennen und war als Erste am Wohnzimmertisch. »Sie liegen hier! Tatsächlich!«

Ehrfürchtig starrten sie auf die drei Cent-Stücke.

Gitta traute sich als Erste, eins davon in die Hand zu nehmen. »Sieht ganz normal aus«, befand sie.

Auch Marlies und Cornelia nahmen jetzt vorsichtig eine Münze.

»Das ist ein ganz normales Geldstück«, meinte auch Marlies.

»Ja, was habt ihr denn erwartet?! Dass es leuchtet und schwebt?« Cornelia betrachtete versonnen ihre Münze. »Er hat doch gesagt, er lässt uns einen Glückscent da. Und genau das hat er getan.«

»Cornelia, das war ein Traum!«, sagte Gitta. »Ich hab auch schon mal geträumt, mir hätte ein Unbekannter wunderschöne schwarze Stiefel geschenkt. Die habe ich am nächsten Morgen allerdings nicht auf dem Wohnzimmertisch gefunden!«

»Du meinst, der Engel hätte uns besser in den Club der Stiefel aufgenommen?«, scherzte Marlies.

»Leute, das ist … ein Zeichen!« Cornelia hielt den Glückscent hoch, als sei er eine Medaille. »Das ist der Beweis dafür, dass das alles kein Traum war!«

»Das ist höchstens der Beweis dafür, dass wir gestern alle ziemlich knülle waren. Vielleicht erinnern wir uns einfach nicht mehr daran, dass wir um Geld gepokert haben, und die Münzen liegen hier eben noch rum!« Gitta war nicht bereit, daran zu glauben, dass sie tatsächlich in der Nacht ein Engel heimgesucht hatte. *So etwas gibt es nicht. Punkt!*

»Und wie erklärst du dir, dass wir alle dasselbe geträumt haben?«, fragte Cornelia.

Gitta zuckte mit den Schultern. »Ihr habt alle Restalkohol und glaubt deshalb einfach, euch an meine Geschichte zu erinnern. Das ist alles.« Gitta ließ sich in den Sessel fallen und wand sich aus der Jacke.

»Nein, so einfach ist das nicht. Passt auf, wir machen Folgendes …« Marlies nahm einen Block und Stifte vom Beistelltisch. »Jeder nimmt einen Zettel und einen Stift und schreibt ein paar Prüfungsfragen zu unserem nächtlichen Besucher auf: wo genau der Engel stand, wie er aussah und wie er Cornelia genannt hat. Und dann gleichen wir die Ergebnisse ab.«

»Wenn du meinst!«

Konzentriert beugten sich die drei über ihre Zettel. Gitta passte auf, dass keiner von ihr abschrieb, was Marlies und Cornelia mit Augenrollen quittierten.

»So, jetzt lasst mal sehen!«, sagte sie schließlich.

Sie legten ihre Zettel nebeneinander auf den Tisch, beugten sich darüber, um sie zu lesen – und erstarrten. Ihre Notizen stimmten exakt überein.

»Und jetzt?«, fragte Gitta ratlos.

»Jetzt gehen wir erst mal am Meer spazieren!«, schlug Marlies vor. »Ich denke, wir brauchen etwas Abstand.«

Sogar Cornelia, die sich vorgenommen hatte, diese Windspaziergänge zu boykottieren, stimmte zu. »Das ist eine gute Idee. Wir alle können etwas frische Luft brauchen.«

Am Meer entlangzulaufen tat allen gut. Es wehte zwar ein ordentlicher Wind, und die Luft war weit entfernt davon, als warm bezeichnet werden zu können, aber die meiste Zeit ließ sich die Sonne blicken, und die Wellen rauschten unermüdlich und beruhigend an den Strand. Immer wieder begegneten ihnen andere Spaziergänger. Man nickte und lächelte sich zu und fühlte sich einander durch den breiten, geradezu endlos erscheinenden Strand verbunden.

Cornelia stellte erstaunt fest, dass ihr dieser große, von Dünen umsäumte Strand gefiel. Gut, es gab keine schnuckeligen Buchten, keine Felsen, nichts von den Dingen, die sie am Mittelmeer liebte. Aber irgendwie hatte die Landschaft in ihrer Eigenwilligkeit einen besonderen Reiz, den sie sich nicht ganz erklären konnte.

Um eine lästige Erkältung so gut wie möglich fernzuhalten, hatte sie sich ein warmes Halstuch und eine Wintermütze angezogen. Als sie aufgebrochen waren, hatten ihre Freundinnen noch über sie gelacht. Jetzt jammerte Marlies: »Ich wünschte, ich hätte auch so eine warme Mütze«, und hielt sich die kalten Ohren.

»Auf dem Rückweg kaufen wir uns eine, ich kenne da einen Laden. Sah im Internet ganz toll aus. Sie verkaufen dort ausschließlich Mützen!«

Cornelia grinste. Das war wieder einmal typisch Gitta! Niemand außer ihr hätte so etwas vorab recherchiert. Zum Glück hatte sie selbst noch einen Schritt weiter gedacht und direkt warme Kleidung mitgenommen, sodass sie sich hier keinen völlig überteuerten Luxus-Schnickschnack kaufen musste. Marlies und Gitta mussten bestimmt ein kleines Vermögen für warme Ohren hinblättern. Schließlich war nicht zu erwarten, dass es auf einer Insel wie dieser auch einfachere Mützen gab.

Sie schlenderten an der Wasserkante entlang. Cornelia betrachtete die angeschwemmten Muscheln und Holzstückchen und sinnierte vor sich hin. Mal war der Sand hart und fest, und man konnte ganz entspannt darauf laufen, mal sank man ein, und jeder Schritt kostete Mühe. Wie im Leben.

War es Zufall gewesen, dass der Engel, ob nun Traum oder Wirklichkeit, zuerst sie angesprochen hatte? War sie wirklich so von ihrer ausbleibenden Karriere eingenommen? Sie schüttelte den Kopf. Warum wusste denn niemand, wie es sich anfühlte, es seit Jahren zu versuchen, aber nie wirklich Erfolg zu haben? Wie konnte man trotz Talent so wenig vorankommen? Warum durften andere ihren Traum leben? Gaben Konzerte, sangen in Bands, nahmen Platten auf … War es denn so verkehrt, sich das auch zu wünschen? Und waren die Probleme ihrer Freundinnen an ihren ganzen Enttäuschungen gemessen nicht eher klein? Marlies war verlassen worden. Das war natürlich nicht schön, aber Cornelia selbst hatte schließlich auch keinen Partner und kam damit gut zurecht. Und genau wie Gitta war sie kinderlos geblieben. Dennoch war ihr Leben voll von Kindern, denn sie verdiente ihr Geld damit, dass sie Gesangsunterricht gab. Das tat sie gern, es war zwar ein schlecht bezahlter, aber ein sehr schöner Job. Und die meisten Kinder dankten es ihr. Gesang war schließlich ganz freiwillig, das wollten sie lernen – anders als Mathe, Chemie oder Englisch. *Nun gut*, schränkte Cornelia ein, *ein paar wenige Ausnahmen gibt es natürlich immer, wenn die Eltern Druck machen.*

Doch auch wenn es sich schön anfühlte, den Kindern ihre Leidenschaft für Musik weiterzugeben, hatte es für Cornelia immer einen faden Beigeschmack: Welche Gesangslehrerin war keine gescheiterte Sängerin? Ihr Job war letztlich nichts anderes als ein

Zertifikat darüber, dass sie als Musikerin gescheitert war. Untrennbar miteinander verknüpft.

Irgendwann sah Gitta, dass sie ihren Freundinnen einige Meter voraus war. Sie hatte gar nicht bemerkt, dass ihre Schritte immer energischer und länger wurden. Ihr Traum ärgerte sie. Von einem Engel zu träumen war an sich ja schon lächerlich. Und dann war es auch noch einer gewesen, der ihr erzählte, sie solle weniger jammern und die guten Seiten in ihrem Leben sehen.

Das kann er mal schön selbst versuchen!, dachte sie grimmig. *Vielleicht sollte man dem mal eine wichtige Sache im Leben einfach verwehren!*

Hieß es nicht sogar in der Bibel: »Seid fruchtbar und mehret euch«? War nicht genau das der verdammte Sinn des Lebens? Und dann musste sie von einer leuchtenden Gestalt träumen, die einfach sagte, sie würde zu viel jammern und hätte keinen Blick für die gute Beziehung zu Michael. Wie gut war denn eine Liebe, wenn sie keine Früchte trug?

Der Wind biss ihr in die kalten Ohren. Was hätte sie jetzt für Cornelias Mütze gegeben!

Marlies war sich sicher, in der vergangenen Nacht ein seltenes Phänomen erlebt zu haben: einen Kollektivtraum. Sie hatte schon von so etwas gehört. Das passierte ab und zu, wenn sich eine Gruppe von Menschen intensiv mit demselben Thema befasste. Ihre Gehirne produzierten dann ähnliche Traumbilder, die die Betroffenen identisch deuteten. Dadurch entstand das Gefühl, sie hätten alle denselben Traum gehabt.

Sie runzelte die Stirn. All das mochte sein, und doch war bei ihnen die Übereinstimmung erschreckend. Die Cent-Münzen ließen sich ja noch erklären. Sicher hatte eine von ihnen sie gestern Abend in ihrer Hosentasche gefunden, sie dort abgelegt und dann vergessen. Aber was wollte dieser Traum ihr mitteilen? Eigentlich doch nur, dass sie nicht länger Frank hinterhertrauern sollte. Das war im Prinzip eine gute Botschaft. So viele Frauen wurden verlassen – und schafften es irgendwie, darüber hinwegzukommen.

So außergewöhnlich war er auch nicht, dachte Marlies grimmig.

Vielleicht war das Problem ja gar nicht, dass *Frank* nicht mehr in ihrem Leben war. Vielleicht war das Problem eher, dass sie jetzt allein dastand. Schon als kleines Mädchen hatte Marlies sich als Teil einer Familie gesehen. Eine Frau ohne Familie – undenkbar! Sie konnte daher Gittas Schmerz über deren ungewollte Kinderlosigkeit gut nachvollziehen. Wer war sie denn noch, wenn die Kinder aus dem Haus waren und Frank bei seiner jüngeren Frau?

All die Freiheiten, die sie sich oft gewünscht hatte, als die Kinder noch kleiner gewesen waren, schienen sie jetzt zu verhöhnen. Endlich einmal Ruhe. Zeit, um durchzuatmen. Einen Abend nur für sie allein. Wie lange hatte sie sich danach gesehnt? Und jetzt wusste sie nicht, was sie mit ihrer Zeit anfangen sollte, wie sie ohne diesen Rahmen weiterexistieren sollte, der ihrem Leben so lange ein Oben und ein Unten gegeben hatte. Manchmal fühlte sie sich wie ein Astronaut, der den Kontakt zu seiner Raumstation verloren hatte und nun hilflos im Orbit schwebte. Da hatte so ein Engel leicht reden.

Wenig später erreichten sie die Strandpromenade und fanden tatsächlich einen Laden, der ausschließlich Mützen verkaufte.

»Da wären wir«, sagte Gitta stolz.

Cornelia sah sich verwundert um. Offenbar waren Menschen wie sie tatsächlich die Ausnahme, und die meisten Touristen reisten ohne warme Mütze auf diese Windinsel. Das Geschäft jedenfalls schien sich zu lohnen, denn die Auswahl war groß: Mützen in allen Farben hingen an den Ständern, uni oder mit Streifen, mit Bommel oder ohne. Die meisten waren innen mit Fleece gefüttert.

»Ich will unbedingt eine mit Fleece an der Nase«, sagte Gitta und griff nach einer Mütze, um sie anzuprobieren.

»Fleece an der Nase?« Marlies kicherte.

»Ich meine am Kopf, hier oben!« Gitta fuchtelte mit den Armen und zeigte auf ihre Stirn.

»Du hast ›an der Nase‹ gesagt!«, gluckste Cornelia.

Nun musste auch Gitta grinsen. »Vielleicht, weil ich da am liebsten auch eine hätte. Habt ihr auch so kalte Nasen?«

Marlies berührte ihre Nasenspitze. »Oh ja, du hast recht. Eiskalt«, sagte sie.

Cornelia stimmte ihr zu. Sie hatte eigentlich nicht vorgehabt, ebenfalls eine Mütze anzuziehen, ließ sich aber irgendwann von der Begeisterung ihrer Freundinnen anstecken. Zu ihrer Überraschung kosteten die Mützen kein Vermögen, und es machte ihr Spaß, alle möglichen Modelle anzuprobieren, auch wenn sie keine brauchte.

»Mädels, ich lade euch auf eine Mütze ein!«, verkündete Marlies schließlich.

»Wirklich, dein Ernst?«, fragte Cornelia, die sich gerade in eine gelb-graue Mütze verliebt hatte. Vielleicht sollte sie dann doch …

»Mein voller Ernst. Einzige Bedingung: Sie muss Fleece an der Nase haben!« Kichernd nahm Marlies die Lieblingsmützen ihrer Freundinnen entgegen und brachte sie zur Kasse. Die gelb-graue für Cornelia, eine schwarz-pink geringelte für Gitta, und für sich selbst hatte Marlies eine blaugraue ausgesucht, die gut zu ihren blauen Augen passte.

Neu bemützt traten die drei wieder in den Wind.

»Du hast gerade etwas Gutes getan«, stellte Cornelia fest und hakte sich links bei Marlies ein. »Ich hätte mir die Mütze nicht gekauft, freu mich aber total, dass du sie mir geschenkt hast!«

»Ich auch!«, beeilte sich Gitta zu sagen und hängte sich an Marlies' rechte Seite.

Marlies lächelte. Sie gingen im Gleichschritt, als wären sie wieder Teenager.

»Habt ihr schon Hunger?«, fragte Cornelia. Als ihre Freundinnen nickten, zog sie sie wieder zur Standpromenade. Vorhin hatte sie dort, an der Treppe, die zum Strand hochführte, eine kleine Bude gesehen, die Burger und Pommes verkaufte. »Was haltet ihr davon?«

»Nicht schlecht«, sagte Marlies, und auch Gitta stimmte zu.

Sie bestellten rasch und quetschten sich dann mit ihren Tellern an einen kleinen Tisch in der Sonne. Hier war es windstill und beinahe warm. Zumindest, wenn man die Mütze auf dem Kopf behielt.

»Ich hab über unseren Traum nachgedacht«, sagte Marlies zwischen zwei Bissen in ihren riesigen Burger. »Dass wir alle weniger jammern sollen, habe ich verstanden. Das hat ja vielleicht sogar Sinn. Positiv denken und so – aber was soll diese Club-der-Engel-Geschichte?«

»Wir sollen anderen Menschen helfen, ihr kleines Glück zu finden. Das hat der Engel doch gesagt, richtig?«, fragte Cornelia.

Marlies und Gitta nickten bestätigend.

»Seid ihr glücklich mit euren Mützen mit Fleece an der Nase?«, fragte Marlies und griff nach der letzten Serviette. »Dann habe ich meinen Teil schon erledigt.«

»Sollten wir denn uns gegenseitig glücklich machen oder andere Menschen?«, wollte Cornelia wissen. Sie blickte sich suchend um. Jetzt hätte sie auch gern eine Serviette gehabt. Der Burger ließ sich wirklich schwer essen. Überall tropfte die Soße hin.

»Warum nimmst du das so ernst? Es war ein Traum, weiter nichts!«, sagte Gitta vehement.

Cornelia zupfte ein Taschentuch aus ihrer Jackentasche und wischte sich die Hände ab, so gut es ging. »Nehmen wir mal an, es war ein ganz normaler Traum«, sagte sie dann. »Lassen wir mal außer Acht, dass es diese Cent-Stücke gibt und wir uns alle detailliert an den Traum erinnern können. Dann stellt sich doch die Frage: Was will mir mein Unbewusstsein damit sagen?« Cornelia blickte gespannt in die Runde.

»Du solltest weniger Gin Tonic trinken, das will es dir sagen!«

Gitta grinste und steckte sich noch eine Fritte in den Mund. »Niemand weiß, warum man bei Pommes nicht einfach aufhören kann zu essen, wenn man genug hat«, seufzte sie und griff nach der nächsten.

»Ihr meint also, das alles hat keine weitere Bedeutung?« Cornelia ließ nicht locker.

»Was glaubst du denn?«, wollte Marlies wissen.

»Dieser Gemeinschaftstraum ist ungewöhnlich«, sagte Cornelia. »Da ist dieser Engel, der uns erst alle kritisiert und uns dann zu Mitgliedern seines Clubs macht, damit wir Gutes tun. Was, wenn das eine Art Deal ist?«

»Wir tun Gutes, und dafür kritisiert er uns nicht mehr?«, fragte Marlies verständnislos.

»Nein.« Cornelia musste sich bemühen, nicht die Geduld zu verlieren. »Der Engel hat uns doch konkret auf Sachen aus unserem Leben angesprochen. Mich auf meine nicht vorhandene Karriere, dich auf die Trennung von Frank und Gitta auf ihre Kinderlosigkeit. Was, wenn wir uns das alles verdienen müssen?«

»Er erfüllt unsere Wünsche, wenn wir Gutes tun?«

»Genau das meine ich!« Cornelia knüllte aufgeregt ihr Taschentuch zusammen. Wäre es nicht großartig, wenn der Engel ihre Wünsche tatsächlich erfüllen würde?

»Davon hat er nichts gesagt«, gab Marlies zu bedenken.

Gitta zog die Augenbrauen hoch. »Das ist doch alles Quatsch! Es war nur ein …«

»Traum!«, vervollständigten Marlies und Cornelia ihren Satz.

Sie ließen den Abend wieder vor dem Kamin ausklingen. Diesmal hatten sie sich allerdings für Tee statt Gin Tonic entschieden. Auch vermieden sie es, noch einmal über den Engeltraum zu reden. Sie sprachen stattdessen über belanglose Dinge, ein echtes Gespräch kam nicht in Gang. Die meiste Zeit starrten sie schweigend ins Feuer.

»So, ihr zwei«, sagte Cornelia schließlich. »Ich bin müde. Wenn ihr nichts dagegen habt, geh ich ins Bett.«

Gitta nickte, und Marlies gähnte. »Ich gehe auch gleich.«

Wenig später streckte sich Cornelia auf der fremden Matratze aus und drehte sich ein bisschen hin und her, um zu testen, wie fest sie war. Ihre Matratze zu Hause war weicher, aber nach der Nacht auf dem Teppich war es eine Wohltat, in einem richtigen Bett zu liegen. Sie war ja doch nicht mehr die Jüngste, und die Zeiten, in denen sie auf einer Isomatte hatte schlafen können, ohne morgens mit Rückenschmerzen aufzuwachen, waren lange vorbei. In ihrer Jugend war Conny oft mit dem Chor unterwegs gewesen. Sie erinnerte sich an die lustigen Nächte, in denen sie flüsternd und kichernd in ihren Schlafsäcken lagen. Tagsüber hatte sie sich manchmal fehl am Platz gefühlt, wenn die anderen Mädchen um die Gunst der Jungs buhlten. Aber nachts waren sie unter sich gewesen, und Conny hatte die besten Gruselgeschichten von allen erfunden.

Cornelia kuschelte sich in ihre Decke. Es war gemütlich, so direkt unter den Dachschrägen. Sie hatte in ihr Bett krabbeln müssen und lag jetzt in einer kleinen, heimeligen Nische.

Ob ich heute Nacht wohl noch einmal von dem Engel träume?, fragte sie sich, als sie das Licht gelöscht hatte. *Vielleicht ist es wirklich ein himmlisches Angebot.*

Ja, nahm sie sich vor. Sie würde fortan mehr Gutes tun, dann würde es auch endlich mit ihrer Karriere als Sängerin vorangehen. Sie würde es versuchen – egal, was Marlies und Gitta darüber dachten.

Marlies konnte nicht einschlafen. Sie kannte das schon. Seit Frank weg war und sie nachts allein in ihrer Hälfte des Ehebettes lag, war Einschlafen meistens ein Kampf. Nachts hatten alle Zweifel und Gedanken freie Bahn. Nichts lenkte sie ab, und im Haus war es gespenstisch still. Marlies lauschte. Auch hier im Ferienhaus gab es keine Geräusche nachts. Allerdings war es eine andere Stille, eine friedliche, weniger einsame. Ihre Freundinnen waren gleich nebenan. Es war so schade, dass der dämliche Engeltraum sie heute Abend davon abgehalten hatte, über ihre Probleme zu sprechen! Jammern war ihnen ja von der Leuchtgestalt verboten worden. Jetzt fühlte es sich fast so an, als könnte dieser Typ ihnen von oben zuhören. Aber sollte so ein Mädelswochenende mit ihren alten Freundinnen nicht genau für solche Gespräche gut sein? Der blöde Engel hatte es ihnen wirklich gründlich verdorben.

Marlies starrte aus dem Fenster in die Nacht. Cornelias Problem konnte sie nur in Ansätzen nachvollziehen. Warum nur verspürte man den Drang, sich auf eine Bühne zu stellen, sich den Blicken und dem Urteil anderer auszusetzen? Sicher, es war nicht fair, dass Cornelia so wenig Publikum hatte und nicht den Erfolg, den sie sich wünschte. Sie hatte schon in der Schulzeit eine tolle Stimme gehabt und wunderschön gesungen. Aber war das wirklich so schlimm? Gitta, zum Beispiel, die hatte ein echtes Problem. Mit ihr hätte Marlies nicht tauschen wollen, und ein bisschen schämte sie sich für diesen Gedanken. Durfte man froh sein, selbst nicht so arm dran zu sein wie die Freundin? Die Liebe zu einem Mann konnte sich ändern, die Liebe zu den eigenen Kindern niemals.

Sie drehte sich auf den Rücken. Das Kopfkissen war ein bisschen zu hoch, um bequem zu sein. Sie würde es mit autogenem Training versuchen. Manchmal half das.

Mein linker Arm wird schwer. So schwer wie ein Stück Eisen, so schwer wie ein Stück Blei …

Der Mond spielte mit den Wolken Verstecken. Er machte seine Sache nicht wirklich gut, denn meistens leuchtete doch immer ein Teil hervor. Gitta schaute ihm eine Weile bei seinen Bemühungen zu, unsichtbar zu werden. Ihr Zimmer hatte ein breites Fensterbrett, das mit ein paar Kissen bestückt zum Sitzen einlud. Sie hatte sich die Bettdecke um die Beine gewickelt, denn die Fenster waren nicht gut isoliert, und eine schleichende Kälte ging von den Scheiben aus. Cornelias Vorschlag hatte sie gerührt. Ein wenig hatte es Gitta an sich selbst erinnert. Auch Cornelia hing ihrem Traum nach wie ein naives Kind.

Gitta seufzte. Sie wusste genau, dass es viel zu spät war, um noch Mutter zu werden. Sie war einundfünfzig, und schon mit Mitte vierzig hatten Muskelschmerzen das Nahen der Wechseljahre angekündigt. Sie hatte sie ignoriert. Mönchspfeffer hatte ihren schwankenden Zyklus eine Weile stabilisiert, und wenn andere Frauen sie fragten, ob auch sie unter Hitzewallungen litt, log Marlies und verneinte es. Wie konnte sich ihre Fruchtbarkeit von ihr verabschieden, wenn sie doch nie zum Einsatz gekommen war?

Die Jahre, in denen sie es mit künstlicher Befruchtung versucht hatten, waren schrecklich gewesen. Immer zwischen Hoffen und Bangen und jedes Mal diese bodenlose, tiefe Enttäuschung, wenn es wieder nicht geklappt hatte.

Michael hatte irgendwann gesagt, es müsste jetzt Schluss sein damit. Er hatte recht. Sicher hatte er recht, aber Gitta konnte auch danach nicht aufhören zu hoffen. Von Adoption wollte sie nichts wissen. Sie wünschte sich doch so sehr ein Kind von Michael. Die Verschmelzung ihrer beider Genome. Warum konnten ihre Eizellen sich nicht einfach befruchten lassen? Was war falsch an ihr?

In den letzten drei Monaten war ihre Blutung ganz ausgeblieben. Vier Schwangerschaftstests hatte sie in der verzweifelten Hoffnung gemacht, das kleine Wunder, auf das sie so lange gehofft hatte, hätte sich doch noch ganz von selbst bei ihr eingenistet. Heimlich, damit Michael nichts merkte.

Die Hoffnung stirbt zuletzt, sagte man. Gitta litt schrecklich darunter. Wie viel einfacher wäre das Leben, wenn ihr dieser kleine, verrückte und sehr naive Teil von ihr nicht manchmal einflüstern würde, dass doch noch das ein oder andere Ei springen könnte.

Es war nicht ungewöhnlich, dass Frauen nach ein paar Monaten Pause doch noch mal ihre Tage bekamen. Janet Jackson hatte mit fünfzig ein Baby bekommen, Gianna Nannini war sogar vierundfünfzig gewesen.

»Ich will einfach nicht mehr hoffen«, flüsterte Gitta dem Mond zu, der es jetzt tatsächlich geschafft hatte, hinter einer Wolke zu verschwinden.

Pfefferminz

Cornelia war wild entschlossen, ab sofort Gutes zu tun. Was der Engel ihnen angeboten hatte, war ein Deal, da war sie sich ganz sicher. Deshalb hatte sie am nächsten Morgen sofort angeboten, einkaufen zu gehen. Das wäre schon einmal ein erster Punkt, den sie sich verdiente. Im Supermarkt, der stolz den Titel »Der nördlichste Supermarkt Deutschlands« für sich beanspruchte, hielt sie ständig Ausschau nach Hilfebedürftigen.

Am Kühlregal versuchte sie, einem älteren Mann aus dem oberen Regal einen Joghurt zu holen, er verstand das aber falsch und drängte sie ärgerlich zur Seite.

Erst, als sie bereits an der Kasse bezahlt hatte, fiel ihr jemand auf, der wirklich Hilfe brauchte. Eine weißhaarige Dame um die achtzig bemühte sich mit ihren dünnen Armen, die zwei schweren Einkaufstaschen zu tragen. Die Dame war geradezu prädestiniert dafür, ihr zu helfen und sich so ein paar Punkte zu verdienen. *Besser geht's ja gar nicht!*

Cornelia ahnte nicht, wie sehr sie es noch bereuen würde, ausgerechnet sie angesprochen und ihr angeboten zu haben, ihr die Tasche nach Hause zu schleppen …

Gitta hatte sich Marlies' Auto geliehen, um für einen frühen Morgenspaziergang ans Meer zu fahren. Für heute war Regen vorhergesagt, und sie wollte die letzten trockenen Stunden nutzen. Marlies hatte nicht mitkommen wollen, und ihr war das ganz recht. Sie brauchte dringend etwas Zeit für sich.

Gitta zog sich ihre neue Mütze über die Ohren. So eingepackt lief es sich doch gleich viel besser. Warum hatte sie eigentlich nicht daran gedacht, sich eine von zu Hause mitzubringen?

Die Luft war so klar. Gitta fühlte, wie jedes einzelne Lungenbläschen in ihrem Körper Sauerstoff bekam. Der Himmel war wolkenverhangen, und das Meer sah monumental aus, wie es immer und immer wieder an den Strand rauschte.

Gitta beobachtete einen Mann, der einige Meter weiter immer wieder Stöckchen für seinen Hund in die schäumende Gischt warf. Seit Jahren hätte sie auch gerne einen Hund. Der Gedanke kam ihr immer wieder, aber es war ein leiser Gedanke, der sich nie in den Vordergrund drängte.

Es müsste ein unkompliziertes Tier sein, das sie problemlos zu ihren Kunden mitnehmen konnte. In ihrer Fantasie sah sie sich schon mit dem Hund zusammen durch die Gegend fahren. Ihr Hund sah aus wie ein kleiner Lassie, trug ein blaues Halstuch und wartete auf dem Beifahrersitz ihres Wagens, wenn sie Gespräche führte, zu denen er sie nicht begleiten konnte. Bei tierlieben Kunden dürfte er natürlich brav unter dem Tisch liegen.

Gitta war Garten- und Landschaftsarchitektin. Nach dem Abitur hatte sie einige Semester lang BWL studiert, aber das war ihr viel zu theoretisch gewesen, sodass sie ihr Studium abgebrochen und noch einmal neu angefangen hatte. Sie wollte nicht nur in einem Büro sitzen, sondern sich bewegen und draußen sein. Eines Tages beobachtete sie einen Landschaftsgärtner, der in der Nachbarschaft einen Garten neu anlegte. Die Metamorphose vom langweiligen Viereck-Rasen zu einem blühenden Paradies mit Sitzplätzen und Wegen war faszinierend. Es sah aus wie zaubern. Das gefiel Gitta, und sie schrieb sich für Landschaftsarchitektur ein. Schon als Kind hatte sie im Garten ihrer Eltern auf dem ihr zugewiesenen Beet gerne Wege und Hügel gebaut. Etwas zu gestalten, etwas neu zu erschaffen hatte ihr schon immer großen Spaß gemacht.

Nach dem Studium hatte sie in diversen Gärtnereien gearbeitet, um möglichst viel Praxiserfahrung zu bekommen. Sie hatte in einer Friedhofsgärtnerei Gräber ausgehoben, Stauden vermehrt und unheimlich viel über verschiedene Pflanzen gelernt. Diese Zeit war so angefüllt damit, Erfahrungen zu sammeln, Pflanzpläne und Baupläne zu erstellen, dass Michael und sie lange nicht an Kinder dachten. Erst mit neununddreißig hatte sie aufgehört zu verhüten und zaghaft versucht, ob es denn klappte. Es klappte nicht.

Gitta lief nun schneller und versuchte, ihre Gedanken vorbeiziehen zu lassen wie die vielen Wolken am Himmel. *An nichts festhalten, einfach nur laufen und atmen.*

Es tat gut, hier am Strand zu sein. Nichts hier erinnerte sie an ihren Beruf. Kein Unkraut, kein Strauch, der eine Düngung vertragen hätte. Wenn man einen Blick für diese Dinge hatte, war es manchmal wie ein Fluch. Man konnte nicht damit aufhören. Manchmal fragte sich Gitta, ob es Friseuren auch so ging mit Haaren, die ihnen ja täglich überall auf der Straße begegneten.

Hier waren nur Sand, Wasser und Weite. Nichts, was gedüngt werden musste oder beschnitten.

Ihr Blick blieb an einer Muschel hängen. Sie wusste nicht, warum ausgerechnet diese ihre Aufmerksamkeit erregte, ihr unter den Hunderten, die so verschwenderisch hier am Strand lagen, ins Auge gefallen war.

Gitta hob sie auf und betrachtete sie genauer. Sie schmiegte sich perfekt in ihre Handfläche.

Marlies hatte vor einigen Wochen mit Yoga angefangen, es vor ihren Freundinnen allerdings geheim gehalten. Es war so ein schreckliches Klischee, wie sie fand, dass verlassene Frauen plötzlich mit Yoga anfingen.

Jetzt, wo sowohl Cornelia als auch Gitta aus dem Haus waren, war ein guter Zeitpunkt für einige Übungen. Sie zog die Matte, die sie extra mitgeschleppt hatte, unter dem Bett hervor und stellte dann mit einem Blick in ihre Reisetasche fest, dass sie ihre Trainings-DVD vergessen hatte.

Nun, entschied sie, es würde auch so gehen. Schließlich absolvierte sie zu Hause nahezu jeden Abend eine kleine Übungseinheit. Es müsste doch mit dem Teufel zugehen, wenn ihr jetzt nicht aus dem Kopf ein paar Übungen einfallen würden. Sie nahm ihre Matte und ging die Treppe hinunter. Im Wohnzimmer wäre anders als in ihrem kleinen Zimmer genug Platz.

Zunächst die Aufwärmübungen.

Sie begann im Schneidersitz, hob beim Einatmen die Arme über den Kopf und senkte sie beim Ausatmen.

Danach machte sie einige Male im Wechsel den herabschauenden Hund und die Planke, eine halbherzige kleine Kobra und die stehende Vorwärtsbeuge. Doch es fühlte sich nicht so gut an, wie wenn sie von ihrer DVD-Stimme angeleitet wurde. Vielleicht war sie tatsächlich ein Herdentier, das unbedingt ein Leittier brauchte, weil es sich sonst verloren fühlte.

Bisher war alles perfekt gelaufen. Sie hatte der kleinen alten Dame die schweren Einkaufstaschen bis nach Hause in ihre Wohnung getragen und auf dem Weg ein wenig Konversation betrieben. Eine wirklich gute Tat, wie Cornelia fand.

Alles lief perfekt, bis sie die Einkäufe auf dem Küchentisch abstellte. Als sie sich umdrehte, schrie die Alte sie plötzlich an: »Gehen Sie weg! Ich hab kein Geld! Gehen Sie weg! Weg!« Die Stimme der alten Dame war beängstigend hoch und schrill.

Noch beängstigender war das Messer, das in ihrer Hand aufblitzte.

»Ich will doch gar kein Geld von Ihnen …«, begann Cornelia und hob ihre Arme über den Kopf, um ihre Harmlosigkeit zu beweisen.

Die Alte schien ihr gar nicht zuzuhören. »Was machen Sie in meiner Wohnung?«, schrie sie und stach nun mit dem Messer in ihre Richtung.

Na spitze. Eine Verrückte! Cornelia machte langsame, beschwichtigende Gesten und trat einen Schritt zurück. »Ich kann sofort gehen, wenn Sie wollen. Ich verlasse Ihre Wohnung, und alles ist gut, ja?«

»Sie gehen mir nirgendwohin! Erst geben Sie mir den Schmuck zurück, den Sie meiner Martha gestohlen haben!« Ein erneuter Stich mit dem Messer in Cornelias Richtung.

Langsam wurde die Situation wirklich brenzlig. Cornelia trat einen weiteren Schritt zurück. Sie fühlte sich, als wäre sie in einem Hitchcock-Film gelandet. Sie fürchtete sich davor, was die alte Dame mit dem Messer in ihrem Wahnsinn anstellen könnte, und hatte gleichzeitig Mitleid, weil die Alte so aufgeregt war und offensichtlich nicht Herrin ihrer Sinne.

»Ich rufe jetzt die Polizei!«, entschied sie plötzlich.

»Gut. Sehr gut. Machen Sie das.« Cornelia setzte sich in Zeitlupe auf einen der Küchenstühle und sah zu, wie die Frau mit einer Hand eine Nummer in ein altes Tastentelefon hackte, während sie mit der anderen weiter das Messer umklammert hielt.

An die Nummer der Polizei erinnert sie sich, warum nicht daran, dass ihr ich vor fünf Minuten die Einkaufstüte hier in den ersten Stock getragen habe …

Als Gitta nach Hause kam, fand sie Marlies auf einem Bein stehend vor dem Wohnzimmerfenster vor. Sie hatte die Arme über den Kopf gestreckt und ihre Handflächen aneinandergelegt. Ihr rechtes Bein war in einem seltsamen spitzen Winkel an das Standbein gefaltet.

»Was machst du da?«, fragte sie neugierig. Natürlich hatte sie erkannt, dass es sich um Yoga handeln musste, aber dass Marlies jetzt zu den Yogis zählte, war ihr neu.

Marlies antwortete nicht.

Gitta betrachtete Marlies' Pose noch einmal von Nahem und versuchte dann kurz entschlossen, es ihr gleichzutun. Es gelang ihr nicht recht, denn sie musste immer wieder das eine Bein abstellen, um nicht umzukippen.

»Mit den Augen einen Punkt fixieren, Balance halten«, zitierte Marlies von ihrer Yoga-DVD.

Gitta versuchte es erneut, fixierte eine Stelle am Stamm des Kirschbaums im Garten und hob langsam das eine Bein ans andere. Dann erst traute sie sich, die Arme über den Kopf zu nehmen. Sie schwankte leicht, blieb aber stehen.

»Ist das der Baum?«, fragte sie. Sie hatte diese Pose schon oft auf schönen Nebel- oder Meerbildern gesehen. Üblicherweise zeigten sie Frauen mit schlanken Silhouetten. Ihre Silhouette, die sich in der Scheibe spiegelte, sah ein bisschen anders aus, aber gar nicht so schlecht, wie sie vermutet hatte. Es machte erstaunlich schlank, die Arme so über den Kopf zu heben.

»Der Baum«, bestätigte Marlies. »*Vrksasana.* Ist gut für das Gleichgewicht und unterstützt deine Verbindung und Verwurzelung mit der Welt.«

»Aha. Macht das auch schlank?«

»Trainiert alle Muskeln in deinem Körper«, sagte Marlies salbungsvoll mit ihrer schönsten Yoga-DVD-Stimme.

»Mhm«, murmelte Gitta, die jetzt kämpfen musste, um die Position zu halten.

Sie schwankte bedrohlich, fixierte erneut den Stamm des Baumes und fand ihr Gleichgewicht endlich wieder. Eine Weile lang standen beide schweigend so da. *Es tut gut, hier zusammen mit Marlies den Baum zu machen*, dachte Gitta. Ein Kalenderspruch schlich sich in ihren Kopf. *Freundschaft bedeutet, gemeinsam in die gleiche Richtung zu schauen.*

Erst das Klingeln von Marlies' Handy zerriss die konzentrierte Stille. Gitta kam aus der Balance, und auch Marlies stellte seufzend den Fuß ab. »Bestimmt eines der Kinder«, sagte sie. Doch bis sie ihr Handy erreicht hatte, hatte es bereits zu klingeln aufgehört. Mit einem Schulterzucken ging Marlies zu ihrer Matte zurück. »Machen wir weiter?«

Bevor sich Gitta entscheiden konnte, fing ihr Mobiltelefon an, lauthals *Lollipop, lollipop* zu spielen. »Es soll wohl nicht sein«, sagte sie und griff nach dem Telefon. »Gitta Zippenpfennig?«

Sie lauschte.

»Wo bist du?«, fragte sie und sagte dann: »Wir kommen.«

Sie sah Marlies an. »Zieh dir schnell was an, wir müssen Cornelia bei der Polizei abholen!«

Hannes seufzte. Er kannte Frau Scharbowski schon. Er und seine Kollegen von der Polizeiwache Westerland retteten regelmäßig Leute aus ihrer Wohnung, und immer ging es um Marthas Schmuck, den selbstverständlich nie wirklich jemand gestohlen hatte. Heute war er allein zu ihrer Wohnung gefahren, denn sein Kollege Andreas hatte sich kurz vor ihrem Anruf mit einer Magen-Darm-Grippe krankgemeldet.

Hannes hatte Frau Scharbowski schnell beruhigt, indem er ihr einen Kurzen einschenkte und sanft das Messer aus der Hand nahm. Er konnte gut mit alten Damen. Sie mochten ihn und wuschelten nur allzu gern sein blondes Haar, als sei er siebzehn und nicht zweiundfünfzig.

Schwieriger war es mit Frauen in seinem Alter. Nachdem er Frau Scharbowski entwaffnet hatte, hatte er die hübsche rothaarige Dame mit aufs Revier genommen, um den üblichen Papierkram zu erledigen. Das war schnell erledigt gewesen, und sie hatte auch ihre Freundinnen bereits angerufen, um sich abholen zu lassen. So gab es jetzt nichts mehr zu tun, außer zu warten. Verlegen heftete Hannes das Protokoll zusammen. Er wusste nicht, wo er hinschauen und was er sagen sollte. Deshalb verschanzte er sich, so gut es ging, hinter seinem Computer. Gleichzeitig hätte er sich ohrfeigen können. Es war das erste Mal, dass Frau Scharbowski eine attraktive Frau wie diese mit einem Messer bedroht hatte. Das war eine einmalige Chance für ihn, mit ihr ins Gespräch zu kommen, und er traute sich nicht.

»Pfefferminz?«, bot er ihr ungeschickt an.

»Nein, danke.« Cornelia schielte auf die Uhr. Offenbar hatte sie es eilig. »Ist die Frau geisteskrank?«, fragte sie dann.

»Frau Scharbowski? Nein, nur ein bisschen Alzheimer. Nichts Wildes.«

»Na, immerhin hat sie mich mit ihrem Messer bedroht«, sagte sie. »Sollte man da nicht was machen?«

»Sie kommt ja sonst gut zurecht«, brummte Hannes. »Schwierig wird es immer nur, wenn jemand in ihre Wohnung kommt. Dann glaubt sie sofort, Marthas Schmuck sei gestohlen worden. Wir müssen selbst Martin Blankenstein jedes Jahr bei ihr rausholen. Inzwischen ruft er uns schon immer vorher an, wenn er einen Termin bei ihr hat.«

»Wer ist Martin Blankenstein?«

»Unser Wasser- und Gasableser. Der muss in die Wohnung. Geht ja nicht anders.«

»Und wer ist Martha?« Cornelia hustete und kramte in ihrer Handtasche.

»Martha war ihre Schwester. Die ist aber schon über zehn Jahre tot«, erklärte Hannes.

Sie hustete erneut. »Das ist traurig.«

Er nickte zustimmend. Jetzt sollte er etwas Kluges sagen. Etwas wie: *Der Tod wird uns alle überdauern.* Nein, das klang furchtbar. Vielleicht könnte er ein paar schöne Zitate auswendig lernen, die er zukünftig bei Gelegenheit setzen konnte. Richtig schöne Worte. Schöne Frauen standen auf schöne Worte. Doch in diesem Fall würde es kein nächstes Mal geben. *Hannes, komm schon, sag irgendetwas Gutes*, spornte er sich selbst an.

Stattdessen fragte er erneut: »Pfefferminz?«

Für diese Dummheit hätte er sich am liebsten mit seiner Polizeimütze auf den Kopf geschlagen, aber zu seinem großen Erstaunen lächelte sie diesmal und nahm an. Er betrachtete sie verstohlen. Ihr Lächeln ließ ihr Gesicht mädchenhaft aussehen und erinnerte ihn an Monika Helmstett, ein rothaariges Mädchen aus seiner Grundschulzeit. Hannes hatte schon immer ein Faible für diese Haarfarbe und als Grundschüler jahrelang davon geträumt, sich mit Monika Helmstett ein Trinkpäckchen Kakao zu teilen. Abwechselnd aus dem gleichen Strohhalm zu trinken, das war damals seine Vorstellung von Glück.

Er zwang sich zurück in die Gegenwart. Gerade hatte die hübsche Frau sein plumpes Pfefferminzangebot angenommen. Viel zu hektisch stand er auf und kam um seinen Schreibtisch herum, obwohl er ihr das Pfefferminz genauso gut einfach hätte rüberreichen können. Aber er wollte es gentlemanlike in ihre Hand fallen lassen.

Sie verstand offenbar, was er vorhatte, und hielt ihm ihre flache Hand hin. Schlanke, lange Finger. Ob sie Klavier spielte?

Vor lauter Aufregung quetschte er zu sehr an der Packung, und nicht nur ein Pfefferminz, sondern gleich fünf ploppten in Cornelias Hand.

»Oh, darf ich zwei?«, fragte sie, wartete seine Antwort aber nicht ab, sondern steckte sie sich sofort in den Mund. Sie legte die übrigen drei Bonbons zurück in seine Hand. Kurz berührten sich dabei ihre Hände.

Sie hatte angenehm warme Finger. Hannes stolperte glücklich zurück hinter seinen Schreibtisch und platzierte die drei Pfefferminzdrops auf einem Taschentuch. Die würde er sich aufheben. Für besondere Anlässe.

Er hatte sich gerade in seinen Schreibtischstuhl fallen lassen, als Schritte und Stimmen im Flur ankündigten, dass jemand das Revier betreten hatte. Und dann ging alles sehr schnell: Cornelia stand auf und lief zur Tür, zwei Frauen stürmten herein, und dann wurde es sehr laut. Umarmungen wurden ausgetauscht und sehr viele Fragen gleichzeitig gestellt.

»Ich erzähle euch gleich alles von vorne«, sagte Cornelia und wandte sich an Hannes. »Herr Walther, vielen Dank für die Rettung und die Pfefferminzbonbons. Die sind sehr gut.«

Da war wieder das Mädchenlächeln. Er wollte sie noch fragen, ob sie mit ihm einen Kaffee trinken gehen würde. Er wollte sie fragen, wie lange sie noch auf der Insel bleiben würde und woher sie das niedliche Grübchen am Kinn hatte, aber ihre Freundinnen standen um sie herum, und Hannes war kein Mann, der Frauen einfach so auf einen Kaffee einlud.

»Ja, dann tschüss«, sagte er also unbeholfen. »Wenn noch was ist, melde ich mich. Ihre Anschrift auf der Insel habe ich ja.«

Cornelia nickte, dann ließ sie sich von ihren Freundinnen aus dem Revier führen.

Hannes sah aus dem Fenster und notierte sich ihr Autokennzeichen. Berufskrankheit, sicherlich, aber man wusste ja nie, wozu das noch nützlich sein konnte.

Nachdem sie die Polizeiwache verlassen hatte, beschlossen die drei Freundinnen, einen weiteren Punkt auf der Liste der von Gitta recherchierten Schätze abzuarbeiten. Da sie jetzt sowieso in Westerland waren, konnten sie unten an der Strandpromenade einen Chai-Tea-Latte trinken. Dort sollte es in einer kleinen Strandbar den besten auf der ganzen Insel geben.

Cornelia wäre lieber in ein schönes Café gefahren, als nur von einer Glasscheibe geschützt draußen im Wind zu sitzen. Aber Marlies und Gitta hatten sie schließlich gerade abgeholt, also durfte sie nicht wählerisch sein.

Immerhin gab es hier Crêpes – nicht das Schlechteste, angesichts der Tatsache, dass sie alle noch immer noch nicht gefrühstückt hatten.

»So, und jetzt erzähl mal: Wieso müssen wir dich noch vor dem Frühstück auf einer Polizeiwache abholen?«, fragte Gitta neugierig, während eine junge Frau ihre Bestellung fertig machte. »Was kann einem auf dem Weg zum Supermarkt auf einer Ferieninsel bitte groß passieren?«

»Genauer gesagt war es auf dem Weg zurück vom Supermarkt.

Ich habe diese kleine alte Dame gesehen, die Hilfe brauchte …«, begann Cornelia und erzählte ihren aufgeregten Freundinnen ihre Geschichte.

Noch während sie berichtete, reichte die Bedienung ihnen ihre Crêpes und die bestellten Getränke, und Marlies dirigierte ihre Freundinnen zu zwei freien Strandkörben, die einander am Rande der Terrasse gegenüberstanden.

Cornelia zögerte kurz. Es war eigentlich viel zu kalt, um draußen zu sitzen, aber sie hatten keine Wahl, und immerhin lagen in den Körben bunte Fleece-Decken, in die sie sich hineinkuscheln konnten. Es lief fröhliche Musik, und alle trugen bunte Mützen. Auch der Chai war fantastisch. Süß und würzig, genau so, wie Cornelia ihn liebte.

»Das hat man also davon, wenn man anderen hilft!«, sagte Gitta, nachdem Cornelia ihren Bericht beendet hatte. »Ich hab doch gleich gesagt, das war nur ein blöder Traum. Dass du das ernst genommen hast!«

»Ich werde mich jetzt nicht verteidigen, weil ich einer alten Frau die Einkaufstaschen nach Hause getragen habe. Das hätte ich auch ohne unseren Engel gemacht. So etwas gehört sich einfach!« Cornelia pustete energisch in ihren heißen Tee.

Marlies und Gitta schauten sich vielsagend an.

»Gut«, sagte Cornelia. »Ihr habt recht. Ich dachte, ich versuche es mal. Wäre ja keine schlechte Sache: Wir tun Gutes, und dafür werden uns unsere Wünsche erfüllt.«

»Wie im Märchen, genau«, sagte Gitta sarkastisch.

»Einen Versuch war es wert«, meinte Cornelia. »Das Prinzip ist ja nicht neu. Gutes Karma, mieses Karma … *What goes around, comes around* … Glaubt ihr da nicht dran?«

Marlies überlegte. »Früher habe ich das auch gedacht. Aber nach der Sache mit Frank … Ich weiß es nicht. Momentan denke ich eher, das Leben ist eben unfair. Den einen werden ihre Wünsche erfüllt, den anderen nicht.«

Gitta und Cornelia nickten seufzend und aßen weiter ihre Crêpes, die bei der Kälte schneller abkühlten, als ihnen lieb war.

»Ich finde es trotzdem schön, dass du es versucht hast! Ist doch eine klasse Geschichte. Wer kann schon erzählen, dass er in die Gewalt einer bewaffneten alten Dame geraten ist!« Marlies lächelte Cornelia an.

»Und was war mit dem Polizisten?«, wollte Gitta wissen. »Der war doch irgendwie komisch, oder?«

»Ich fand den ganz nett«, entgegnete Cornelia. »Etwas wortkarg vielleicht, aber das sind ja alle hier oben im Norden. Er hat mir sogar Pfefferminz angeboten.«

»Enorm!«, sagte Gitta spöttisch. »Du bist von Männern offenbar wirklich nicht verwöhnt!«

»Außer dir ist das hier niemand!«, sagte Marlies. Ihre Stimme hatte mit einem Mal einen genervten Unterton.

»Was soll das denn heißen?« Gitta sprang auf.

»Na, du tust immer so, als ginge es dir am schlechtesten von allen. Als hätte das Leben dir besonders übel mitgespielt. Dabei bist du die Einzige von uns mit einer intakten Beziehung! Dein Michael ist ein Goldschatz.«

»Ach, und deshalb ist mein Problem kleiner als eures? Keine Karriere als Sängerin zu machen – das ist natürlich richtig schlimm!«

Cornelia wusste nicht, warum Gitta sie angriff. Sie hatte doch gar nichts gesagt. »Ich weiß ehrlich gesagt auch nicht, was so schrecklich daran ist, keine Kinder zu haben«, sagte sie. »Ich meine, guck dir Marlies an: Sie hat drei und ist trotzdem unglücklich!«

»Ich bin unglücklich, weil mein Mann mit einer Jüngeren durchgebrannt ist, verdammt noch mal!« Marlies warf den Rest ihres Crêpes auf das Klapptischchen am Strandkorb. »Aber das versteht ihr offensichtlich nicht!« Wütend ging sie in Richtung Strand. Die Gäste an den Nachbartischen sahen ihr erstaunt nach und schauten prüfend zu Gitta und Cornelia.

Die beiden Freundinnen vermieden es, sich anzusehen, und starrten durch die Scheibe auf das Meer hinaus.

»Entschuldige. Das war gemein. Ich hab keine Ahnung, wie du dich fühlst, Conny.« sagte Gitta nach einer Weile versöhnlich. »Weißt doch, wie schlecht ich singe. Und ins Rampenlicht wollte ich auch noch nie.«

»Es ist wie … wie eine Wunde, die nie heilt«, erklärte Cornelia leise.

Gitta nahm ihre kalte Hand und drückte sie. »Das Gefühl kenne ich.«

»Und sie sicher auch.« Cornelia zeigte zum Strand, auf Marlies, die mit dem Rücken zu ihnen auf die Brandung starrte. »Komm.« Cornelia zog Gitta hoch.

In stillem Einverständnis miteinander schlichen sie sich von links und rechts gleichzeitig an Marlies heran und umarmten sie.

Marlies schluckte einige Tränen hinunter. »Ich will ja gar nicht dauernd jammern, es ist nur …«

»… wie eine Wunde, die nie heilt«, vervollständigten Gitta und Cornelia gleichzeitig.

Auch diesen Tag ließen sie vor dem Kamin ausklingen. Marlies hatte eine kleine Yogaeinheit mit ihnen gemacht, und jetzt lagen sie alle auf dem Rücken auf dem flauschigen Teppich, die Füße auf der Kaminbank, um etwas Wärme vom Feuer abzubekommen.

»Schade, dass wir morgen schon heimfahren müssen«, sagte Cornelia. Sie hatte sich inzwischen mit der windigen Insel angefreundet und genoss es, ihre Freundinnen um sich zu haben.

Gitta setzte sich mit geradem Oberkörper auf. »Was, wenn wir einfach bleiben? Wir könnten verlängern!«

Cornelia schüttelte den Kopf. »Ich hab nächste Woche Schüler.«

Marlies überlegte. Die Idee war verlockend. Es war schön, nicht die ganze Zeit allein im zu großen Haus zu hocken und der alten Katze beim Fellverlieren zuzuschauen. Mit Gitta und Cornelia zusammen in diesem Ferienhaus zu sein gefiel ihr sehr viel besser. »Ich zahle die Verlängerung«, beschloss sie spontan. »Gitta, check doch mal, ob das geht.«

Cornelia rollte sich zur Seite und setzte sich auf. »Ich weiß wirklich nicht, ob ich meinen Schülern absagen kann. Ich müsste die Stunden ja dann nachholen.«

»Ich müsste auch ziemlich viele Termine absagen. Ich hab ein Planungsgespräch mit den Winkelmeiern, 4.500 Quadratmeter Garten, das kann ich eigentlich nicht verschieben.« Nun richtete sich auch Marlies auf. »Erst heiß machen und dann den Schwanz einkneifen, das gilt nicht! Los, ruf da an, ob wir verlängern können!«

»Für wie lange denn?«, fragte Gitta und fing an, ihr Handy zu suchen.

»Eine Woche. Heute ist Samstag. Lasst uns bis nächsten Samstag bleiben, wenn das geht. Dann haben wir sieben richtige Tage am Meer.« Cornelia hatte mit einem Mal richtig Lust auf ein Abenteuer. Wenn Marlies ihren Aufenthalt wirklich bezahlen und sie die Stunden der Schüler nachholen könnte, würde sie keinen Verdienstausfall haben. Sie würde lediglich am darauffolgenden Wochenende deutlich mehr arbeiten müssen als sonst, um die Stunden wieder aufzuholen, denn viele Kinder konnten unter der Woche nicht, weil ihre Zeitpläne enger waren als die von Topmanagern.

Gitta hingegen hatte Zweifel. So spontan ihre Idee gewesen war, so blöd war sie auch. Es wäre zwar schön, einfach hierzubleiben und die Zeit auf der Insel mit ihren Freundinnen zu genießen, aber sie wusste nicht, wie sie das all ihren Kunden beibringen sollte. Gitta war selbstständig und konnte machen, was sie wollte, aber die Kunden, für die sie die Gärten plante, würden nicht begeistert sein, wenn sie alles umwarf. Übernächste Woche würde sie dann furchtbar ranklotzen müssen, um alles wieder aufzuholen.

Marlies spürte, wie gern sie mit den anderen hierbleiben wollte. Für sie wäre es organisatorisch natürlich am einfachsten. Auf sie wartete kein Job, keine Verpflichtung, jedenfalls bisher nicht. Sie hatte sich nach Franks Auszug eher halbherzig mal hier und da beworben, aber durch ihre geringe Berufserfahrung und die zwanzig Jahre Pause, die sie für die Erziehung ihrer Kinder eingelegt hatte, kam sie für Arbeitgeber offenbar nicht wirklich infrage. Zum Glück musste sie dank Franks großzügiger Unterhaltszahlungen und einer Erbschaft nicht zwingend Geld verdienen. Doch ein Job würde ihr dennoch guttun – etwas, das ihrem Leben Struktur gab, Kollegen, die sie täglich sehen würde. Eine Herausforderung, Menschen um sich herum – so etwas fehlte ihr.

Gitta wählte die Nummer der Vermieterin. Es war eigentlich ein bisschen zu spät am Abend, um anzurufen, und ein Teil von ihr hoffte, dass niemand drangehen würde.

Zwei Minuten später legte sie auf. Cornelia und Marlies, die mitgehört hatten, jubelten. Sie durften bis zum nächsten Wochenende bleiben!

Gitta beschloss, sich einfach mitzufreuen. Sie machte sowieso zu selten Urlaub. Das war schon in Ordnung.

»Oh nein!« Marlies legte sich erschrocken die Hand an den Mund. »Jemand muss sich um Mrs. Winterbottom kümmern!«

»Die olle Katze?«, fragte Gitta.

Cornelia frotzelte: »Oje, Gitta, du musst das sofort wieder rückgängig machen. Marlies hat einen Termin mit ihrer Katze, den kann sie unmöglich absagen!«

Marlies warf Kissen nach ihren Freundinnen. »Ihr seid doof! Eure Schüler und Kunden verhungern nicht, wenn ihr nicht da seid, Mrs. Winterbottom schon! Meine Nachbarin Janet kümmert sich gerade um sie, aber die ist nächste Woche selbst im Urlaub.«

»Wisst ihr was? Morgen kümmern wir uns um alle Schüler, Kunden und Katzen. Und jetzt feiern wir erst mal, dass wir ab sofort richtigen Urlaub haben!« Gitta hob feierlich ihr Weinglas.

Cornelia und Marlies prosteten ihr zu.

Sie lachten viel an diesem Abend. Es war lange her, dass sie so eine spontane Idee einfach umgesetzt hatten. Es fühlte sich gut an.

»Es war Schicksal, dass das Haus in den nächsten Tagen noch frei war«, sagte Marlies bedeutungsvoll.

»Schicksal – oder Nebensaison.« Gitta blieb pragmatisch.

»Ich glaube auch, es war Schicksal«, unterstützte Cornelia Marlies. »Wir sollen hierbleiben und Gutes tun!«

»Hast du nicht schon genug Gutes getan?«, spottete Gitta. »Schließlich bist du heute Vormittag fast ermordet worden. Ich sag euch, das war ein Traum ohne Bedeutung. Und das werde ich euch auch beweisen.«

»Na, da bin ich ja mal gespannt.« Cornelia sah zu Marlies.

»Ja, dann mach mal«, sagte diese.

Gitta mied ihren Blick nicht. »Dieser *Engel* hat doch gesagt, es gebe keine Möglichkeit, aus dem Club der Engel auszusteigen, richtig?«

Die beiden nickten.

»Hiermit trete ich offiziell aus dem Club der Engel aus«, deklamierte Gitta daraufhin kampfeslustig. »Ich weigere mich, diesen Blödsinn mitzumachen! Ich werde nichts Gutes tun! So!« Sie stand auf, kramte umständlich das Cent-Stück aus ihrer Hosentasche und warf es theatralisch in den Kamin.

»Sehr beeindruckend«, sagte Cornelia.

»Das verbrennt nicht«, spekulierte Marlies.

»Es geht doch um die Sache: Wenn es einen Club der Engel gäbe und man nicht austreten könnte, dann müsste jetzt doch irgendetwas passieren, das mich daran hindert auszutreten. Und?« Sie breitete die Arme aus. »Nichts!«, sagte sie zufrieden und nahm noch einen Schluck Wein.

Alle drei starrten kurz ins Feuer, als müsste dort jetzt etwas geschehen.

Nichts geschah.

Mrs. Winterbottom

Sie schliefen aus, wie es sich für einen regnerischen Sonntag gehörte. Gitta war als Erste wach, und weil sie als Einzige wusste, welcher Bäcker sonntags aufhatte, entschied sie sich, Brötchen für alle zu holen. Sie schaute sich auf ihrem Smartphone kurz an, wo der Bäcker war, und entschied dann, dorthin zu laufen.

Die Luft war kühl, der Himmel wolkenverhangen. Ein paar Vögel zwitscherten froh, weil es gerade nicht regnete. Gitta lief durch das Wohngebiet. Die kleinen reetgedeckten Häuser waren entzückend, aber ihr Blick wanderte automatisch weiter in die Gärten. Gitta sah auf einen Blick, wo ein Profi am Werk gewesen war und wo nicht. Manchmal waren offenbar auch die Hausbesitzer kleine Gartenbauarchitekten, die sich selbst Sonnenplätze und Wege angelegt hatten. Das sah dann wieder anders aus. Etwas weniger perfekt, eigenwillig und mit der Handschrift der Besitzer. Einige liebten Hortensien und verteilten sie überall im Garten, auch an den sonnigen Standorten, an denen sie nicht so gut wuchsen. Kaum einer ahnte, wie viel Wissen man benötigte, um einen Garten so perfekt anzulegen, dass er den Bedürfnissen der Besitzer entsprach und das ganze Jahr über eine Freude war, und nicht nur im Sommer.

Gitta seufzte. Die meisten Gärten hier waren praktisch, langweilig und pflegeleicht angelegt, denn natürlich gossen und tränkten Feriengäste nicht. Es war eine Wohltat, wenn sie zwischen all den Rasenflächen und Hecken einen Garten mit Stauden entdeckte. Herbstblüher wurden oft vernachlässigt, weil sich Gartenbesitzer lieber auf Frühlings- und Sommerblumen konzentrierten, dabei hatten im Herbst wunderschöne Pflanzen ihre Blütezeit.

Sie freute sich, als sie an einem Vorgarten vorbeikam, der voller Erika und Astern war.

Beim Bäcker war es voll. Die Leute drängelten, jeder wollte als Erster mit seinen Brötchen zurück zum Sonntagsfrühstück. Gitta stellte sich in die Reihe und beobachtete die Kunden vor sich. Auch auf einer Ferieninsel schien niemand Zeit zu haben. Gerade drängte ein Mann mittleren Alters einen etwa zehnjährigen Jungen zur Seite. »Sieben Brötchen insgesamt«, bestellte er ganz selbstverständlich. »Drei Dinkel, zwei Mehrkorn, ein Franzbrötchen und ein Sonnenblumenkernbrötchen.«

Der nächste Kunde trat einen Schritt vor, auch er schob sich schnell vor den Jungen, der etwas hilflos zur Bedienung schaute. Das durfte doch nicht wahr sein! Entschlossen stellte Gitta sich hinter den Kleinen und machte sich breit. Jetzt würde es keiner mehr wagen, sich an dem Jungen vorbeizuschummeln.

»So, jetzt du«, sagte sie, als die Verkäuferin sich suchend nach dem nächsten Kunden umsah, und lächelte ihn an.

Dankbar nickte der Junge und bestellte. Wenige Minuten später verließ auch Gitta mit der Brötchentüte unter dem Arm die Bäckerei.

Neugierig bückte sie sich, als sie etwas auf dem Gehsteig blinken sah. Ein Glückscent.

Sie hob ihn auf und ging mit langen Schritten weiter.

An einer Ampel musste sie zusammen mit einer älteren Frau auf einem Fahrrad warten. Gitta musterte sie kurz. Sie schien in Eile zu sein, denn als es grün wurde, fuhr die Frau so ruckartig los, dass ihr ein Buch aus dem Fahrradkorb fiel.

Gitta hob es schnell auf und rief ihr hinterher: »Warten Sie! Ihr Buch!«

Die Fahrradfahrerin bedankte sich und schenkte ihr ein Lächeln.

Fool on the Hill von Matt Ruff war einmal eins ihrer Lieblingsbücher gewesen. Wie lange sie nicht mehr an dieses Buch gedacht hatte! Sie könnte es noch mal lesen. Die fantasievolle Art des Autors, Realität und Fiktion miteinander zu verweben, hatte sie damals sehr fasziniert.

Gedankenversunken erreichte sie die andere Straßenseite und entdeckte ein weiteres Geldstück. Eine Cent-Münze. Sie hob sie zögernd auf und steckte sie zu der Muschel und dem anderen Glückscent in die Jackentasche.

Marlies atmete tief durch. Sie rief nicht gern Leute an, die sie nicht gut kannte, denn man wusste nie, welche Richtung das Gespräch nehmen würde. Wenn einem am Telefon die Worte fehlten, war man geliefert. In einem persönlichen Gespräch gab es viel mehr Möglichkeiten, wenn man gerade mal nicht mehr wusste, was man sagen sollte.

Sie starrte auf die Nummer, die sie sich auf einem Zettel notiert hatte. Ihre Freundin Janet, die sich noch um Mrs. Winterbottom kümmerte, hatte ihr den Tipp gegeben, es doch einmal bei Herrn Tiefenborn zu versuchen, einem freundlichen Herrn um die sechzig aus ihrer Nachbarschaft. Er sei sehr hilfsbereit und tierlieb. Die perfekte Kombination für ihr Anliegen.

Marlies wählte die Nummer, ließ es einmal klingeln und legte sofort wieder auf.

Gute Güte! Sie fasste sich an die Stirn. Wenn sie sich schon bei einem Telefonat mit einem Nachbarn so anstellte, wie wollte sie dann im Berufsleben auch nur eine Stunde lang bestehen? Nein, das musste auch anders gehen. Entschlossen kramte sie einen Stift aus ihrer Handtasche und schrieb sich auf der Rückseite eines Kassenzettels ein paar Stichworte auf:

vorstellen (Marlies Hopper)
eine seltsame Frage
Katze Mrs. Winterbottom
nur bis Samstag
hänge auf Sylt fest
ruhig Nein sagen
bedanken

Sie strich »hänge auf Sylt fest« wieder durch und wählte ein zweites Mal die Nummer. Im gleichen Augenblick kam Cornelia die Treppe herunter, und Marlies bedeutete ihr mit einem Finger auf den Lippen, dass sie leise sein sollte.

»Ja, guten Tag, Herr Tiefenborn«, sagte sie dann. »Ich bin ihre Nachbarin, Marlies Hopper … Ja, ja genau …«

Unruhig lief Marlies durch die Küche. Nur am Rande nahm sie wahr, dass Cornelia sich auf die Arbeitsfläche der Küchenzeile setzte, um ihr nicht im Weg zu sein. »Ja, danke … Mir geht es gut, und Ihnen? … Ja, das stimmt, so eine Trennung ist ja nie besonders schön …«

Irritiert schaute Marlies auf ihren Stichwortzettel. Das Gespräch lief nicht wie geplant. Ihre Trennung von Frank hatte sie eigentlich überhaupt nicht mit ihrem Nachbarn diskutieren wollen. Wie sollte sie von diesem Thema auf Mrs. Winterbottom kommen?

Cornelia ahnte offenbar, dass sie einen Hänger hatte und gestikulierte wild. Anscheinend versuchte sie, eine Katze darzustellen. Erst formte sie sich mit den Händen Ohren, dann begann sie, sich das Fell abzulecken. Das verwirrte Marlies zusätzlich.

»Herr Tiefenborn, ich rufe an, weil …« Marlies stockte und starrte Cornelia an.

Diese schaufelte sich gerade mit beiden Händen – oder Pfoten – etwas in den Mund.

Richtig!

»… jemand gefüttert werden muss.«

Himmel, was rede ich denn da?, fragte sich Marlies verzweifelt und machte ein paar Handbewegungen, die Cornelia davon abhalten sollten, weitere Katzenpantomimen zu machen.

»Meine Katze, Mrs. Winterbottom, ist allein zu Hause, und Janet …« Ihr fiel so schnell Janets Nachname nicht ein. »Also die Nachbarin, die links von uns, von mir wohnt, die ist im Urlaub. Und ich bin gerade auf Sylt … Ja, das Wetter hier ist gut.«

Cornelia schüttelte wild den Kopf und machte mit den Händen Regen nach, der vom Himmel fiel vor.

»Na ja, es regnet ab und zu auch …«

Cornelia blies die Backen auf und pustete.

»Und es ist sehr windig …«, sagte Marlies und versuchte wegzuschauen. Ihrer Freundin machte das Ganze sichtlich Spaß. »Könnten Sie diese Woche vielleicht auf mein Baby …« Verdammt, sie hatte schon wieder auf Cornelia geschaut, die jetzt ein imaginäres Kind im Arm wiegte! »Auf meine *Katze* aufpassen? Nein, sie ist kein Baby mehr. Eigentlich ist sie schon eine alte Dame …«

Cornelia mimte einen gebeugten Gang und stützte sich auf einen nicht vorhandenen Stock.

»Das wäre großartig. Nein, sie hat kein Katzenklo. Wir haben eine Katzenklappe, sie geht immer raus, wenn sie muss.«

Endlich schien Cornelia die Lust zu verlassen, auch diese Sequenz pantomimisch darzustellen. So konnte Marlies ungestört zu Ende telefonieren. »Ja, dann danke ich Ihnen sehr«, beendete sie das Gespräch. »Und wenn irgendetwas ist: Sie haben ja meine Nummer. Was sollte das Rumgehample?«, fragte sie dann Cornelia, die inzwischen den Tisch deckte.

»Ich wollte nur helfen«, sagte Cornelia scheinheilig. »Ich bin im Club der Engel, schon vergessen?«

Marlies musste grinsen, ob sie wollte oder nicht. »Wenn das so ist, werde ich dir auch ein bisschen helfen«, sagte sie und kitzelte Cornelia von hinten unter beiden Armen. Diese konnte sich nicht wehren, weil sie in beiden Händen Tassen hielt, und so rannte sie nur quietschend vor ihr her.

»Das fehlt mir«, sagte Marlies schließlich ein wenig außer Atem. »Früher habe ich so mit den Kindern herumgealbert. Und Frank und ich, wir haben auch oft –« Sie brach ab, als sie merkte, dass sie schon wieder über Frank redete. »Es tut einfach gut, ab und zu etwas Blödsinn zu machen«, sagte sie stattdessen.

»Brötchendienst!«, klang es vom Eingang. Freudestrahlend schwenkte Gitta ihre Brötchentüte. Dann stutzte sie und bückte sich. »Nun reicht es aber langsam. Das ist schon der dritte«, sagte sie und knallte eine Cent-Münze auf den gedeckten Tisch. »Wer lässt hier sein Geld rumliegen?«

»Mein Glückscent ist hier!«, sagte Cornelia fröhlich und zog ihn aus ihrer Hosentasche.

»Meiner auch!«, sagte Marlies und holte ihren hervor.

»Ihr tragt die mit euch rum?«, fragte Gitta fassungslos.

»Ja, klar!«, strahlte Cornelia und packte die Brötchen aus. »Kaffee ist auch schon fertig. Wir können frühstücken!«

Obwohl das Wetter schlecht war, zog es Gitta am Nachmittag wieder nach draußen. Sie konnte sich nicht allzu lange in geschlossenen Räumen aufhalten. Michael nannte sie deshalb mitunter liebevoll »mein Draußentier«, was Gitta nicht logisch erschien, weil abgesehen von den Haustieren ja alle Tiere eher draußen lebten.

Da weder Marlies noch Cornelia Lust hatten, sie bei Nieselregen zu einem Strandspaziergang zu begleiten, verabredeten sie, sich später in einem Café zu treffen, das zu Fuß erreichbar war.

Gitta packte sich warm ein und verließ das Haus.

»Macht es dir etwas aus, wenn ich ein bisschen übe?«, fragte Cornelia, sobald sie mit Marlies allein war.

»Was übst du denn?«, wollte Marlies wissen.

Cornelia grinste. »Schreibmaschine. Zehnfingersystem.«

Marlies schaute verdutzt. »Wirklich?«

»Nein, natürlich nicht! Gesang. Was denn sonst?«

»Das musst du üben? Du singst doch schon toll!«

Cornelia lächelte. »Die Stimme muss man ständig trainieren, wie einen Muskel. Ein Orchestermusiker hört auch nie auf, auf seinem Instrument zu üben, und genau so arbeite ich an neuen und alten Songs. Einmal, um meine Stimme zu trainieren, und dann, weil ich weiterkommen möchte.«

Trainieren, weiterkommen … Darüber dachte Marlies nach, als sie wenig später allein in ihrem Zimmer saß und versuchte, ein Sudoku zu lösen. Über ihrem Kopf hörte sie die Gesangsübungen ihrer Freundin. Wie ehrgeizig und diszipliniert sie war. War es ein Fehler gewesen, sich voll und ganz auf die Kinder einzulassen und Frank den Rücken freizuhalten? Wenn sie ehrlich war, hatte sie nicht viel aufgegeben, als sie damals mit Jan, ihrem Ältesten, zu Hause blieb. Nach dem Abitur hatte sie eigentlich Grafikdesign studieren wollen. Ein Jahr lang war sie auf die Kolping-Kunstschule gegangen, um dort ihre Mappe für die Bewerbung vorzubereiten. Es war ein tolles Jahr gewesen. Sie hatte ein bisschen vor sich hingemalt, nebenbei in einem Fahrradladen gejobbt und Frank kennengelernt. Nach dem Jahr hatte sie ihre Mappe eingereicht und eine Absage kassiert. Nicht einmal zum Vormalen wurde sie eingeladen. Im Fahrradladen machte sie inzwischen die komplette Buchhaltung, und ihr Chef bot ihr eine Festanstellung an, die sie annahm. Vorübergehend, bis sie wissen würde, was sie mit ihrem Leben anfangen wollte.

Als Jan dann auf der Welt war, war klar, dass sie zu Hause blieb. Sie hatte nie den Biss gehabt, nie den Ehrgeiz, den sie bei Cornelia beobachten konnte. *Weil ich weiterkommen möchte*, hatte sie eben gesagt.

Marlies wollte auch weiterkommen. Sie stellte sich vor den Spiegel, einen hübschen Spiegel mit einem Rahmen aus Ornamenten. Er war groß genug, dass Marlies sich darin fast komplett sehen konnte. Nur die Füße fehlten, aber auf die konnte sie gerade verzichten.

Marlies betrachtete sich eine Weile, als würde sie eine fremde Person anschauen. Sie war mittelgroß, mittelblond, mittelalt und mittelhübsch. So kam sie nicht weiter. »Es ist okay, keinen Job zu haben«, sagte sie zu ihrem Spiegelbild.

Sie glaubte sich nicht. Niemand in ihrem Alter hatte keinen Job. Solange sie zu Hause bei den Kindern gewesen war, hatte sich das in Ordnung angefühlt. Sie hatte immer die berufstätigen Mütter bemitleidet, die morgens und nachmittags abgehetzt zu Kindergarten und Schule kamen. Zusatzaktivitäten waren für diese Mütter kaum unterzubringen. Marlies hingegen hatte sich immer gerne freiwillig für alle Aktivitäten eingetragen: Kuchen backen, den Wandertag begleiten, Laterne basteln. Die Lehrer konnten auf sie zählen. Wenn sie manchmal doch ein Gefühl von Minderwertigkeit beschlich, kämpfte sie es nieder, indem sie sich ihre Kinder ansah, die ohne größere Probleme erwachsen wurden. Das war ihr Verdienst. Jetzt, ohne Familie, fühlte es sich schräg an, nirgendwo zu arbeiten, und sie konnte schlecht weiterhin Kuchen zur Schule bringen, wenn sie dort längst kein Kind mehr hatte.

»Ich hätte schon gerne einen Job«, wünschte sich die Frau im Spiegel.

»Warte kurz, das schreibe ich auf«, sagte Marlies zu ihr. Sie kramte ein kleines Notizbuch aus ihrem Koffer.

Job, schrieb sie auf.

»Was noch?«, fragte sie in den Spiegel.

Ihr Gegenüber schwieg.

Cornelia schloss die Augen. Sie hatte ihre Stimme jetzt aufgewärmt, und auch ihre Gitarre war gestimmt. Zeit für den ersten Song. Sie spielte die ersten Akkorde von *Believer*. Es war das erste Mal, dass sie etwas von Imagine Dragons sang. Der Song mochte auf den ersten Blick nicht unbedingt geeignet sein, um ihn zu covern. Aber ihr hatte der Text so gut gefallen, dass sie sich entschieden hatte, es zumindest zu versuchen. Er war in den Strophen vielleicht noch nicht so offensichtlich, doch im Refrain wurde deutlich, dass es um Schmerz ging. Schmerz, der den Sänger an etwas glauben ließ.

Ob nun an sich selbst, an Gott oder an die Liebe, blieb dem Hörer selbst überlassen.

Es hatte Cornelia Zeit und Mühe gekostet, den Song für sich

zu erarbeiten. Vor allem die Teile, in denen so schnell gesungen wurde, dass sie beinahe ein Rap waren, hatten ihr Schwierigkeiten gemacht. Doch langsam merkte sie, dass es funktionierte.

Cornelia spielte und sang schon immer nur Coversongs. Eigene Lieder zu schreiben war nicht ihr Ding, aber es machte ihr große Freude, bekannte Songs zu ihren ganz eigenen zu machen.

Wie immer stellte sie sich beim Singen eine Bühne vor, die Berliner Waldbühne. Als Teenager war sie dort einmal auf einem Konzert von Reinhard Mey gewesen. Ein Mann, ein Barhocker und eine Gitarre. Mehr hatte es nicht gebraucht, um zwanzigtausend Leute zu verzaubern. Die Waldbühne war eine Freilichtbühne, sie sah aus wie ein übergroßes Amphitheater. Der Künstler steht in der Mitte auf der Bühne, am tiefsten Punkt des Areals.

In Cornelias Fantasie brach gerade die Dämmerung herein, und sie konnte die ersten Zuschauer auf den von Gras überwachsenen Stufen sitzen sehen. Alle Scheinwerfer waren auf sie gerichtet. Anfangs zitterten ihre Finger noch ein kleines bisschen, doch ihre rechte Hand fand die Akkorde so sicher, wie sie einen Fuß vor den anderen setzen konnte. Sie hatte mit elf Jahren begonnen, Gitarre zu spielen, zusätzlich zum Klavierunterricht, den ihre Eltern ihr bezahlten. Sobald sie einige simple Popsongs spielen konnte, begann sie mitzusingen. Ein paar Jahre später hatte sie ihre Eltern endlich so weichgeknetet, dass sie statt Klavierunterricht Gesangsstunden nehmen durfte. Gesang war in den Augen ihrer Eltern kein echter Musikunterricht. Ihre Lehrerin war jung und lustig. Vielleicht wäre eine alte, strengere Frau besser gewesen. Jedenfalls hatte ihr Können am Ende nicht für die Aufnahmeprüfung zum Gesangsstudium gereicht.

Cornelia sang jetzt die erste Strophe von *Believer*. Ihre Stimme war glasklar, die englischen Wörter perlten von ihren Lippen. *First things first, I'ma say all the words inside my head.* Es war wichtig, bei diesem Song jedes einzelne Wort akkurat zu singen, nichts zu vernuscheln.

Sie kam zu ihrer ersten Lieblingsstelle: *Don't you tell me what you think that I can be, I'm the one at the sail, I'm the master of my sea, oh-ooh* – Sag mir nicht, wer ich sein kann, ich bin am Steuer, ich kontrolliere mein eigenes Meer.

Jetzt fühlte sie die Musik, fühlte den Schmerz und konnte den Refrain aus vollsten Herzen singen. *You made me a, you made me a believer …*

Marlies stand immer noch vor ihrem schweigenden Spiegelbild. Von oben hörte sie jetzt Gitarrenklänge und Cornelias Stimme. Sie konnte die Worte nicht wirklich verstehen, aber es klang kraftvoll und anklagend. Der Klang brandete auf sie ein und umhüllte sie.

»Ich hab eine Scheißwut!«, sagte das Spiegelbild unvermittelt, als hätte die Musik eine Tür zu einer verborgenen Kammer geöffnet.

Marlies schrieb *Wut* in ihr Notizbuch, direkt unter das Wort *Job*. Gleichzeitig spürte sie, dass es falsch war. Es war nicht genug. Sie schlug im Takt zur Musik auf ihre Matratze, und als wieder der Refrain zu hören war, verprügelte sie ihr Kopfkissen.

Dieses Wort verstand Marlies. Ein Einziges.

Schmerz.

Es war voll im Café. Rentner in Outdoor-Jacken bevölkerten jeden Tisch, drängten nach und suchten nach weiteren Plätzen. Gitta war schon eine Weile vor ihren Freundinnen angekommen und musste ihren kleinen Tisch mit Ellbogen und Zähnen verteidigen.

»Endlich«, stöhnte sie, als die beiden sich zu ihr durchschoben.

»Wir sind ganz pünktlich«, verteidigte sich Marlies.

»Das mag sein, aber Rentner mit Kuchenhunger sind furchtbar aggressiv!«, flüsterte Gitta über den Tisch. »Ihr ahnt nicht, wie schwierig es war, diesen Tisch zu bekommen.«

Cornelia nickte kurz und versuchte, sich zu Marlies auf die Bank zu quetschen, die wahrscheinlich normalerweise für eine Person gedacht war. Der Mantel einer älteren Frau vom Nachbartisch war dabei ziemlich im Weg.

»Könnten Sie den bitte wegnehmen?«, fragte Cornelia genervt, weil die Dame seelenruhig ihren Bienenstich aß und keine Anstalten machte, die Bank für sie frei zu räumen.

»Ihr Tisch ist nur für zwei Personen gedacht«, antwortete die Frau schnippisch.

»Dann haben Sie sicher nichts dagegen, ihre Jacke wegzunehmen, damit wir eine Chance haben, an diesem Zweiertisch auch zu dritt zu sitzen. Oder fänden sie es besser, wenn eine von uns draußen im Regen wartet, bis Ihr Tisch frei wird, damit sie sitzen kann?« Marlies klang so sauer, dass alle sie erstaunt anstarrten.

»Geben Sie mir die Jacke. Ich hänge sie für Sie an die Garderobe, dann kriegt sie auch keine Falten«, sagte Gitta freundlich zu der Bienenstichfrau, die ihr perplex den Mantel reichte.

Jetzt endlich konnte Cornelia auf die Bank zu Marlies rutschen. Erstaunt sah sie, dass ihre Freundin die kleine Kerze auf dem Tisch wütend mit ihrem Fingernagel bearbeitete.

Als Gitta zum Tisch zurückkehrte, entdeckte sie auf dem Boden schon wieder einen Glückscent. Sie hob ihn seufzend auf und warf ihn auf den Tisch.

»Oh, schon wieder einer! Du hast ja wirklich Glück heute!« Cornelia betrachtete die Münze und schob sie zu Gitta rüber.

»Ja, sogar ziemlich viel Glück. Zu viel, wenn du mich fragst!« Gitta kramte aus ihrer Jackentasche die Muschel und alle Glückscents, die sie heute bereits eingesammelt hatte. Sie füllte sie in die umgedrehte Muschel. Sie lief fast über. »Jedes Mal, wenn ich aus Versehen etwas Gutes tue, finde ich einen!«, zischte sie.

»Du tust Gutes aus Versehen?«

»Ständig!« Gitta nickte. »Ich habe versucht, es zu kontrollieren, aber es rutscht mir einfach so raus! Und für jeden dämlichen

Gefallen, den ich jemandem tue, finde ich so einen, egal, wie wenig ich gemacht habe!« Sie stieß mit dem Finger den Berg aus Cent-Münzen an.

»Das ist ja toll. Du bekommst einen, nur weil du einen popligen Mantel aufgehängt hast, und ich kriege gar nichts dafür, dass ich der verrückten Alten die Einkaufstüten nach Hause getragen habe!« Cornelia lehnte sich beleidigt zurück.

»Das ist ein wichtiger Hinweis«, sagte Marlies mit Detektivstimme. Sie schob die bereits sichtlich malträtierte Kerze von sich. »Sie bekommt für jeden blöden Gefallen, den sie nicht mal absichtlich tut, einen Glückscent, weil –«

»Ja, warum?«, fragte Cornelia empört.

»Weil sie versucht hat, aus dem Club der Engel auszutreten!« Marlies schaute triumphierend in die Runde.

In diesem Moment kam die Bedienung an den Tisch. »Haben die Damen gewählt?«

»Ja, das haben die Damen«, antwortete Cornelia und bestellte für jede einen Latte Macchiato.

»Ich kann Ihnen dazu den Angelcake empfehlen, die Spezialität des Chefs: Schokolade, Biskuit, Marzipan und fluffige Buttercreme.«

»Drei Mal, bitte«, bestellte Marlies entschieden. »Da habt ihr es«, sagte sie, sobald die Bedienung sich zurückgezogen hatte. »Ich hatte recht. *Angelcake* – das ist ein Zeichen. Dieser Club der Engel ist echt!«

»Das glaubst du wirklich?«, fragte Gitta. »Wegen eines albernen Schokoladenkuchens?«

»Mit Biskuit, Marzipan und Buttercreme!«, vervollständigte Cornelia augenzwinkernd.

»Nicht wegen eines Kuchens. Wegen der ganzen Glücksmünzen«, beharrte Marlies. »Wie erklärst du dir die?«

Gitta dachte nach. Sie hatte tatsächlich keine vernünftige Erklärung dafür. »Ich hab wahrscheinlich einfach Glück oder einen

Blick dafür. Wahrscheinlich liegt auf dieser Insel überall Geld rum. Es sieht nur keiner.«

»Ja, klar. Und du findest dann leider immer nur die Ein-Cent-Stücke. Die ganz zufällig das Symbol des Clubs sind!« Cornelia schien inzwischen genauso überzeugt wie Marlies. »Sie hat recht, Gitta. Es ist ein Zeichen. Du kannst nicht austreten. Das hat der Engel doch gesagt.«

Gitta schnaubte verärgert. »Dieser *Engel* hat herzlich wenig gesagt, finde ich.«

»Das finde ich allerdings auch. Was genau sollen wir denn tun?«, sagte Cornelia und lehnte sich zurück.

»Na, Gutes eben«, sagte Marlies und schaute äußerst zufrieden, als sie den Kuchen sah, den die Bedienung gerade an ihren Tisch brachte. »Besten Dank!«

»Schmeckt himmlisch«, urteilte Gitta nach dem ersten Bissen.

»Na, das war ja auch zu erwarten«, platzte Cornelia raus.

Alle drei lachten.

»Ich weiß nicht, was mit mir los ist, ich bin so sauer, ich möchte am liebsten etwas zerhacken!«, murmelte Marlies über ihrem Latte.

»Wegen des Engels?«

Sie schüttelte den Kopf.

»Immer noch ihretwegen?« Gitta machte eine Kopfbewegung in Richtung Bienenstichdame.

»Nein«, seufzte Marlies, »wegen Frank. Cornelia hat da eine Tür in mir aufgesungen.«

»Aufgesungen?«, fragte Gitta. »Das ist ja spannend. Mit welchem Lied denn?«

»Das muss *Believer* von den Imagine Dragons gewesen sein.«

»War es«, bestätigte Cornelia.

»Kenn ich gar nicht.« Gitta aß genüsslich die Buttercreme von ihrem Kuchen. »Mmh! Der ist wirklich gut!«

»Doch, das kennst du!« Cornelia sang leise den Refrain an.

»Hör auf, ich krieg sofort wieder Gänsehaut.« Marlies malträtierte ihren Schokokuchen mit der Gabel.

Gitta lächelte. »Ja, das kenne ich wirklich. Wow, das klang toll!«

»Er ist einfach so ein Riesen…« Marlies formte das letzte Wort nur mit dem Mund.

»Wie interessant, dass Cornelias Song bei dir diese Wut freisetzt. Das ist gut«, bemerkte Gitta.

»Wieso ist das gut?«, fragte Marlies verständnislos und sah auf ihren übel zugerichteten Angelcake.

»Weil das alles rausmuss. Ich hab da so eine Idee …«

»Was wollen wir denn hier?«

»Mir ist kalt.«

Der Himmel sah schon wieder nach Regen aus, dunkle Wolken hingen über dem Meer. Der Horizont war fast schwarz. Das Wasser grollte und schäumte wild an den Strand. Weit und breit waren keine anderen Menschen zu sehen.

»Mir ist auch kalt, aber das wird dir helfen!« Gitta hatte die beiden an ein einsames Stück Strand geführt und gerade dazu angewiesen, Steine zu sammeln.

Murrend taten die Freundinnen, was sie verlangte. Sie wussten, dass Gitta ohnehin nicht eher Ruhe geben würde, bis sie mitmachten. Mit kalten Fingern trugen sie einen kleinen Haufen zusammen.

»Okay, das müsste reichen.«

Marlies sah auf. »Und jetzt soll ich mit den Steinen ›Frank, du Arsch‹ in den Sand legen?«

»So ähnlich. Du nimmst einen«, Gitta bückte sich und hob einen Stein auf, »und dann wirfst du ihn ins Meer und schreist dabei Frank an.«

Marlies schüttelte den Kopf. »Das ist doch albern.«

Gitta ließ das nicht gelten. »Nu mach!«

»Ich bin jetzt aber gerade gar nicht mehr wütend. Mir ist nur kalt, und ich will nach Hause.«

»Cornelia?«, bat Gitta.

Cornelia nickte. Es wäre nicht ganz einfach, gegen den Wind anzusingen, aber sie würde es versuchen, wenn es Marlies half. Sie schaute auf das Meer hinaus, sah den dunklen Himmel an und begann zu singen.

Gitta und Marlies hörten bewundernd zu. Als sie zum Refrain kam, drückte Gitta Marlies einen Stein in die Hand. Den ersten warf sie noch schweigend ins Wasser, den zweiten auch. Dann traute sie sich zu schreien.

Regen setzte ein, als Cornelia den Refrain zum zweites Mal sang. Marlies warf und schrie sich in Rage, den Regen schien sie nicht zu bemerken. Ihre Steine flogen immer weiter.

Gitta applaudierte innerlich. Der Song war wirklich schön, und Cornelia sang ihn wunderbar. Es war wirklich unglaublich, dass ihre Karriere so wenig vorankam. Warum war das Leben nur so unfassbar ungerecht? Gitta schluckte. Auch ihr war das Schicksal nicht gnädig gewesen. Das Meer rauschte unermüdlich auf sie zu. Es war so schön, doch nie würde sie einer Tochter diese Schönheit zeigen können. Nie würde sie Hand in Hand mit ihr an einem Strand entlangspazieren. Michael würde nie Sandburgen für sie bauen, und sie würden niemals *Engelchen, Engelchen flieg* mit ihr spielen, weil es sie niemals geben würde. Als sie in Tränen ausbrach, drückte Marlies ihr einen Stein in die Hand.

Gitta schleuderte ihn in die schäumende Gischt. Er verschwand, wie ihre Fruchtbarkeit verschwand. »Warum?«, schrie sie dem Meer entgegen.

Cornelia hatte aufgehört zu singen. Sie konnte mit ihren Liedern verborgene Wut und Tränen ans Tageslicht singen. Warum reichte das nicht? Auch sie nahm jetzt einen Stein und schleuderte ihn ins Wasser. »Warum?«, schrie sie, obwohl sie wusste, dass sie ihre Stimme lieber schonen sollte.

Abwechselnd warfen alle drei die gesammelten Steine ins Meer und brüllten um die Wette gegen den Wind an.

Das Meer verstand sie. Das Meer verstand alles.

Die Flammen sahen jeden Moment anders aus. Cornelia hätte ewig so ins Feuer starren können. Ein Kamin im Haus war eine wunderbare Sache. Vor allem, wenn man nass und erschöpft nach Hause kam. Gitta hatte eine Suppe gekocht – und dafür gleich einen weiteren Glückscent gefunden.

»Du wirst noch reich«, hatte Marlies gesagt.

»Ich werde noch wahnsinnig«, hatte Gitta geantwortet.

Jetzt saßen sie alle im Wohnzimmer und schauten ins Feuer.

»Wir sollten ihn anrufen«, sagte Cornelia.

»Wen?«

»Na, den Engel.« Cornelia drehte sich zu Gitta um. »Er soll uns sagen, was das alles soll. Dieser Club der Engel. Wie sollen wir Gutes tun? Offensichtlich ist ja nichts von dem, was wir versuchen, richtig!«

Gitta griff nach ihrem Glas. »Ich würde das einfach gerne vergessen. Es war nur ein –«

»Das stimmt nicht, und das weißt du auch!«, sagte Marlies bestimmt.

Gitta verdrehte die Augen.

»Wir haben einen Draht nach ganz oben. Findet ihr nicht, den sollten wir nutzen?« Marlies' Augen funkelten.

»Okay«, Gitta breitete die Arme aus, »nehmen wir mal für einen Moment an, es wäre so: Wir hätten durch diesen Strahlemann eine Verbindung zum Himmel. Wie willst du ihn denn anrufen, Marlies? Hat er zufällig eine Nummer hinterlassen? Oder sollten wir das Internet befragen? Vielleicht hat er ja eine Homepage: www.clubderengel.de?«

»Wir wissen doch, wie man ihn herbeiruft.« Cornelia stand auf und lief zur Küche. Sie kam mit der Flasche Gin zurück.

»Ernsthaft, jetzt? Ihr glaubt, man kann einen Engel herbeirufen, indem man Gin säuft? Das wäre ja mal so richtig logisch!« Gitta schüttelte den Kopf.

»Das letzte Mal hat es genau so funktioniert.« Marlies nickte Cornelia zu.

»Gut.« Gitta stand schwungvoll auf. »Ihr braucht den perfekten Gin Tonic? Den sollt ihr haben!«

Cornelia und Marlies folgten ihr grinsend in die Küche. Das war die Gitta, die sie kannten, für jeden Blödsinn zu haben.

»Auf den Engel. Möge er uns erscheinen«, sagte Cornelia feierlich, als sie kurz darauf anstießen und es sich mit ihren Drinks wieder im Wohnzimmer bequem machten.

»Singst du uns noch was vor?«, bat Marlies.

»Was denn?«, fragte Cornelia. Eigentlich war sie nicht in der Stimmung zu singen, aber wenn ihre Freundinnen sie darum baten, würde sie ihnen den Wunsch nicht ausschlagen.

»Kennst du einen Engelsong? Wäre doch passend!« Gitta grinste sie an.

»Da weiß ich was. Aber jemand muss mir die Gitarre holen«, verlangte Cornelia bewusst divenhaft. Sie warf ihren Schal nach hinten und nippte an ihrem Gin Tonic.

»Sehr wohl. Kommt sofort!« Marlies flitzte los. Gitta holte währenddessen einen Barhocker aus der Küche und platzierte ihn vor dem Kamin.

Cornelia nahm die Gitarre entgegen, als sei diese ein Baby, und setzte sich. Mit geübtem Griff stimmte sie die Saiten nach. Sie wusste selbst, dass es nicht nötig gewesen wäre, aber es war ihr zur lieb gewonnenen Routine geworden, bevor sie anfing. »Ihr hört jetzt den Song *Angel* von Sarah McLachlan«, verkündete sie dann.

»Oh, den kenne ich!«, rief Gitta aus. »Ein wunderschöner Song. Heißt der nicht eigentlich *In the Arms of an Angel?*«

»Nein, aber er wird oft so genannt. In dem Song geht es darum, dass man manchmal ganz verzweifelt ist und sich eine Auszeit aus dem eigenen Leben wünscht.« Cornelia begleitete ihren letzten Satz mit den ersten Akkorden und schloss die Augen. Sofort war alles da: die Bühne in der Abenddämmerung, die Scheinwerfer, die auf sie gerichtet waren. Sie konnte sogar die Wärme spüren, die sie abstrahlten. Sie sang die ersten Zeilen, die ihr so viel bedeuteten. *Spend all your time waiting, for that second chance.* Ja, auch sie wartete immer, bei jedem kleinen Konzert, auf ihre Chance. Eine Chance, die nie kam. Sie wusste, dass sie als Sängerin von dem, was sie sang, gerührt sein durfte. Diese Rührung aber musste sie in ihre Stimme legen. *Du weinst und lachst durch deine Stimme. Du transportierst Gefühle in Töne. Bestenfalls treffen sie das Publikum ins Herz.*

Ihr Publikum weinte schon vor dem Refrain.

»Schön!«, seufzte Marlies und schnäuzte sich die Nase. »Oh Gott, jetzt brauche ich etwas Aufbauendes!«

Auch Gitta sah ganz verheult aus und tupfte sich das Gesicht ab.

»Wie wäre es mit *I am What I am?*«, schlug Cornelia vor.

Beide nickten dankbar.

Cornelia schloss die Augen. Sie würde als Einleitung Gloria Gaynors Ansprache vortragen, die in manchen Aufnahmen dem Lied vorangestellt war. »Manchmal dauert es ein ganzes Leben, bis wir zu dem werden, was wir sein können. Wir haben nur ein einziges Leben – es lässt sich nicht wiederholen. Also sollten wir es nutzen.« Langsam, ohne Gitarrenbegleitung, fing sie an zu singen. *I am what I am, I am my own special creation …*

Nach wenigen Zeilen forderte sie ihr Publikum auf mitzusingen. Marlies und Gitta kannten den Text. Jede Frau über vierzig kennt diesen Text. Es ist die Hymne, die jede Frau mindestens einmal in ihrem Leben singen muss. Als Cornelia mit der Gitarrenbegleitung einsetzte, wurde auch ihr Chor mutiger. *I am what I am and what I am needs no excuses …*

Ja, ich bin, wer ich bin, und dafür muss ich mich wahrlich nicht ent-

schuldigen! Als sie diese Zeilen lautstark, mit erhobenem Glas in der Hand sang, fühlte Marlies sich besser. Der Knoten in ihrem Bauch löste sich etwas, was nicht am Alkohol, sondern am gemeinsamen Singen lag. Vielleicht sollte sie sich einen Chor suchen? Sagte man nicht sowieso, Singen macht glücklich? Frank konnte sie mal. Sie würde sein, wer sie wollte. Und sie würde noch herausfinden, wie diese neue Marlies genau sein würde. Sicherlich besser als die alte.

Der Nackte

Gitta wachte davon auf, dass jemand unsanft auf ihre Bettdecke klopfte.

»Es wäre mir ganz recht, wenn wir das schnell klären könnten. Ich habe wenig Zeit«, sagte der Strahlemann. Er saß bei ihr auf der Bettkante, ganz nah bei ihr.

Gitta streckte die Hand aus, um ihn zu berühren.

Im gleichen Moment saß er auf einem Stuhl außerhalb ihrer Reichweite. Er seufzte. »Ich sagte doch, ich hab nicht viel Zeit.«

Gitta blinzelte gegen das helle Licht an und versuchte, sich im Bett aufzusetzen. »Das warst du mit den Cent-Stücken, oder?«

»Wie man's nimmt.« Er saß wieder auf ihrer Bettkante. »Hättest du nichts Gutes getan, hättest du auch keine gefunden.«

»Aber was soll das Ganze, dieser Club? Warum soll ich da Mitglied sein, wenn ich das gar nicht will. Das hat doch keinen Sinn!«

»Das hast du gut erkannt.« Er legte ihr einen rußigen Glückscent in die Hand. »Du kannst nicht austreten, Gitta. Also mach das Beste draus!«

»Was ist, wenn ich mich weigere? Du bist nicht mal echt!« Diesmal griff sie blitzschnell nach ihm. Doch sie hatte keine Chance. Im nächsten Augenblick saß er bereits wieder seelenruhig auf dem Sessel, die Beine übereinandergeschlagen.

»Du kannst dich weigern. Du kannst dich dafür entscheiden, nie wieder im Leben etwas Gutes zu tun. Du kannst auch die Cent-Stücke einfach ignorieren. Dir stehen alle Möglichkeiten offen. Nur austreten kannst du nicht.«

»Ich versteh das alles nicht!«

»Es ist wie …«, er suchte nach den richtigen Worten, »… wie mit deinen Kunden. Du kannst ihnen alles Denkbare anbieten, was du aus ihrem Garten machen könntest. Sie müssen es aber annehmen. Gegen ihren Willen kannst du niemandem einen Sonnenplatz bauen oder ein blühendes Beet pflanzen.«

»Heißt das, du versuchst, meinen Garten zum Blühen zu bringen?«

»Exakt das heißt es.«

Gitta dachte nach. Was sollte sie jetzt tun? Versuchen, den Engel und seinen Club zu ignorieren, oder doch das Beste aus seinem Angebot machen?

Der Engel saß wieder auf ihrer Bettkante und leuchtete geduldig vor sich hin.

»Okay«, sagte sie schließlich. »Was genau muss ich tun?«

Cornelia wachte früh auf. Alles war still, es wurde gerade erst hell. Ein wenig enttäuscht stellte sie fest, dass der Engel ihr diese Nacht nicht im Traum erschienen war. Es hatte also nicht funktioniert.

Sie stand auf und sah aus dem Fenster. Der Himmel war wolkenlos. Es würde einen grandiosen Sonnenaufgang geben. Wo wäre es schöner, ihn zu sehen, als am Strand? Schnell zog sie sich an und verließ so leise wie möglich das Haus, um ihre Freundinnen nicht zu wecken. Mütze und Schal hielten sie in der kalten Morgenluft warm. Es war ungewöhnlich windstill, sogar am Meer.

Cornelia breitete die Arme aus und sog die frische Luft gierig ein. Wie wunderschön es war! Sie hatte den Strand ganz für sich allein. Die Sonne ging nicht, wie sie es sich vorgestellt hatte, prunkvoll über dem Meer auf, sondern über den Dünen. Trotzdem war das Licht wunderschön.

Cornelia lief am Wasser entlang, nicht weit entfernt von den anlaufenden Wellen. Ihre Schuhe hinterließen Fußspuren im Sand. Sie hüpfte eine kurze Strecke auf dem rechten Bein und blickte zurück. Jetzt sah es so aus, als sei ein Einbeiniger hier entlanggegangen. Sie schritt vorsichtig rückwärts neben ihren Spuren her und dann in denselben Spuren wieder vorwärts. Wenn man sich die Spuren jetzt anschaute, konnte man denken, der Einbeinige habe eine Freundin dabeigehabt. Vielleicht waren sie sogar Hand in Hand gegangen.

Im Meer konnte sie eine Robbe erkennen, die auf den Strand zuschwamm. Eine Kegelrobbe? Neugierig stellte sich Cornelia auf die Zehenspitzen, um besser sehen zu können. Die Robbe kam näher und näher, und erst als sie aus dem Wasser stieg, erkannte Cornelia, dass die Robbe in Wahrheit ein Mensch war. Ein nackter Mensch. Ein nackter Mann. Seine Haut war von der Kälte gerötet.

Wer schwamm denn bitte bei den Temperaturen und um diese Uhrzeit nackt im Meer?

Cornelia wollte es nicht wissen, doch es war bereits zu spät, um sich umzudrehen und so zu tun, als hätte sie ihn nicht gesehen. Sie seufzte. *Augen zu und durch.*

»Herr Walther?«, fragte sie ungläubig.

»Hannes. Sie können mich Hannes nennen.« Er stemmte die Hände in die Hüften.

Cornelia wünschte sich, er würde sie benutzen, um den Bereich abzudecken, auf den sie auf keinen Fall aus Versehen gucken wollte. *Verdammt!* Sie starrte ihm ins Gesicht. Er hatte ungewöhnlich lange Wimpern, in denen jetzt Wassertropfen hingen.

Hannes mochte kein großes Selbstbewusstsein zu haben, was Frauen anging, für seinen Körper hatte er sich aber noch nie geschämt. Trotzdem war es eine seltsame Situation, hier nackt und nass vor einer so schönen Frau zu stehen. Der Frau, die er nur allzu gern kennengelernt hätte. Er trippelte seitwärts zu seinem Handtuch.

Cornelia wandte den Blick aufs Meer, während er sich abtrocknete.

Wenn dich eine Frau beim Nacktschwimmen gesehen hat, ist auch schon alles egal. Einen Seufzer unterdrückend wickelte Hannes sich das

Handtuch um die Hüfte und setzte sich schnell seine Wollmütze auf den Kopf. Er stellte sich vor, wie es wäre, sie zum Frühstück einzuladen. Vielleicht würde sie ja lächelnd annehmen. Wenn er es jetzt mit dem ganzen Adrenalin in den Adern nicht schaffte, wann dann?

Energisch zog er sich seinen Wollpulli über und drehte sich zu ihr um.

Als sei dies ihr Startzeichen gewesen, winkte Cornelia ihm zu und lief dann sofort los, als würde sie verfolgt. Der Bommel auf ihrer Mütze wippte bei jedem Schritt. Es fühlte sich blöd an, so ohne ein Wort wegzurennen, aber die Situation war auch einfach zu unangenehm. Cornelia schüttelte innerlich über sich den Kopf. Warum nur kam sie sich vor und benahm sich wie ein unsicherer Teenager? Gitta wäre sicher cool geblieben und hätte noch einen guten Spruch gewusst.

Hannes sah ihr nach und beobachtete traurig, wie sie sich mit jedem Schritt weiter von ihm entfernte. Er würde gleich auf die Wache fahren, dort den ganzen Tag die drei Pfefferminzbonbons anstarren und sich wünschen, er hätte den Mut gehabt, sie einzuladen. Das durfte einfach nicht sein. Er rannte los. »Cornelia! Warten Sie!«

Sie drehte sich sofort um. Er verlor beim Rennen sein Handtuch, aber das merkte er kaum. Er brauchte seine ganze Konzentration, um die entscheidende Frage zu stellen: »Wollen Sie mit mir frühstücken gehen?«

Cornelia musste jetzt einfach dort hinschauen, wo kein Handtuch mehr war. Das kalte Wasser hatte wohl ganze Arbeit geleistet, jedenfalls konnte ihr Polizist alles unter seinem nicht allzu langen Pullover verstecken.

»Ich muss leider …« Sie biss sich auf die Zunge. Jedes Mal lief das so: Ein Mann lud sie ein, und immer sagte sie reflexartig ab und redete sich ein, es sei so besser, ein Treffen wäre ohnehin wortkarg und unangenehm verlaufen. Dieser Mann in Wollpullover und Mütze und mit seinen nackten Männerbeinen rührte sie aber. Es hatte ihn sichtlich Mut gekostet, sie zu fragen.

»Ich würde gerne mit Ihnen frühstücken«, hörte sie sich plötzlich sagen. »Allerdings wäre es mir lieber, wenn Sie dabei eine Hose tragen würden.«

Hannes lachte erleichtert. Sie hatte Ja gesagt! Und er hatte es tatsächlich geschafft, sie zu fragen! Das Licht der Morgensonne kam ihm plötzlich strahlender vor, und auch die Kälte spürte er nicht. Dennoch lief er zurück zu seinen Anziehsachen und schlüpfte schnell hinein. Er durfte Cornelia schließlich keine Gelegenheit geben, sich noch einmal umzuentscheiden. Fieberhaft dachte er nach. Die *Strandmuschel* würde erst um zehn öffnen, aber Bernd, der Besitzer, war sicherlich schon da – und er schuldete ihm noch einen Gefallen.

»Wie wäre es mit der *Strandmuschel*?«, schlug er vor. »Die öffnet eigentlich erst später, aber ich denke, wir bekommen sicher schon einen Kaffee.«

»Wenn Sie meinen.« Cornelia wirkte skeptisch, nickte aber.

Umso beeindruckter war sie, als ihnen wenig später tatsächlich die Tür des Cafés geöffnet wurde. Die Männer begrüßten sich mit dem für die Insel typischen Handschlag, der zugleich eine Umarmung andeutete.

»Moin, Hannes. Ihr braucht schon Frühstück? Hattet wohl eine anstrengende Nacht!« Der Cafébesitzer grinste unverschämt und sah von einem zu anderen.

Cornelia tat so, als hätte sie das nicht gehört, während Hannes ihm leise etwas zuraunte.

»Brötchen kommen erst gegen neun, aber ich kann euch ein Rührei machen.« Beide Männer sahen fragend zu Cornelia rüber.

Sie nickte schnell. »Rührei wäre super.«

Sie suchten sich einen Platz am Fenster.

»Was haben Sie denn so früh am Strand gemacht?« Hannes hatte sich fest vorgenommen, heute über sich selbst hinauszuwachsen. Er hatte es geschafft, sie einzuladen, sie saß ihm gegenüber und war so einschüchternd schön, dass er sich am liebsten hinter die Bar verkrochen hätte. Doch dieses Mal war er entschlossen, alles anders zu machen als sonst. Sein Schwager hatte ihm letztens den Tipp gegeben, Frauen beim Date Fragen zu stellen, ganz einfach, wie bei einem Verhör.

»Wollen wir uns nicht duzen? Angesichts der Tatsache, wie viel ich heute von dir gesehen habe, kommt es mir irgendwie komisch vor, dich zu siezen.« *Wie viel ich von dir gesehen habe?* Cornelia schlug sich innerlich vor die Stirn. Was sollte er nur von ihr denken?

Er lächelte nur. »Gerne. Ich bin Hannes.«

»Ich weiß.«

Beide schauten auf das Meer hinaus, weil keiner wusste, was er jetzt sagen sollte.

Das Personal tuschelte in einer Ecke des Raumes. Cornelia fühlte sich unbehaglich. Es war ihr unangenehm, sich so schweigend gegenüberzusitzen. Genau das war der Grund, warum sie die meisten Einladungen von Männern ablehnte. Wie konnten andere Frauen so etwas genießen? Es war immer so offensichtlich: eine Frau und ein Mann. Das war nicht ihre Welt.

Hannes vermied es, Cornelia anzuschauen. Sie fühlte sich offensichtlich nicht wohl mit ihm, nicht mit der Stille zwischen ihnen. Dass Bernd mit seinen Leuten dahinten Stielaugen machte, weil er hier mit einer Frau aufgetaucht war, war auch nicht gerade hilfreich. Ob er seine erste Frage noch einmal stellen sollte?

Sonja, die Bedienung, rettete sie, als sie mit zwei Getränken zum Tisch kam. »Für dich Kaffee schwarz«, wandte sie sich an Hannes, »und für die Dame einen großen Milchkaffee.«

Cornelia sah sie erstaunt an. »Vielen Dank, woher wissen Sie …?«

»Oh, den hat Hannes für dich bestellt. Er hat ’ne ziemlich gute Menschenkenntnis!« Sonja zwinkerte ihm zu und ließ sie wieder allein.

Cornelia nahm einen Löffel Milchschaum. »Vielen Dank. Wie hast du das erraten?«

»Hab ich gar nicht. Sonja war das. Sie wollte mir nur ein paar Pluspunkte bei dir verschaffen, schätze ich.« Er trank einen Schluck Kaffee.

Seine Ehrlichkeit tat gut. »Ich bin nicht gut bei solchen Treffen«, gab Cornelia zu. »Date« wollte sie nicht sagen. War das hier ein Date?

»Ich auch nicht. Ich weiß nie, was ich sagen soll.« Er sah sie zerknirscht an.

Cornelia lächelte ihn an. Er trug immer noch seine Mütze auf dem Kopf. »Du könntest sagen, dass du dich gefreut hast, mich zu treffen.«

»War das nicht eher peinlich, als ich da nackt aus dem Wasser kam?«

»Doch.« Cornelia grinste. »Das war es. Ich dachte erst, du bist eine Robbe.«

Beide lachten. Der Milchkaffee schmeckte genau richtig.

»Machst du das oft?«, fragte Cornelia. »So früh morgens nackt im Meer schwimmen?«

Er nickte.

»Warum?«

»Ist gut fürs Immunsystem.«

»Das ist nicht der Grund«, sagte sie klug.

Er schaute in seine Tasse. »Oft sind die Tage so gleich. Ab und zu habe ich Angst zu verschwinden. Wenn ich morgens früh aufstehe und kurz im Meer schwimme, dann …«

»… spürst du dich?«, vervollständigte Cornelia.

Wieder nickte er.

»Das ist gut. Vielleicht versuche ich das auch mal.«

»Man sollte das aber nicht untrainiert allein machen«, sagte er.

Sie lächelte. »Ist das ein Angebot, dich zu begleiten?«

Viel zu schnell schüttelte er den Kopf. »Nein, ich meine …

Wenn der Körper das nicht gewohnt ist mit dem kalten Wasser, kann man einen Kreislaufkollaps bekommen.« Es war die falsche Antwort gewesen. Er sah es in ihren Augen. Zum Glück brachte Sonja in diesem Moment das Rührei. Die Frau hatte ein wirklich ein Gefühl für Timing.

Marlies und Gitta frühstückten im Stehen in der Küche, denn irgendwie waren sie bei der Kaffeemaschine hängengeblieben. Jede hielt eine Tasse und einen Toast in der Hand. Gitta hatte gerade ihren Engeltraum erzählt. »Ich kann es noch immer nicht ganz glauben«, beendete sie ihren Bericht.

»Was hat er denn auf deine Frage geantwortet, was genau du tun sollst?«, fragte Marlies.

»Er sagte, das würde ich schon noch selbst herausfinden.«

Marlies verdrehte die Augen. »Das ist ja wirklich superhilfreich! Vielleicht hast du recht, Gitta: Wahrscheinlich findet das alles nur in unserem Kopf statt. Ich meine, ich habe gar nichts geträumt heute Nacht. Jedenfalls kann ich mich nicht erinnern.«

»Das ist seltsam. Ich glaube ja inzwischen, der Engel ist doch echt.«

Das erstaunte Marlies. »Warum denn das plötzlich? Er hat dir nichts Neues gesagt, und du konntest ihn auch nicht berühren. Es gibt also keinen Beweis für seine Existenz!«

Gitta hielt ihr die verkohlte Cent-Münze hin.

Marlies schnaubte durch die Nase. »Das ist echt das Einzige, was er draufhat!«

»Warum bist du plötzlich so negativ?«

»Ich weiß es selbst nicht. Schlecht geschlafen, wahrscheinlich, und die Tatsache, dass bei mir kein Engel war. Bin ich nicht wichtig genug? Um dich bemüht er sich wie verrückt, dabei wolltest du austreten!«

»Vermutlich, *weil* ich austreten wollte.«

»Na klasse.« Marlies biss beleidigt von ihrem Toast ab. »Ich sag dir was, wenn er Cornelia diese Nacht auch besucht hat, dann trete ich aus! Und mich kriegt er nicht mit so einer billigen Nummer wie dem Glückscent zurück!«

Gitta hörte nicht mehr richtig zu. Auch wenn sie es nicht richtig greifen konnte, so hatte der erneute Besuch des Engels doch etwas bei ihr verändert. Er hatte ihr zwar nicht ausdrücklich gesagt, was genau er von ihr erwartete, wie sie Gutes tun sollte, und doch hatte er sie überzeugt. Der Vergleich mit dem Garten war schön gewesen. Versonnen schaute sie in den herbstlichen Garten vor ihrem Ferienhaus. *Er möchte meinen Garten zum Blühen bringen, das kann nicht falsch sein.*

»Ich weck sie jetzt. Ich muss das wissen!« Aufgebracht stapfte Marlies die Treppe hoch.

Gitta blieb sitzen und trank den Rest aus ihrer Tasse. Wie ihr innerer Garten sich wohl anfühlte, wenn er blühte?

»Sie ist weg!«

»Was?« Gitta blickte auf.

Marlies polterte die Treppe herunter. »Cornelia ist weg. Der Engel hat sie gekidnappt!«

Hannes hätte längst auf dem Revier sein müssen, doch heute kümmerte es ihn nicht, zu spät zum Dienst zu kommen. Um diese Jahreszeit geschah auf der Insel ohnehin nicht viel, und wenn doch, würden seine Kollegen aushelfen. Sonja hatte ihnen nach dem Rührei noch lauter andere Leckereien gebracht. Immer wenn sein Gespräch mit Cornelia ins Stocken geriet, hatte sie ihn gerettet – erst mit Obstsalat und Lachs, schließlich mit den frisch angelieferten Brötchen. Hannes hatte nach seinem morgendlichen Eisbad mächtig Hunger, und auch Cornelia konnte gar nicht aufhören zu essen.

»Was machst du eigentlich beruflich?«, fragte er.

»Ich bin Sängerin.«

Er sah sie erstaunt an. »Wirklich?«

»Eigentlich weiß ich das selbst nicht so genau«, gestand Cornelia. »Meinen Lebensunterhalt verdiene ich mit Gesangsunterricht.«

»Trittst du denn als Sängerin auf?«

»Schon, aber meistens kommen nur wenige Leute.«

»Singst du gut?«

Cornelia zögerte. Sie wollte so etwas sagen wie: »Vielleicht«, oder: »Das musst du selbst beurteilen«, oder: »Ich denke schon.« Dann aber hob sie den Blick von ihrem Marmeladenbrötchen, sah ihm in die Augen und sagte: »Ja, ich singe gut.«

»Würde ich gerne mal hören. Ich komme zu deinem nächsten Konzert!«

»Das ist aber weit weg, in Köln.«

»Ab und zu verlassen wir Sylter diese Insel auch mal.«

»Ab und zu, ja?«

»Nur wenn es sein muss, natürlich.«

»Und für mein Konzert müsste es sein?«

»Für dein Konzert würde ich sogar bis nach München fahren.«

Flirteten sie da etwa gerade? Cornelia fühlte, wie sie errötete. Zum Glück kam Sonja in diesem Moment mit dem nächsten Milchkaffee.

Als Hannes endlich die Tür zur Wache öffnete, war er über eine Stunde verspätet. Hoffentlich gab das keinen Ärger! Er hatte seinem Kollegen Andreas eine SMS geschickt, er würde etwas später kommen, weil er noch etwas erledigen müsse. Doch es war überhaupt nicht seine Art, zu spät zum Dienst zu erscheinen. Aber es war normalerweise auch nicht seine Art, eine schöne Frau zum Frühstück einzuladen. Er war stolz auf sich. Das Gespräch war zwar nicht durchgehend rundgelaufen, aber sie hatte sich am Ende sichtlich wohl mit ihm gefühlt. Das war alles, was zählte.

Andreas schaute kaum von seinem Computerbildschirm auf, als er reinkam. »Moin, Hannes.«

»Moin, Andreas. Besondere Vorkommnisse?«

»Nicht doch!«

Während Andreas sich weiter mit seinem Computer beschäftigte, hängte Hannes seine Jacke über seinen Stuhl. Statt sich wie sonst zuerst um seine dienstlichen Mails zu kümmern, nahm er ein Blatt Papier aus der Schublade. Er würde sich alles aufschreiben, was er über Cornelia Berger wusste. Er begann mit den Daten, die er aus dem Protokoll hatte: Name, Alter, Wohnort. Er knüllte das Blatt zusammen und warf es schwungvoll neben den Papierkorb. Das war nicht der richtige Ansatz.

Mag Milchkaffee, notierte er auf ein neues Blatt.

Schließt beim Lachen die Augen. Grübchen auf dem Kinn. Er lächelte. Das war viel besser.

Marlies hatte das Gefühl, in ihrer Wut zu ertrinken. Ohne es zu wollen, hatte Cornelia gestern die Tür zu einem Wutgefrierschrank aufgesungen. Jetzt war die ganze, jahrelang sorgfältig verstaute Wut aufgetaut und brauste um sie herum. Marlies hatte es nicht ertragen, dass Cornelia mit roten Wangen nach Hause kam und vom Frühstück mit ihrem Polizisten erzählte. Weder Cornelia noch Gitta hatten mit ihr noch einmal über ihren fehlenden Engeltraum reden wollen. Auch Conny war der Engel nicht erschienen, aber das war für sie ganz offensichtlich auch kein Problem.

Warum auch? Sie hat ja jetzt ihren Sheriff, dachte Marlies gehässig.

Gitta benahm sich seit dem Morgen seltsam geläutert, und so war Marlies mit ihrem Frust allein. Sie hatte das Haus verlassen, bevor sie ihre Freundinnen anpampen konnte, und rauschte jetzt mit ihrem MINI in die Innenstadt von Westerland. Wenn es ihr nicht gut ging, war Shoppen das Mittel ihrer Wahl.

Zielstrebig stapfte sie in einen Laden nach dem anderen. Hier und da begegneten ihr Leute, die ein wenig Hilfe hätten brauchen können. Marlies tat absichtlich nichts, auch wenn es ihr schwerfiel. Nie hätte sie gedacht, dass es deutlich schwieriger ist, nicht zu helfen ist, als zu helfen. Sie sagte nichts zu der Dame, die einen Rock anprobierte und sie Hilfe suchend ansah. Sie schaute zur Seite, als eine Mutter mit Kleinkind und Kinderwagen einhändig versuchte, durch die Eingangstür zu kommen. Und sie schwieg, als ein Mann sie nach der Uhrzeit fragte.

Wenn ich nicht wichtig bin, dann muss ich auch niemandem helfen.

Marlies kaufte sich grimmig ein schwarz-weiß geringeltes Oberteil. Es würde perfekt auf den Stapel geringelter Shirts passen, die sie schon zu Hause im Schrank hatte.

Auf der Friedrichstraße fand sie einen schönen Laden nach dem anderen – und tätigte ihre Einkäufe, ohne lange über sie nachzudenken: einen Gürtel mit Löwenschnalle, Uggs in hellem Rosa, mehrere Packungen schwarzen Tees mit den schönen Namen »Sturmhaube«, »Strandmischung« und »Herbstgefühle«. Das gute Gefühl allerdings, das sich sonst bei ihr einstellte, wenn sie shoppte, blieb diesmal aus. Je schwerer die Tüten wurden, die sie trug, umso schlechter fühlte sie sich. Sie trank gar keinen schwarzen Tee. Pinke Uggs waren vielleicht etwas für ihre Tochter, aber sicher nicht für sie, und wer um Himmels willen wollte einen Gürtel mit Löwenschnalle tragen?

Marlies ließ sich auf eine Bank sinken. Der Wind zerzauste ihre Haare. *Du blöder Engel. Wo bist du denn bitte, wenn man dich braucht?*

Unwillig schüttelte sie den Kopf. Nicht zu helfen erregte offensichtlich auch nicht seine Aufmerksamkeit. Zumindest hatte sie keine warnenden Stimme wahrgenommen und kein Zeichen von ihm gesehen. Vielleicht sollte sie die Sachen zurückbringen und das ganze Geld einem Obdachlosen spenden. Da würde er aber gucken, der Herr Engel! Da konnte Cornelia mit ihrem läppische Tüten-nach-Hause-Tragen einpacken, Gitta sowieso. Diese Glückscent-Geschichte war und blieb einfach lächerlich. Sie würde jetzt auf einen Schlag im großen Stil etwas Gutes tun. Aber hallo!

Mit neuer Energie stand sie auf und ging ihre Shoppingtour

rückwärts. Die meisten Verkäuferinnen sahen sie zwar erstaunt an, nahmen die Sachen aber anstandslos zurück und erstatteten ihr das Geld. Ausgerechnet der Schuhladen wollte ihr für die zurückgebrachten Uggs jedoch nur eine Gutschrift geben.

»Sehen Sie, hier steht es«, erklärte die Verkäuferin ihr. »›Umtausch nur gegen Ware oder Gutschrift‹.«

»Das kann doch nicht wahr sein!« Lautstark forderte Marlies, den Geschäftsführer zu sprechen.

Er erwies sich als arroganter junger Mann, nicht bereit, auf ihre Forderung einzugehen. Marlies war erbost, versuchte, ihn mit Hinweis auf die Einschaltung eines Anwalts einzuschüchtern und sich so durchzusetzen, doch der Ladenbesitzer blieb unangenehm ruhig und überlegen, was Marlies nur noch mehr auf die Palme brachte. Schließlich verließ sie schimpfend mit dem Gutschein in der Hand den Laden. Am liebsten hätte sie ihn in tausend kleine Fetzen gerissen.

Ruhe, Marlies, nur Ruhe, bemühte sie sich, wieder zur Besinnung zu kommen. *Konzentriere dich auf deinen Plan.*

Sie atmete mehrfach tief durch und beschloss, die fehlende Summe an einem Bankautomaten abzuheben. Wenig später machte sie sich mit dreihundert Euro auf die Suche nach dem nächsten Obdachlosen. Dem würde sie schon jetzt ein Weihnachtswunder bescheren.

Ha! Der wird Augen machen – und du, lieber Engel, kannst mich dann auch nicht mehr ignorieren!

Erwartungsvoll spähte sie die Straße entlang. Sie lief und lief und traf keinen einzigen Obdachlosen, dabei war sie sich sicher gewesen, vorhin noch einen gesehen zu haben. Sie ging bis zur Strandpromenade. Auch hier: weit und breit kein Obdachloser, dem sie ihre großzügige Spende hätte geben können. Sie kochte vor Wut.

»Willst du mich verarschen?«, schrie sie in den Wind Richtung Meer.

Die Rede

Der Engel an ihrem Bett sah müde aus, aber vielleicht lag das auch nur daran, dass sie selbst gerade noch im Tiefschlaf gewesen war. Er hatte sein Licht stark heruntergedimmt, und so konnte Marlies sein Gesicht erkennen.

»Siehst du absichtlich so aus, als hätte ich dich irgendwo schon einmal gesehen?«

Er rieb sich stöhnend über das Gesicht und leuchtete wieder etwas heller. »Können wir das hier abkürzen und gleich zum Wesentlichen kommen?«

»Du siehst müde aus. Stresst dich dein Chef?«

Er ging auf ihre Frage nicht ein: »Warum bin ich nur Gitta erschienen und dir nicht?«

»Genau das würde ich dich gerne fragen. Also: Warum?«

»Vor zehn Jahren hast du Jonas zu deiner Freundin in die Berge mitgenommen. Ihr seid Ski gefahren, habt Kaiserschmarrn gegessen und hattet ein tolles Wochenende.«

Marlies nickte und lächelte. »Ich erinnere mich.«

»Wären deine beiden anderen Kinder, Charles und Franka, auch gerne mitgekommen?«

»Ja, klar.«

»Aber du bist nur mit Jonas gefahren.«

Marlies nickte.

»Warum?« Er drehte sein Licht auf und blendete sie.

Marlies wand sich und zog ihre Decke ein wenig höher. Sie kam sich vor, als sei sie in ein *Tatort*-Verhör geraten. »Weil er es am meisten gebraucht hat«, sagte sie. »Damals lief bei ihm alles schief. Jonas brauchte so ein schönes Wochenende nur mit mir.«

Der Engel schwieg, bis Marlies verstand. »Ach, und Gitta hat das gebraucht und ich nicht, oder was?«, fragte sie bitter.

»Was würde deine Franka denn heute sagen, wenn du ihr erklären würdest, dass Jonas das Wochenende damals gebraucht hat?«

Marlies hörte die Stimme ihrer Tochter in ihrem Kopf. »›Ach, und Jonas hat das gebraucht und ich nicht, oder was?‹«, wiederholte sie und seufzte.

Der Engel nickte. »Du hast das damals richtig entschieden, auch wenn seine Geschwister bis heute neidisch auf euer Wochenende sind. Du bist eine kluge Mutter. Und ich bin ein kluger Engel.« Er streckte sich neben ihr auf dem Bett aus und gähnte.

»Darüber muss ich nachdenken.«

»Mach das.« Er dimmte sein Licht.

»Und wie geht das jetzt mit dem Gutes-Tun?«, fragte sie schließlich. »Ich wollte einem Obdachlosen heute über dreihundert Euro schenken.«

»Ich weiß«, brummte der Engel.

»Warum hast du mich nicht gelassen? Ich soll doch Gutes Tun!«

»Schon, aber nicht so.« Er rieb sich die Augen.

Marlies setzte sich auf. »Ich verstehe das alles nicht, und ein Stück weit ist es mir auch zu blöd. Warum sagst du uns nicht einfach, wie wir unsere Aufgabe, verdammt noch mal, erledigen sollen? Wem sollen wir überhaupt helfen – und warum? Warum soll ich Leuten Gutes tun, wenn mir selbst gerade etwas überhaupt nichts Gutes widerfahren ist? Frag deinen Chef mal, ob es sein Plan war, dass Frank mit einer Jüngeren durchbrennt und mich sitzenlässt, nachdem ich unsere Kinder großgezogen habe!«

Der Engel neben ihr schwieg. Sie schaute zu ihm und sah, dass ihm die Augen zugefallen waren. Marlies konnte es nicht glauben: Sie hatte einen schlafenden Engel neben sich im Bett liegen! Ihr erster Impuls war, Gitta und Cornelia zu wecken. Dann hatte sie eine andere Idee: Sie könnte ihn auch schnell mit ihrem Handy fotografieren. Dann hätten sie endlich einen Beweis, dass es ihn gab.

Sie tat nichts von alledem, betrachtete stattdessen sein Gesicht. Er leuchtete nur noch schwach, sein Licht schien im Takt seines Atems zu pulsieren. Wo nur hatte sie ihn schon mal gesehen? Vorsichtig deckte sie ihn zu. Er schlief weiter, offenbar völlig erschöpft von seinen drei widerspenstigen Schützlingen.

Marlies legte sich neben ihn. Ob er verschwand, wenn sie ihn berührte? Sachte legte sie ihre Hand auf seine. Er fühlte sich ganz normal an, wie ein Mensch. Als er sich bewegte, hielt sie den Atem an. Er legte einen Arm um sie, und sie konnte seine Wärme spüren, fühlte sich mit einem Mal so geborgen wie lange nicht mehr. *In the arms of an angel* – Sarah McLachlan hatte ja keine Ahnung!

Marlies schloss die Augen. Am liebsten wäre sie ewig wach geblieben und hätte diese Umarmung genossen. Ein großer Frieden senkte sich über sie. Jeder Muskel in ihrem Körper entspannte sich, und von einer Sekunde auf die andere wurde sie sanft hinweggetragen ins Land der Träume.

Für Gitta war der Fall ganz klar: Cornelia musste mit diesem Polizisten zusammenkommen. Und es war ihre Aufgabe, das hinzubekommen. Der Engel hatte sie überzeugt; sie würde ihren inneren Garten zum Blühen bringen. Was gab es Schöneres, als einer Freundin zu helfen, endlich die Liebe zu finden? Cornelia war direkt nach Gittas letztem Engeltraum mit ihrem Problem aufgetaucht, und es war doch mehr als klar, dass sie da helfen sollte, ja, musste!

Cornelia merkte ja nicht einmal, dass sie ein Problem hatte. Jetzt war Initiative gefragt. Es musste schnell gehen, denn die Tage hier auf der Insel waren gezählt. Sie musste sich ranhalten, und Gitta würde dafür sorgen, dass das auch passierte.

Energisch putzte sie sich die Zähne. Sie hatte schon einen Plan. Jetzt musste sie nur noch Cornelia davon überzeugen.

Cornelia lag noch im Bett, obwohl sie schon lange wach war. Hannes und sie hatten nicht darüber gesprochen, ob sie sich wiedersehen würden. Im Morgengrauen hatte sie darüber nachgedacht, wieder am Strand spazieren zu gehen, an dem er morgens nackt ins Meer sprang. Aber erstens wusste sie nicht, ob er wirklich jeden Tag schwimmen ging, und zweitens wäre es allzu offensichtlich gewesen, wenn sie direkt einen Tag später wieder dort auftauchte.

Unruhig griff sie nach ihrem Handy, das eingeschaltet auf dem Nachttisch lag. Warum hatte sie nicht gewagt, ihn nach seiner Nummer zu fragen? Jetzt blieb ihr nichts anderes übrig, als abzuwarten, bis er sich meldete.

Als Marlies erwachte, fühlte sie sich so ausgeschlafen wie schon lange nicht mehr. Wohlig schaute sie neben sich, erwartete fast, den Engel noch dort zu finden. Doch der Platz neben ihr war leer. Nichts deutete darauf hin, dass er sie heute Nacht im Arm gehalten hatte.

War alles doch nur ein Traum gewesen? Nein, dafür war es zu wirklich gewesen. Sie untersuchte ihr Kopfkissen und ihren Nachttisch. Kein Glitzerstaub, kein Geldstück, nicht einmal ein Haar von ihm.

»Eine kleine Nachricht wäre schön gewesen«, flüsterte sie. Bestimmt war er in aller Frühe überstürzt aufgebrochen. Bei einem seiner Schützlinge im Bett einzuschlafen gehörte sicher nicht zu seinen Aufgaben.

»Bei dir im Bett?«

»Und er hat geschlafen?«

»Und du konntest ihn berühren?«

Cornelia und Gitta bestürmten Marlies mit Fragen, kaum hatte sie beim Frühstück von ihrem nächtlichen Besuch erzählt.

Gitta sah sie skeptisch an. »Das hast du geträumt!«

Marlies zuckte mit den Schultern. »Nein, es fühlte sich anders an. Ich war wach, dann ist er bei mir im Bett eingeschlafen, und dann bin ich selbst in seinem Arm eingeschlafen.«

»Kann man träumen, dass man einschläft?«, fragte Cornelia.

»Ja, klar, man kann ja auch träumen, dass man aufwacht.« Gitta schenkte sich noch eine Tasse Kaffee ein.

»Engel schlafen doch nicht. Du *musst* das geträumt haben«, sagte Cornelia.

»Ich hab das nicht geträumt. Es ist wirklich passiert. Und es war außerordentlich schön.« Marlies lächelte ihren Toast an und bestrich ihn zärtlich mit Butter.

Cornelia und Gitta wechselten einen amüsierten Blick.

»Du hast dich in unseren Engel verguckt!«, spottete Gitta.

»Und wenn?« Marlies hatte keine Lust auf Teenagerspielchen.

»Das ist nicht gut, Marlies. Das kann ja nur mit einer Enttäuschung enden. Er ist ja kein Mensch.« Cornelia sah sie besorgt an.

»Hat er geschnarcht? Schnarchen Engel?«, machte sich Gitta weiter über sie lustig.

»Du sei mal ganz ruhig. Dich hat er doch auch eingelullt mit seiner Metapher vom blühenden Garten«, schlug Marlies zurück.

Gitta stellte ihr Tasse weg. »Das stimmt. Was, wenn er genau weiß, womit er jeden am einfachsten bekommt? Was, wenn das Einschlafen bei dir im Bett geplant war?«

»Bei mir war er übrigens nicht, nur mal so am Rand bemerkt.« Cornelia stellte die Milch zurück in den Kühlschrank und begann, den Tisch abzuräumen.

»Er hat mir erklärt, dass er dir in der Nacht davor erschienen ist, weil du das da am meisten gebraucht hast.« Marlies zeigte auf Gitta.

Gitta war gerührt und versuchte, ihre feuchten Augen zu verstecken, indem sie unter dem Tisch eine Serviette aufhob. Als sie wieder hochkam, sagte sie: »Ich weiß jetzt jedenfalls, was meine Aufgabe ist: Ich soll dir bei Hannes helfen!«

Cornelia starrte sie an. »Na, das kann heiter werden«, seufzte sie.

Cornelia sah sich um. Es war auf Sylt einfach so gut wie unmöglich, ein Restaurant oder Café zu finden, das nicht heimelig war. Hannes' Stammlokal mochte zwar etwas abseits liegen, aber selbst hier herrschte Gemütlichkeit, Kerzen brannten, die meisten Tische waren noch nicht besetzt. Gitta hatte sie hierhergeschleppt und verkündet, Hannes werde spätestens in einer Stunde hier auftauchen, um seine Freunde zu treffen. Als sie gefragt hatte, woher sie das so genau wisse, hatte Gitta beharrlich geschwiegen. Marlies war zu Hause geblieben, um Yoga zu machen. Conny wäre auch lieber dortgeblieben, aber Gitta hatte ihr keine Wahl gelassen.

Cornelia hatte sich das Lokal ganz anders vorgestellt: düster, mit einem rauchigen Schleier über den Tischen. Hier aber gab es keinen Stammtisch in einer verschwiegenen Ecke. Alles war hell und freundlich.

»Sicher, dass er kommt?« Sie zwirbelte nervös eine Haarsträhne um ihren linken Zeigefinger.

»Sicher, dass du weißt, was du sagen willst?«, fragte Gitta zurück.

Ihr Plan war ganz einfach gewesen: Cornelia sollte die Karten auf den Tisch legen, Hannes gestehen, dass sie sich in ihn verliebt hatte, und ihm sagen, was sie alles an ihm mochte. Sie sollte einfach genau das tun, was die Helden in Büchern und Filmen immer versäumten und weshalb es dann zu großen Dramen kam. Hätten sie einander von vornherein ihre Liebe gestanden, wäre alles glattgegangen.

Gittas Argumentation hatte Cornelia letztlich überzeugt. Anfangs hatte sie sich gesträubt und gesagt, das Ganze käme etwas zu früh und würde Hannes komplett überfordern. Es überfordere sie ja selbst. Aber Gitta hatte nicht lockergelassen und ihr vorgerechnet, wie wenige Stunden auf dieser Insel ihnen noch blieben.

»Es wird Zeit zu handeln, Cornelia Berger«, hatte sie in dramatischem Ton zu ihr gesagt und sie dabei an den Schultern gefasst. Zusammen hatten sie dann eine schöne und romantische Rede geprobt.

»Los, geh noch mal zur Toilette, und üb sie vor dem Spiegel noch ein letztes Mal!« Gitta drängte Cornelia in den kleinen Gang vor den Toiletten.

Cornelia zog die Schultern hoch. An der Herrentoilette hing ein kleines Schild, auf dem »defekt« stand. Genau so fühlte sie sich. Vielleicht half es tatsächlich, ihre kleine Ansprache noch einmal zu proben. Nichts wäre peinlicher, als nachher vor Hannes rumzustottern. Seufzend drückte sie die Türklinke runter.

»Ich bin hier. Dir kann gar nichts passieren!« Gitta winkte ihr aufmunternd zu. Von ihrem Tisch aus hatte sie einen direkten Blick auf die hüfthohe Mauer, hinter der der Zugang zur Damentoilette lag. Sie würde die Tür im Auge behalten und Cornelia damit die letzte Chance nehmen, doch noch heimlich stiften zu gehen.

Im Toilettenraum war es angenehm ruhig. Cornelia atmete tief durch und schloss die Augen. *Es ist wie singen*, sagte sie sich. *Ganz leicht.*

Die Waldbühne tauchte vor ihr auf, doch dieses Mal saß auf den mit Gras bewachsenen Steinen nur ein einziger Zuschauer.

Hannes stürmte in sein Lokal. Er war früher als sonst gekommen, weil er noch einen Anruf tätigen wollte. Er würde schnell auf Toilette gehen und sich dann ganz entspannt in den Strandkorb hinter der Kneipe setzten und sie anrufen. Die ganze Zeit hatte er das schon vor, aber er wusste einfach nicht genau, was er sagen sollte. Vielleicht würde ihm hier etwas Gutes einfallen.

Hannes stutzte. Die Klinke der Herrentoilette ließ sich nicht herunterdrücken. Verwirrt las er das Schild. »Defekt.« Er sah sich um. Noch war nicht viel los, sicher konnte er schnell auf die Damentoilette gehen. Die Tür war nur angelehnt, von drinnen hörte er eine Stimme: »Ich meine, deine nackten Beine waren echt ein Hingucker!«

War das nicht Cornelia? Er linste durch den Türspalt. Er sah nur ein kleines Stück von ihr, aber das waren unverkennbar ihre roten Haare.

Ohne ihn bemerkt zu haben, sprach sie weiter: »Ja, wir haben uns zwar eben erst getroffen, aber ich habe mich in dich verliebt. So, jetzt weißt du es …«

Entsetzt trat er einen Schritt zurück. Das konnte nicht sein! Hatte Cornelia da drinnen gerade einem Kerl eine Liebeserklärung gemacht? Noch dazu einem, den sie gerade erst kennengelernt hatte? *Nackte Beine* … Hatten die etwa …?

Ein Mann trat grinsend aus der Damentoilette. Er war größer als Hannes und ziemlich gut aussehend. War ja klar. Er musste hier weg, und zwar ganz schnell, bevor Cornelia ihn entdeckte.

Er drehte sich um und sprintete mit langen Schritten durch die Eingangstür. Der kalte Wind zerrte an seinen Haaren. Was hatte er sich nur gedacht? Vielleicht war es wirklich so, dass manche Weichen im Leben schon früh gestellt wurden. Hätte er damals in der Grundschule den Mut aufgebracht, Monika Helmstett ein Trinkpäckchen Kakao anzubieten, wäre er heute vielleicht nicht so eine Null im Umgang mit Frauen.

Mit zitternden Fingern startete er seinen Wagen. Seine Freunde würden heute vergeblich auf ihn warten.

Auch Cornelia und Gitta warteten vergeblich. Gitta hatte von ihrem Tisch aus beobachtet, wie Hannes erst schnellen Schrittes zur Toilette gegangen und dann noch schnelleren Schrittes die Flucht ergriffen hatte. Seither zermarterte sie sich das Hirn, wie sie die Situation wieder geradebiegen konnte, bevor Conny erfuhr, was wirklich geschehen war. Nachlaufen hatte sie ihm nicht können, denn Cornelia war kurz nach Hannes' Abgang aus der Toilette gekommen und hatte sich über den Kerl aufgeregt, der plötzlich mitten in ihrer Rede aus der Kabine gekommen war. Ihr war klar, dass er alles gehört hatte.

Peinlich, aber nicht wirklich schlimm, dachte Gitta. Viel schlimmer war es, dass Hannes über alle Berge war und seine eigenen, falschen Schlüsse aus der Situation gezogen hatte. Aber genau das wagte Gitta nicht, Cornelia zu offenbaren. Schließlich hatte sie ihre Freundin dazu gedrängt, ihre kleine Rede noch einmal zu proben. Vielleicht hatte Hannes ja auch nur etwas auf dem Herd stehen lassen und war deshalb aus dem Lokal gerannt. *Möglich, aber nicht wahrscheinlich.*

»Na, komm. Dann lass uns zurückfahren«, sagte sie, als erkennbar war, dass Hannes nicht zurückkehren würde. »Vielleicht hab ich auch etwas falsch verstanden und mich in der Location geirrt.«

Marlies musste helfen. Sie war so wunderbar pragmatisch und würde sicher eine Idee haben, wie sich die Situation retten ließ.

Im Ferienhaus ging Cornelia entmutigt in ihr Zimmer hoch, um singen zu üben. Gitta setzte sich zu Marlies an den Kamin. Ihre Freundin wirkte deutlich ausgeglichener als in den letzten Tagen, an denen sie Gitta und Cornelia mit ihren Wutausbrüchen hin und wieder überrascht hatte. Sie hielt eine Tasse heißen Tee in der Hand und blätterte in einer Zeitschrift. Offenbar hatte sie sich eine entspannende Yoga-Stunde gegönnt.

»Und, wie lief es?«

»Ach, frag nicht!« Gitta stöhnte. Von oben hörte sie, wie Cornelia sich einsang. »Es war ein Desaster. Defekte Herrentoilette …«, sagte Gitta, als sei damit alles klar. Dann erzählte sie, was geschehen war.

»Du meinst, er hat gehört, was sie gesagt hat, und dachte, sie redet mit dem Mann, der da zufällig auch in der Damentoilette war?«

Gitta nickte und rieb sich mit beiden Händen übers Gesicht. »Der war so schnell aus dem Laden raus, so schnell konnte ich gar nicht gucken.«

»Das ist schlecht«, sagte Marlies. »Das ist richtig schlecht.« Sie nahm noch einen Schluck Tee.

»Bitte, Marlies, sag etwas Kluges. Ich weiß selbst, dass es nicht gut lief. Was mache ich denn jetzt?«

»Warum sagst du es ihr nicht?«

»Was, die Wahrheit? Dann ist sie zu Recht sauer auf mich und lässt die ganze Hannes-Sache komplett bleiben! Cornelia ist ein ganz zartes Pflänzchen, was die Liebe betrifft. Wenn da jetzt so ein Holzhammer kommt, wächst da nichts mehr.«

»Vielleicht war es ja von vornherein falsch, sich einzumischen. Sie hätte –«

»Hätte, hätte Fahrradkette!« Gitta sprang aufgeregt aus ihrem Sessel und lief hin und her. »Marlies! Ich brauche *jetzt* eine Lösung. Was soll ich machen? Ich muss das in Ordnung bringen!«

Marlies dachte nach. »Was, wenn du zu ihm gehst und ihm einfach erzählst, dass die Rede für ihn bestimmt war?«

»Ja, das wird er super finden. Da kann ich ihm ja gleich noch sagen, dass die ganze Idee meine war und Cornelia gar nicht wollte und ich ihr vorgeschlagen habe, was sie sagen soll.« Gitta rubbelte wieder ihr Gesicht mit den Händen. »Wie sieht das denn aus?«

»So, wie es ist! Sag ihm, du hast gespürt, wie sehr sie ihn mag, und wolltest etwas nachhelfen.«

»Meinst du, das hilft?«

Marlies seufzte. »Ich hoffe es. Trotzdem würde ich Cornelia einweihen. Sie sollte das mitentscheiden.«

Gitta schüttelte den Kopf. »Auf keinen Fall! Ich biege das allein wieder gerade. Ich habe gesagt, ich helfe ihr in der Sache, und das werde ich auch! Und wehe, du sagst ein Wort zu ihr!« Sie fuchtelte mit ihrem Zeigfinger vor Marlies' Gesicht herum.

»Schon gut.« Marlies seufzte. »Aber jammere nachher nicht rum, wenn auch das nach hinten losgeht.«

Cornelia war nicht bei der Sache. Normalerweise konnte sie beim Singen komplett abschalten, vergaß alles um sich. Heute nicht. Heute brummte ihr Kopf vor Fragen. Warum war Hannes nicht aufgetaucht? War das ein Zeichen? Sollte sie ihm gar nicht sagen, dass sie sich in ihn verliebt hatte? Ihr hatte die ganze Sache von vornherein nicht behagt. Am liebsten wäre sie mit diesem schönen neuen Gefühl erst einmal drei Wochen lang am Meer spazieren gegangen. Aber sie hatte keine drei Wochen. Ihr blieben nicht einmal fünf Tage, da hatte Gitta schon recht. Sie musste etwas unternehmen.

Sie überlegte. Sylt war nicht allzu groß, und vielleicht war Hannes über das Telefonbuch zu finden. Sie tippte auf ihrem Handy herum. Tatsächlich gab es einen Eintrag unter dem Namen »Walther«.

Entschlossen zog sie sich einen dicken Pullover über. Draußen stürmte es schon wieder.

Da sie keine Lust hatte, von Gitta noch mehr gute Ratschläge entgegennehmen zu müssen, schlich sie sich auf Zehenspitzen die Treppe herunter. Ungesehen schaffte sie es in den Flur. *Lass Marlies' Autoschlüssel in ihrer Jackentasche sein!*, betete sie stumm. Und tatsächlich, sie hatte Glück. So leise, wie sie konnte, schlüpfte sie durch die Haustür in die Dunkelheit.

War es eigentlich Diebstahl, wenn man ungefragt das Auto einer Freundin lieh? Egal, es war ein Notfall. Sie musste einfach sofort mit Hannes sprechen!

In ihrer Vorstellung wohnte er in einem schnuckeligen kleinen Reetdachhaus am Meer. Er würde gerade ein Omelett zubereiten und ihr barfuß, in Jeans und Flanellhemd die Tür öffnen. Dann würde ein sehr romantischer Dialog folgen, den sie mit »Ich war gerade überhaupt nicht in deiner Nähe« beginnen würde. Irgendwann würde der Abend auf einem Fell vor dem offenen Kamin enden.

Die erste Ernüchterung war das schlichte Mehrfamilienhaus, zu dem das Navi sie führte. Der romantische Dialog würde also im Treppenhaus bei Neonbeleuchtung stattfinden. Sie bog sich den Rückspiegel zurecht und zupfte an ihren Locken. In ihrer Handtasche fand sie noch etwas Lipgloss. *Nicht nachdenken, einfach machen*, ermahnte sie sich selbst und stieg schnell aus, bevor sie der Mut verließ. Sie atmete tief durch und klingelte bei Walther.

Quälende Sekunden lang geschah nichts. Ihr Herz klopfte wie verrückt.

»Ja?«, meldete sich eine genervte Stimme aus dem kleinen Lautsprecher.

Oh nein, eine Gegensprechanlage! Damit hatte sie nicht gerechnet. »Hier ist Cornelia«, sagte sie aufgeregt.

Der Lautsprecher schwieg.

»Hallo?«

»Was willst du?« Er klang immer noch unfreundlich, was sie völlig aus dem Konzept brachte. War sie hier überhaupt richtig?

»Hannes … Äh … kann ich kurz raufkommen?«

Es dauerte unerträglich lange, bis eine Antwort kam. »Nein. Ich hab keine Zeit«, drang es schließlich schroff aus der Wand.

Sie schluckte. »Okay, dann entschuldige die Störung«, flötete sie dann und floh zurück ins Auto. Das konnte doch nicht wahr sein! Hatte sie sich so verschätzt? Deutlicher konnte er ihr gar nicht zeigen, wie wenig Interesse er an ihr hatte! Offensichtlich war es ihm lästig, dass sie jetzt noch bei ihm klingelte. Vielleicht hatte er sogar eine andere Frau da.

Natürlich! Cornelia rieb sich über die Stirn. *Deshalb ist er auch nicht zu seinem Stammtisch erschienen!* Sie hatte ihn völlig falsch eingeschätzt. In Wahrheit war seine ungeschickte, schüchterne Art nur eine Masche, auf die offensichtlich viele Frauen hereinfielen.

Hannes Walther kann mich mal! Wütend fuhr sie zurück.

Genauso leise, wie sie aus dem Haus geschlichen war, kehrte sie auch zurück. Sie hatte nicht das Bedürfnis, ihren Freundinnen von ihrer Schlappe zu erzählen. Alles, was sie wollte, war, ins Bett zu verschwinden und zu heulen.

Marlies und Gitta hatten sich Musik angemacht und saßen in bester Laune mit Weingläsern vor dem Kamin. Cornelia kam mühelos ungesehen an ihnen vorbei. Niemand achtete auf sie, niemand hatte sie vermisst.

Sie war allein auf der Welt.

Ausnahmetalent

Marlies konnte nicht einschlafen. Allzu sehr wünschte sie sich den Engel herbei. Doch sosehr sie es auch versuchte, ihn allein über die Kraft ihrer Gedanken zu sich zu beschwören – niemand saß plötzlich auf ihrer Bettkante.

Sie vermisste ihn. In seinen Armen einzuschlafen war der Himmel auf Erden gewesen. Als Kind hatte sie geglaubt, dass jeder Mensch seinen ganz persönlichen Schutzengel hatte. Viele Jahre später sie nun tatsächlich ihren Engel getroffen und musste ihn sich mit Gitta und Cornelia teilen. Sie wollte ihn für sich allein haben, auch wenn das albern war.

»Wo bist du?«, fragte sie in die Dunkelheit.

Keine Antwort.

Vielleicht musste sie erst einschlafen, um ihn zu treffen. Marlies drehte sich auf die Seite, um eine bequemere Position zu finden. Sie versuchte es mit autogenem Training, doch allzu schnell schweiften ihre Gedanken von ihrem schweren rechten Arm ab. Offensichtlich war es dem Engel wirklich wichtig, dass sie Gutes taten. Als Mutter von drei Kindern hatte sie sich nie viele Gedanken darum gemacht, wem und ob sie jemandem helfen könnte. Sie half den ganzen Tag drei kleinen Menschen, engagierte sich in der Schule, kümmerte sich um alles. Das sollte doch genügen. Aber hatte sie genug Punkte auf ihrem Helferkonto angesammelt? War ihr Punktepolster so groß, dass sie sich einfach beruhigt zurücklehnen konnte?

Sie seufzte und drehte sich auf den Rücken. Gab es so etwas wie ein Helferkonto überhaupt? War das vielleicht ihr Denkfehler? Und hatte sich der Engel nicht ohnehin die drei falschen Kandidatinnen für seinen Club ausgesucht? Warum fragte er nicht

Menschen, die mit sich und ihrem Leben glücklich und zufrieden waren? Für die wäre es doch ein Leichtes, strebsame Mitglieder im Club der Engel zu sein.

Marlies war trotzdem froh, dass der Engel sie ausgewählt hatte. Vielleicht würde sie ihn heute Nacht ja doch wiedersehen. Ungeschickt sprach sie ein kleines Gebet. Sie war aus der Übung.

Es half trotzdem. Marlies schlief ein.

Gitta hatte sich den Wecker auf sieben Uhr gestellt. Sie wollte die Sache vor dem Frühstück erledigt haben. Sie hatte Hannes' Adresse herausgefunden und sich – wie Cornelia am Abend vor ihr – heimlich Marlies' Auto geliehen. Nun stand auch sie vor dem Haus, in dem Hannes wohnte, doch niemand antwortete auf ihr Klingeln. War er so früh etwa schon auf der Arbeit? Kurz entschlossen fuhr sie zum Revier. Bevor sie hineinging, holte sie einmal tief Luft. Sie hatte keinen guten Plan, nicht mal einen schlechten. Sie würde also improvisieren müssen, wenn sie ihn traf. Irgendetwas würde ihr schon einfallen.

Sie klingelte an der Pforte.

»Ja, bitte?« Eine knurrige Männerstimme drang durch die Gegensprechanlage. Die Tür öffnete sich jedoch nicht.

»Ja, ähm, ich …« Sie zögerte, fasste sich dann aber ein Herz. »Ich möchte gern Herrn Walther sprechen.«

»Ist noch nicht da. Worum geht es?«

»Ist etwas Persönliches. Wann kommt er denn?«

»Das darf ich Ihnen nicht sagen. Datenschutz.«

Gitta seufzte. Was nun? War Hannes etwa auch heute Morgen in der herbstlichen Nordsee schwimmen gegangen? Der Himmel war klar, die letzten Sterne verabschiedeten sich gerade. Bald würde die Sonne aufgehen. Gitta konnte sich dennoch nicht vorstellen, wie man bei diesen Temperaturen ins Wasser gehen konnte. Sie fror bei dem schneidenden Wind trotz dicker Jacke und Mütze. Sollte sie wirklich an den Strand fahren und ihn dort suchen? Unschlüssig lief sie zweimal um den MINI herum. Dann beschloss sie, sich irgendwo einen Kaffee zu holen und dann hier auf ihn zu warten.

Sie wollte gerade losfahren, als sie ihn sah. Zielstrebig lief er auf die Eingangstür zu. Jetzt musste es schnell gehen! Sie verhedderte sich in ihrem Anschnallgurt und stieg hektisch aus. »Herr Walther!«

Hannes drehte sich zu ihr um.

»Ich bin die Freundin von Cornelia, erinnern Sie sich an mich?«

Hannes erinnerte sich vor allem an eins: Monika Helmstett hatte damals versucht, ihn mit ihrer dünnen Freundin Britt zu verkuppeln. Wann immer er versucht hatte, neben Monika zu sitzen, war er letztendlich neben Britt gelandet. Britt hatte immer kalte Hände gehabt, die sich anfühlten wie tote Fische. Er hatte es gehasst, im Stuhlkreis neben ihr zu sitzen und während des Morgenlieds ihre kalte Fischhand halten zu müssen, während Monika Helmstett neben Peter Wunschberg saß und dessen Hand hielt. Und jetzt stand hier wieder die Freundin der Frau vor ihm, in die er sich eigentlich verliebt hatte.

Gitta rauschte auf ihn zu und schüttelte überschwänglich seine Hand. Auch ihre Finger waren eiskalt.

Marlies blinzelte verschlafen auf die Gestalt, die auf ihrer Bettkante saß. Die Gestalt leuchtete nicht und war viel zu klein und nervig, als dass sie der Engel sein könnte.

»Gitta?«, flüsterte sie verstört. Und dann noch einmal: »Gitta!«

»Ja, wer denn sonst, mein Gott!« Die Gestalt bewegte sich, griff nach Marlies' Arm und rüttelte ihn sanft. »Hör mir doch zu, Marlies, es ist wichtig!«

Marlies rappelte sich hoch und versuchte, die große Enttäuschung beiseitezuschieben, dass der morgendliche Besucher nicht ihr Engel war, sondern Gitta. Es fiel ihr dennoch schwer, ihrer

Freundin zuzuhören. Immerhin verstand sie nach einer Weile, dass Gitta versucht hatte, mit Hannes zu reden.

»Es war ein absolutes Desaster. Er hat mir einfach nicht zugehört«, sagte Gitta gerade.

»Was hast du denn gesagt?«

»Dass alles anders sei, als er denkt, und dass er unbedingt mit mir einen Kaffee trinken gehen soll, damit ich ihm alles erklären kann.«

»Und was hat er gesagt?«

»Wir sollen ihn in Ruhe lassen. Wir beide, Cornelia und ich. Wir sollen ihn nicht anrufen und auch nicht noch einmal am Revier oder bei ihm zu Hause auftauchen. Er war richtig sauer! Ich hatte von Anfang an keine Chance und weiß gar nicht, warum. In dem Moment, in dem ich auftauchte, hatte er schon etwas gegen mich.«

»Das ist seltsam.«

»Aber genau so war es. Und jetzt kann ich nicht nur nichts mehr für Cornelia tun. Ich habe ihr auch noch die Chance genommen, selbst etwas zu unternehmen! Ich hab's vermasselt!« Gitta kamen die Tränen.

»Komm her!« Marlies zog ihre aufgeregte und immer noch kalte Freundin unter ihre Bettdecke.

Das Frühstück verlief ziemlich unharmonisch, nachdem Gitta Cornelia gebeichtet hatte, dass sie versucht hatte, eine gute Tat zu tun, indem sie ihr bei Hannes half – und dass sie damit grandios gescheitert war.

»Das hast du jetzt von deiner blöden Helferei!« Erbost sprang Cornelia auf. »Dieser ganze Engel-Quatsch! Ich bin doch mit der alten Dame schon genug auf die Schnauze gefallen, oder? Musstest du es unbedingt auch noch einmal versuchen, Gitta? Und dann ausgerechnet bei mir und Hannes, was dich überhaupt nichts angeht!«

Gitta sah sie unglücklich an. »Ich hab doch gedacht, ich tue das Richtige!«

»Man kann niemanden zu seinem Glück zwingen«, sagte Marlies leise.

»Na, du machst es dir einfach. Wem hast du denn bisher versucht zu helfen?« Gitta funkelte sie an. Das war ein uraltes Spiel zwischen ihnen: Gerieten zwei in Streit, wurde die Dritte unweigerlich mit hineingezogen.

»Ich wollte einem Obdachlosen Geld spenden, mehr als dreihundert Euro sogar. Der Engel hat aber dafür gesorgt, dass ich keinen finde.«

»Unser Engel ist ja wirklich superhilfreich«, sagte Cornelia. »Statt uns zu unterstützen, legt er uns Steine in den Weg.«

»Das glaube ich nicht!« Gitta schüttelte vehement den Kopf. »Du hast Hannes ja überhaupt erst dadurch kennengelernt, dass du dieser Verrückten ihre Tüten nach Hause getragen hast.«

»Und was habe ich jetzt davon? Mir ist das alles zu bescheuert. Ich glaube, ich fahre heute heim!« Cornelia wandte sich zur Treppe. »Ich geh packen.«

»Conny, jetzt warte doch.« Gitta stand auch auf.

»Nein!« Cornelia blieb dennoch stehen. »Ich will nicht mehr warten. Mir reicht es. Alles! Bevor du mir gesagt hast, dass du es mit Hannes durch deinen sinnlosen Aktionismus endgültig vermasselt hast, habe ich schon eine E-Mail vom Veranstalter meines nächsten Konzerts bekommen. Er hat bisher nur drei Karten verkauft. Drei!« Sie hauchte diese Zahl und hielt sich am Treppengeländer fest, als würde ein Sturm sie sonst wegwehen. »Ich bin das alles so leid.« Sie drehte sich um und ging mit schweren Schritten die Treppe hoch.

Gitta sank auf ihren Stuhl zurück.

Jemand müsste jetzt etwas sagen. Etwas Hilfreiches oder Kluges, dachte Marlies. Sie öffnete den Mund. »Schöne Scheiße.«

Gitta nickte stumm.

Die Wellen rauschten unermüdlich an den Strand. Hannes hatte sich den Tag nach dem unerfreulichen Gespräch mit Cornelias seltsamer Freundin spontan freigenommen. Er lief gegen den Wind. Das war ein uralter Trick: Immer erst gegen den Wind laufen, dann hat man auf dem Rückweg Rückenwind.

Ich packe meine Sachen und bin raus, mein Kind. Er schloss die Augen, sang noch ein paar Zeilen aus dem Song von Thomas D. vor sich hin, brach dann aber ab, weil er den Text nicht konnte.

Ob sich Cornelia immer an den Text erinnerte? *Cornelia.* Er hatte versucht, sich alle Gedanken an sie zu verbieten, und war jämmerlich gescheitert. *Was soll's?* Er hob die Arme und drehte sich. Sollte der Wind ihn nur zerzausen!

Er würde es so machen, wie er es seit Jahren, seit der dritten Klasse machte: indem er sich Traumbilder schuf, in denen er versinken konnte. Seine Traum-Cornelia würde niemals einem fremden Mann auf der Damentoilette ihre Liebe gestehen. Seine Traum-Cornelia sang für ihn. *Rückenwind* von Thomas D.

Dunkle Wolken zogen am Himmel auf. Hannes bemerkte sie erst, als die ersten Tropfen auf ihn herunterprasselten. Es grollte und donnerte über ihm, als er sich umdrehte, um den Rückweg anzutreten. Das Meer bäumte sich auf, Wellen brandeten an den Strand, überschwemmten den Abschnitt, den er eben noch entlanggehen wollte.

Der Himmel öffnete seine Schleusen und durchnässte Hannes bis auf die Haut.

Den ganzen Weg bis zum Bahnhof betete Gitta um ein Wunder. Sie stellte sich vor, wie es wäre, wenn ein anderes Auto sie anfahren würde – natürlich nur leicht – und Hannes am Steuer säße. Wie es wäre, wenn es einen kleinen Verkehrsstau gäbe und Cornelia ihren Zug verpasste. Vielleicht gäbe es ja auch einen Anruf von Cornelias Konzertveranstalter, der verkündete, jemand habe auf einen Schlag hundert Karten vorbestellt …

Komm schon, Engel, flehte sie, als sie im dichten Regen in Westerland am Bahnhof ankamen.

Cornelia zerrte entschlossen ihren Koffer aus dem Kofferraum und schulterte ihren Gitarrenkoffer. In kürzester Zeit waren sie alle drei pitschnass.

»Du willst wirklich nach Hause fahren?«, fragte Marlies und hielt dabei Cornelias Hände fest.

Cornelia senkte den Kopf. »Ich denke schon.«

Marlies nickte und seufzte. »Wir bringen dich noch zum Zug.«

Der Abschied verlief kühl. Cornelia umarmte niemanden, stieg zügig ein und zeigte sich auch nicht mehr am Fenster.

Schweigend und bedrückt trotteten Gitta und Marlies zum Auto zurück. Keine der drei Frauen ahnte, dass Cornelia in nicht einmal zwölf Stunden wieder zurück sein würde.

Cornelia hatte das Mädchen erst gar nicht bemerkt. Sie war einfach froh, ein Abteil gefunden zu haben, in dem nur ein junges Mädchen saß. Kaum hatte sie sich hingesetzt, ging plötzlich alles ganz schnell: Das Mädchen, das ihr gerade noch gegenübergesessen hatte, huschte an die Tür, um sich dann flink wie eine Maus auf der Flucht unter den Sitzen zu verstecken. Die Tür wurde aufgerissen, und Cornelia legte geistesgegenwärtig ihre dicke, nasse Jacke über die Füße der Maus, die unter der Bank hervorschauten.

Ein Mann streckte in Kopf ins Abteil. »Haben Sie ein siebzehnjähriges Mädchen gesehen? Lange Haare? Blond?«

Cornelia schüttelte wahrheitsgemäß den Kopf. Gesehen hatte sie die gesuchte Person ja tatsächlich kaum.

Der Mann hastete weiter, die Maus blieb allerdings unter den Sitzen. Offenbar traute sie sich aus irgendeinem Grund noch nicht wieder herauszukommen. *Merkwürdig!* Cornelia reckte sich in ihrem Sitz und beobachtete durch die nach wie vor geöffnete

Abteiltür, dass der Mann den Wagon weiter absuchte und erst Sekunden vor der Abfahrt aus dem Zug sprang.

Sie zog ihre Jacke beiseite. »Du kannst rauskommen, er ist weg.«

Ein blondes Mädchen krabbelte unter den Sitzen hervor und setzte sich Cornelia gegenüber.

»Wer war das?«

»Mein Vater.«

Cornelia zog eine Grimasse. Hatte sie gerade einem Teenager geholfen, von zu Hause abzuhauen?

»Ich habe mich vor ihm versteckt, weil ich unbedingt zu diesem Casting muss«, erklärte das Mädchen hastig.

»Was ist das für ein Casting?«

»Sie casten für eine neue Band.«

Cornelia seufzte. »Es gibt nichts Schlimmeres als gecastete Bands.«

»Sie klingen schon genau wie er. Und wahrscheinlich verstehen Sie auch genauso wenig von Musik.«

»Was spielst du denn?«

»Gitarre – und ich singe.«

Cornelia zog die Augenbrauen hoch. »Und wo ist deine Gitarre?«

Das Mädchen seufzte. »Die konnte ich nicht mitnehmen. Er sollte ja denken, ich bin in der Schule.«

Cornelia zog ihre Augenbrauen noch weiter hoch. Das wurde ja immer besser.

»Ich *war* auch in der Schule, die ersten Stunden zumindest. Aber ich muss um 14 Uhr in Hamburg sein.« Das Mädchen sah auf die Uhr an seinem Handgelenk. Dazu musste es die vielen Armbänder erst etwas zur Seite schieben.

Cornelia holte ihre Gitarre aus der Gepäckablage. Sie nahm sie aus dem Gitarrenkoffer und reichte sie dem Mädchen. »Na, dann lass mal hören.«

»Hier?«

»Warum nicht. Wir sind allein im Abteil.« Cornelia lehnte sich erwartungsvoll zurück.

Das Mädchen spielte probeweise ein paar Akkorde, stimmte eine Saite nach. Es schmerzte Cornelia ein wenig, ihre Lieblingsgitarre in fremden Armen liegen zu sehen, aber sie wollte wissen, was ihre Mitfahrerin draufhatte.

»Mein Name ist Liz, und ich spiele heute für euch *Believer* von den Imagine Dragons.« Das Mädchen moderierte sich selbst an, als würde es schon beim Casting sitzen.

Cornelias Herz krampfte sich zusammen. Das war ihr Song. Sie entspannte sich, als sie bemerkte, dass Liz eine andere Begleitung auf der Gitarre wählte, als sie selbst es getan hätte. Liz' Stimme war klar wie ein türkisfarbener Bergsee, und sogar beim Refrain traf sie die hohen Töne exakt. Liz' Finger mussten nicht nachdenken, wohin sie griffen, und sie sang den Song mit so viel Herzblut, dass Cornelia die Tränen kamen.

Als die letzten Töne verklungen waren und Liz die Gitarre weiterhin umklammert hielt, konnte Cornelia in ihren Augen sehen, dass sie ganz weit weg gewesen war, während sie gespielt hatte. Vielleicht hatte jeder gute Sänger eine innere Waldbühne.

Cornelia applaudierte. Liz' Lächeln ließ sie noch jünger aussehen.

Diesem Kind stehen alle Türen weit offen. Liz wird Karriere machen, schoss es Cornelia in den Kopf. Es war keine Mutmaßung, sondern eine Gewissheit. Sie saß mit einem Ausnahmetalent im Zug. In all den Jahren, die sie bereits als Gesangslehrerin arbeitete, hatte sie nicht eine einzige Schülerin mit dieser Begabung gehabt.

»Warum hast du ausgerechnet diesen Song ausgewählt?«, fragte sie.

»Weil ich an mich glaube. Das muss ich tun, denn sonst tut es keiner.« Liz sagte dies so emotionslos, als hätte sie einem Taxifahrer eine Adresse genannt.

Cornelia erschauderte. »Bist du sicher, dass du in diese Band willst?«

Liz sah sie an, als hätte sie gefragt, ob sie sich tatsächlich in einem Zug befänden.

»Es kann sein, dass du in diesem Fall in den nächsten Jahren sehr fremdbestimmt sein wirst«, bemühte sich Cornelia um eine Erklärung. »Es kann sein, dass du nicht deine Musik machen darfst. Es kann sein, dass du Knebelverträge unterschreiben musst und kaum Geld mit deiner Musik verdienst. Sie könnten dich verheizen und ausnutzen.«

Liz warf ihr einen Blick zu, den nur Siebzehnjährige aussenden können.

Vernichtend. Cornelia betrachtete den dunklen Kajal, den Liz sich unter die Augen gemalt hatte. »In welcher Klasse bist du?«

»In der elften.«

»Du hättest kein Abitur, wenn du in diese Band aufgenommen wirst.«

»Ich will kein Scheiß-Abi«, brach es aus Liz heraus. »Abitur kann jeder. Ich will Musik machen, auf der Bühne stehen und einen Plattenvertrag haben!«

Cornelia hatte das Gefühl, ihrem jüngeren Ich gegenüberzusitzen.

Liz hatte sich in Rage geredet: »Jeder Tag, an dem ich auf dieses Hein-Blöd-Gymnasium gehe, statt Musik zu machen, ist ein verlorener Tag! Ich will das nicht mehr! Und jetzt habe ich endlich eine Chance, von dieser doofen Insel wegzukommen, die Welt zu sehen und zu machen, was ich liebe!«

Cornelia musste sich erst räuspern, damit ihre Stimme wieder da war, wo sie sein sollte. »Nehmen wir mal an, du gewinnst dieses Casting. Würde dein Vater dir nicht trotzdem verbieten, die Schule abzubrechen und in der Band mitzumachen?«

»Vermutlich. Aber dann hätte ich mehr Leute auf meiner Seite. Zusammen könnten wir ihn sicher überzeugen. Ich muss es nur zum Casting schaffen und … eine Zusage bekommen.« Sie knabberte an ihren trockenen Lippen.

Cornelia holte einen Lippenpflegestift aus ihrer Handtasche und reichte ihn ihr. »Dann legen wir mal los.«

»Sie sind Musikerin, stimmt's?«

»Und ich gebe Gesangsunterricht. Steh auf!«

Liz tat, was Cornelia verlangte, und folgte auch danach Cornelias Anweisungen. Sie feilte mit ihr an einigen Songteilen, ließ sie einzelne Wörter noch exakter betonen und sang schließlich mit ihr zusammen den Refrain, bis sich eine kleine Menschentraube vor ihrem Abteil versammelt hatte.

Wie durch Zauberei erreichte der Zug im nächsten Moment Hamburg. Ohne nachzudenken, stieg Cornelia mit Liz aus und nahm mit ihr zusammen die U-Bahn Richtung Hagenbecks Tierpark.

Im Gebäude, in dem das Casting stattfand, wimmelte es nur so von jungen Frauen. Viele hatten ihre Instrumente mitgebracht. Gitarren, Keyboards und sogar Schlagzeuge standen in jeder Ecke des Warteraums.

Liz meldete sich an einem Tisch bei einem jungen Mann an, der seine langen Haare zu einem Pferdeschwanz gebunden hatte. Seine blauen Augen verunsicherten sie sichtlich, und so schaute sie die meiste Zeit auf sein DIN-A4-großes Buch, in dem er ihren Namen suchte. Endlich fand er ihn und händigte ihr einen Sticker mit einer Nummer aus, die sie sich anweisungsgemäß in Brusthöhe auf ihren Kapuzenpulli klebte.

»Lass uns da rübergehen«, sagte Cornelia und deutete in eine Ecke des riesigen Raumes. Liz nahm ihren Vorschlag nur allzu gern an.

Sie setzten sich auf eine Bank, auf der zwar jede Menge Rucksäcke lagen, die davon abgesehen aber frei war. Beide schauten gleichermaßen überwältigt auf die Konkurrenz, der sich Liz an diesem

Nachmittag stellen sollte. Alle waren bunt, wild oder rockig angezogen, hatten pinke Haare oder raffiniert geflochtene Zöpfe. Liz fiel aus dieser exaltierten Gesellschaft aus Individualisten mit ihrer Jeans und ihrem sportlichen Pulli komplett heraus. Sie trug die blonden Haare offen und hatte nur ihre Augen dezent geschminkt.

»Hör mal, das ist gut so, dass hier alle wie Paradiesvögel aussehen«, sagte Cornelia, um sie zu beruhigen.

Diesmal zog Liz die Augenbrauen hoch.

»Du wirst auffallen. Du brauchst keinen Minirock, keine zerrissene Strumpfhose. Du wirst sie umhauen mit deinem Song!«

»Das sagst du jetzt nur.«

Cornelia stand auf und kniete sich vor Liz auf den Boden. »Hör mir zu. So ein Gesangstalent wie deines ist ganz, ganz selten. Wenn du das wirklich möchtest, dann wirst du als Sängerin Karriere machen, da bin ich mir vollkommen sicher.«

Liz versuchte, nicht zu lächeln, aber es gelang ihr nicht.

»Aber«, fuhr Cornelia fort, »es ist viel härter, als du denkst. Und wenn dir das hier, dieses bisschen Konkurrenz«, sie zeigte auf die rund hundert Leute im Raum, »schon Angst macht, solltest du direkt wieder auf deine schöne Insel fahren.«

Ihre Blicke trafen sich.

»Du. Kannst. Das.« Cornelia betonte jedes Wort.

Liz atmete tief durch. »Ich kann das«, wiederholte sie.

Zwei Stunden später wurde Liz von einer Zwanzigjährigen mit kurzen dunklen Haaren angesprochen: »Du bist die Nächste. Ich nehme dich gleich mit.«

Cornelia drückte Liz ihre Gitarre in die Hand. »Nimm dir, nachdem du das Lied anmoderiert hast, einen kurzen Moment, bevor du anfängst zu spielen. Atme, und fang erst an, wenn du bereit bist, okay?«

Als Antwort umarmte Liz sie so stürmisch, als sei sie nicht siebzehn, sondern sieben Jahre alt. Dann lief sie der Dunkelhaarigen hinterher, und Cornelia blieb allein auf die Bank zurück.

Ein Teil von ihr wünschte sich, die Dunkelhaarige hätte sie abgeholt. Plötzlich fühlte sie sich unendlich alt. Nahezu alle hier im Raum könnten vom Alter her ihre Kinder sein. Aber es ging nicht um sie, es ging um Liz, und der würde sie jetzt beide Daumen drücken.

Weder Marlies noch Gitta konnten den Tag auf der Insel genießen, und das lag nicht am schlechten Wetter. Dabei regnete es, als würde Sylt sich um den Titel »Nassester Platz in ganz Deutschland« bewerben.

Gitta blieb allein im Haus, während Marlies sich verabschiedete, um »einige Besorgungen« zu machen, wie sie kurz angebunden erklärt hatte. Sie machte sich den Kamin an und schrieb zwei Textnachrichten an Cornelia, die sie anschließend ungesendet wieder löschte. Was sollte sie ihr auch schreiben? *Tut mir leid, dass ich deine erste Liebe seit Jahrzehnten zerstört habe? Komm gut zu Hause an, hoffe, zu deinem Konzert kommen noch sieben Leute mehr, dann wären es wenigstens zehn?*

Tut mir leid, dass ich so eine Gitta bin, tippte Gitta und löschte auch diesen Text. Vermutlich brauchte Cornelia eine Pause von ihr. Sie selbst hätte auch gern eine Pause von sich gehabt.

Sie rief Michael an.

»Gitta!«, sagte er und gleich danach: »Tut mir leid, ich muss gleich in ein Meeting.«

»Okay, verstehe.«

»Alles in Ordnung bei dir?«

Sie sagte Ja, und er hörte ihr Nein.

»Sprechen wir heute Abend in Ruhe?«, fragte er.

»Ja, gerne. Kommst du klar? Die Lasagne müsste ja inzwischen weg sein.«

»Ich komm gar nicht klar ohne dich. Jeden Abend mache ich mir ein einsames Spiegelei und esse danach noch eine Tüte Chips.«

Er log so offensichtlich, dass Gitta lächeln musste. »Zu viele Eier sind nicht gut für deinen Cholesterinspiegel. Das weißt du doch.«

»Dann lass ich die weg und esse nur die Chips.«

»Mach das. Ich liebe dich.«

»Ich dich auch. Mach es dir schön! Bis heute Abend!«

Es tat so gut, seine Stimme zu hören. Gitta schloss für einen Moment die Augen und atmete durch. Wie gut, dass sie Michael hatte!

Wenig später rumpelte es an der Tür, und Marlies drängte sich in den Flur. »Das sind keine Straßen, das sind Flüsse!«, beschwerte sie sich und hängte ihre nasse Jacke auf. Sie schüttelte sich wie ein Hund, brachte Einkaufstaschen voller Lebensmittel in die Küche und kam dann mit einem langen, schmalen Paket zu Gitta ins Wohnzimmer.

»Ich hab ein kleines Geschenk für dich.« Sie legte ihr das Paket in den Schoß. »Hier!«

»So klein sieht das gar nicht aus.« Freudig überrascht öffnete Gitta den Karton und zog eine hellrosa Yogamatte aus der Verpackung. Sie roch neu und nach Gummi.

»Jetzt kannst du mit mir zusammen Yoga machen«, strahlte Marlies.

Gitta hatte keine große Lust, eine dieser verzweifelten älteren Frauen zu werden, die ihr Leben mit Yoga und gelegentlichen Besuchen bei Heilpraktikern füllten, die die negative Energie aus ihnen herausleiteten, indem sie sich auf ihren Rücken knieten. Dennoch war sie gerührt, weil Marlies an sie gedacht hatte. »Danke, das ist total lieb von dir.«

»Ich weiß, was du denkst.« Marlies lächelte. »Aber ich schlage dir etwas vor: Du machst jetzt jeden Tag eine Yogaeinheit mit mir, und wenn wir nach Hause fahren und du immer noch nichts von Yoga hältst, benutzt du die Matte einfach, um in deinem Garten Blumen einzupflanzen.«

Gitta schaute auf die rosafarbene Matte, die als Kniekissen viel zu dünn war und viel zu schnell dreckig werden würde. Aber es war ein Angebot, das sie des lieben Friedens willen nicht ausschlagen durfte. »Na, dann lass uns gleich loslegen«, sagte sie.

Marlies schob begeistert den Sessel und den Couchtisch zur Seite, damit beide Matten nebeneinander vor den Kamin passten. Sie setzte sich mit Blick auf die Flammen im Schneidersitz an das Ende ihrer Matte und forderte Gitta mit einer großzügigen Handbewegung auf, es ihr gleichzutun.

Liz ging nicht zur Bank zurück, auf der Cornelia sich vor Nervosität die Fingernägel abknibbelte, sie schwebte nahezu. Cornelia musste nicht fragen, wie das Vorsingen gelaufen war, sie sah es dem Mädchen schon von Weitem an.

Wie selbstverständlich nahmen sie gemeinsam die U-Bahn zurück zum Hauptbahnhof und dann den nächsten Zug nach Westerland.

»Wolltest du nicht eigentlich woandershin heute?«, fragte Liz, als sie den Bahnhof verließen. »Du bist doch eigentlich weggefahren, oder?«

»Ja«, gab Cornelia zu, »das wollte ich, aber ich habe mich umentschieden. Deine blöde Insel ist genau das, was ich brauche.«

Liz grinste sie an und biss in das belegte Brötchen, das Cornelia ihr am Bahnhof noch rasch gekauft hatte. Als sie fertig war, hielt Conny ihr auch noch ihr eigenes Brötchen hin, das noch immer unangetastet in seiner Tüte lag. Sie wusste, wie hungrig man nach einem Auftritt sein konnte, und hatte selbst keinen Appetit.

Per Mail sagte sie das Konzert ab, für das sich bislang erst drei Karten verkauft hatten. Die wenigen Interessenten würden für diesen Abend sicherlich eine Alternative finden, und ohnehin nahm sie mit ihrer Absage nur die Entscheidung des Konzertveranstalters vorweg.

Dann schrieb sie Gitta eine Textnachricht:

Komme um 21:12 Uhr in Westerland an. Holt ihr mich ab? ☺

»Und du rufst jetzt zu Hause an«, bestimmte sie schließlich, als Liz nach dem zweiten Brötchen satt und zufrieden aus dem Fenster schaute. Das hätte sie dem Mädchen schon vor Stunden sagen sollen.

»Okay.« Seufzend zückte Liz ihr Handy und ging auf den Gang, um dort zu telefonieren.

Cornelia hörte nur einzelne Gesprächsfetzen, bemühte sich aber, ihre Neugier zu zähmen und nicht zu lauschen. Hauptsache, Liz' Eltern wussten, wo ihre Tochter steckte.

Liz kam zurück und lächelte schief. »Meine Mama war dran, ein Glück. Sie versteht das alles noch eher als mein Papa.«

»Was hat sie gesagt?«

»Dass ich ihr das nächste Mal, verdammt noch mal, etwas sagen soll, wenn ich nach Hamburg fahre. Und dass das so nicht geht und dass ich noch keine achtzehn bin …« Sie verdrehte die Augen.

»Sie machen sich Sorgen.«

»Hast du Kinder?«

Cornelia schüttelte den Kopf, und Liz nickte. Sie konnte nicht ausmachen, ob es ein gutes oder ein schlechtes Nicken war, und lehnte sich deshalb wortlos in ihrem Sitz zurück.

Als der Zug über den Hindenburgdamm fuhr und Cornelia beim Blick aus dem Fenster das Gefühl hatte, in ein schwarzes Nichts zu fahren, in das man jederzeit abgleiten könnte, sagte Liz: »Danke. Für alles heute. Das hat noch nie jemand für mich gemacht. Ohne dich hätte ich es nicht geschafft.«

»Doch, das hättest du.«

Liz schüttelte bestimmt den Kopf.

»Gern geschehen.«

Sie lächelten sich an. Cornelia schaute wieder aus dem Fenster in die undurchdringliche Finsternis.

Cornelia hätte den Abend am liebsten vor dem Kamin verbracht, aber Marlies und Gitta hatten darauf bestanden, sie auszuführen. Das Restaurant, das sie gewählt hatten, lag idyllisch in den Dünen. Jeder der schönen Holztische war besetzt, und das junge Personal duzte sie, was ihr und ihren Freundinnen ein gutes Gefühl vermittelte. Das Gefühl dazuzugehören. Kerzen brannten auf dem Tisch, der Wind brauste um das Dach. Es war heimelig, und Gitta hatte eine Flasche Wein für alle bestellt.

Cornelia nahm einen Schluck Wein und sprach aus, was sie fühlte: »Es ist schön, wieder bei euch zu sein.«

Gittas Augen wurden feucht, und sie drückte kurz und fest Cornelias Arm.

Marlies dagegen forderte: »Jetzt erzähl uns doch bitte endlich, wer das Mädchen war, das dich da am Bahnhof so fest umarmt hat, als wärst du ihre Patentante.«

Cornelia sah Marlies an und dachte, dass »Patentante« eigentlich ein ganz treffender Begriff war. »Eigentlich eine Zufallsbekanntschaft aus dem Zug. Hat sich unter dem Sitz versteckt«, begann sie. Als sie dann von Liz' Talent berichtete, merkte sie selbst, dass sie ins Schwärmen kam. Das Mädchen hatte beim Casting tatsächlich alle anderen von der Bühne gesungen.

»Da saßen drei Leute in der Jury, und als sie fertig war, hat erst mal keiner etwas gesagt. Sie haben sich alle nur sehr bedeutungsvoll angeschaut, etwa so.« Cornelia machte die Blicke nach, als wäre sie selbst dabei gewesen. »Und dann sollte sie noch einen Song spielen und noch einen. Und dann hat der Sprecher der Jury noch jemanden dazugeholt, und dann musste sie noch ein Lied spielen. Sie war großartig!«

Marlies schmunzelte. Cornelia klang wie eine stolze Mutter. Das gefiel ihr. »Du magst die Kleine, stimmt's?«

Cornelia konnte nicht gleich antworten, weil sie sich gerade eine riesige Gabel Salat in den Mund schob, der fantastisch schmeckte. Mit der Rückkehr zu ihren Freundinnen hatte sich auch ihr Appetit zurückgemeldet. »Ich hab noch gar nicht darüber nachgedacht, ob ich sie mag«, sagte sie schließlich.

Marlies lächelte. »Wenn du sie nicht mögen würdest, hättest du ihr doch nicht so geholfen. Ich meine, du bist mit ihr in Hamburg zusammen ausgestiegen!«

Cornelia nickte nachdenklich. »Ja, irgendwie war mir klar, dass ich das tun muss. Es fühlte sich absolut richtig an.«

»Das ist es«, flüsterte Marlies ehrfürchtig, »du hast herausgefunden, was unsere Aufgabe im Club der Engel ist!«

Cornelia hörte abrupt auf, Salat zu essen. »Hab ich das?«

»Du hast jemandem geholfen, der deine Hilfe dringend brauchte. Du hast nicht groß darüber nachgedacht und dir nicht überlegt, was für dich dabei herausspringt.«

»Das ist genial!« Gitta schenkte allen Wein nach, bevor es der aufmerksame Kellner tun konnte.

»Du könntest recht haben«, sagte Cornelia. »Da war aber noch etwas anderes …«

Marlies und Gitta beugten sich, so weit sie konnten, über den Tisch, um zu hören, was Conny noch herausgefunden hatte.

Gespannte Stille.

Cornelia suchte nach Worten. »Ich kann das nicht erklären«, gab sie auf.

»Komm schon, versuch es, das ist wichtig für uns!« Gitta stupste sie.

»Da gab es Momente, in denen es mir … ja, fast wehgetan hat, ihr zu helfen. Vielleicht nicht direkt, ihr zu helfen, aber …«, sie spielte verlegen mit ihrer Serviette, »sie war beim Casting. Sie ist jung. Ihr stehen alle Türen offen. Das hat mir klargemacht, wie klein meine Chancen sind, noch zu erreichen, was ich mir mein ganzes Leben lang gewünscht habe.« Sie spülte die aufsteigende Traurigkeit mit einem großen Schluck Wein hinunter. Sie musste sich zusammenreißen, um nicht in Tränen auszubrechen.

»Und trotzdem hast du alles dafür getan, dass sie ihre Chance bekommt«, ergänzte Marlies.

Cornelia nickte, weil sie ihrer Stimme noch nicht traute.

»Du hast gehandelt wie eine Mutter. Oder wie ein Engel. Ich bin stolz auf dich!« Marlies umarmte sie über den Tisch hinweg.

Gitta entschuldigte sich, um zur Toilette zu gehen. Sie musste gar nicht, aber Sätze, in denen Mütter mit Engeln gleichgestellt wurden, rissen ihr immer den Boden unter den Füßen weg. Auch sie hätte ein großartiger Mensch sein können. Eine Mutter, die alles, aber auch wirklich alles für ihr Kind tut. Selbstlos wie ein Engel. Aber das war ihr nicht vergönnt. Und nun war es wieder nicht sie, sondern Conny, die den Jackpot geknackt hatte. Sie war zwar ebenfalls keine Mutter, dafür war ihr ein Ziehkind begegnet, dem sie jetzt ihr Wissen vermitteln durfte. Selbstlos und wunderbar. *Schön für sie.*

Ihr Handy piepte in ihrer Tasche. Eine Textnachricht von Michael.

Geht es dir gut? Erreiche dich nicht.

Sie tippte zurück:

Sind essen. Der Neid frisst mich auf. Was macht man da?

Michaels Antwort kam schnell:

Kämpfen, Maus, kämpfen. Besieg ihn, den Neid.

Der Nachricht folgte das Symbol zweier Schwerter. Gitta musste grinsen. Sie steckte das Handy weg und machte mit einem imaginären Schwert in der Hand einen Ausfallschritt. »Mich besiegst du nicht«, murmelte sie. »Cornelia ist meine Freundin. In ihrem Leben läuft gerade alles schief – da hat sie wohl eine Ziehtochter verdient!« Sie kämpfte gegen den unsichtbaren Feind, der ihr Herz bei dem Wort Ziehtochter zusammenquetschte – und gewann.

Sie drehte sich um und ging zurück zum Tisch. »Ich freue mich für dich«, sagte sie etwas lauter als nötig und lächelte Cornelia an, als sie sich wieder auf ihren Platz sinken ließ.

»Wir zwei müssen jetzt die Augen offen halten«, raunte ihr Marlies verschwörerisch zu. »Wir werden auch noch unsere Aufgabe finden.«

»Andersherum. Die Aufgabe findet euch!« Cornelia hob ihr Glas. »Auf uns – und den Club der Engel.«

Frau Brunnemeiers Kellerfenster

Während Cornelia rasch einschlief, quälte Gitta sich immer noch mit ihrem Neid auf Cornelia. Sie hatte Michael alles am Telefon erzählt, und er hatte mit seinem tiefen Bass beruhigende Worte gebrummt. Wie gut es war, ihn an ihrer Seite zu wissen! Seit Jahren war er ihr Anker, wenn ihre Wunde brannte. Er konnte das gut. Manchmal fragte sie sich, was er mit seinem eigenen Schmerz machte. Wenn sie ihn fragte, wie er es aushielt, nie Vater werden zu können, sagte er nur: »Das war im Plan für mich nicht vorgesehen. Darüber kann ich mich aufregen, ich kann toben, es furchtbar unfair finden oder es ganz einfach hinnehmen. Denn so oder so, ändern kann ich es nicht.«

Diese Logik leuchtete Gitta zwar durchaus ein, aber sie wusste einfach nicht, was sie mit all ihren Gefühlen tun sollte. Warum gab es keine Babyklappe für Gefühle?

Sie wühlte sich aus ihrem Bett und schlich hinunter ins Wohnzimmer. Sie rollte Marlies' Yogamatte aus, ohne das Licht anzuknipsen, und machte ein paar Übungen im Dunkeln. Sicher machte sie die Hälfte falsch, aber es war viel besser, als weiterhin im Bett zu liegen und zu grübeln.

Marlies hatte sich etwas überlegt. Es war ganz einfach, jetzt, da sie wusste, was der Plan des Engels war. Solange sie nicht auf Kurs waren, nicht taten, was er von ihnen verlangte, erschien er ihnen. Also war alles, was sie tun musste, um ihn wiederzusehen, nicht seinen Plan zu befolgen. Sie würde nichts selbstlos Gutes tun, sie würde sich schön neben der Spur aufhalten, sodass er sie wieder besuchen musste.

Genau das wünschte sie sich. Sie suchte auf ihrem Handy *Angel* von Sarah McLachlan und steckte sich die Kopfhörer in die Ohren, um ihrem Gesang zu lauschen. Wenn sie doch noch einmal in seinen Armen liegen könnte!

Auch Hannes träumte davon, in den Armen seines Engels zu liegen. Allerdings hatte dieser Cornelias Gestalt, ihre roten Haare. Schade, dass er sich bei ihrem Frühstück nicht getraut hatte, sie zu berühren. Diese Erinnerung, wie sich ihre Haare anfühlten, fehlte ihm nun.

Er legte sich ein Sofakissen über die Augen und seufzte. Das war alles erbärmlich!

Sein Handy klingelte. Er schrak auf, ging dran und war enttäuscht, dass es nicht Cornelia war.

Sie kann es gar nicht sein, weil sie deine Nummer nicht hat, du Idiot!, schalt er sich selbst.

Selbst dann würde sie dich nicht anrufen, spottete eine kleine gemeine Stimme in seinem Inneren. *Das hast du dir selbst gründlich vermasselt.*

Er hatte glücklicherweise keine Zeit, länger darüber nachzudenken. Denn der Anrufer stellte sich als sein Chef heraus, der ihn zu einem Einsatz rief, weil er erfahrungsgemäß der Einzige auf der Wache war, der mit der Hilfe suchenden Frau Brunnemeier zurechtkam.

Seufzend machte Hannes sich auf den Weg. Freie Tage endeten offensichtlich mit dem Sonnenuntergang. Dieses Mal war bei Frau Brunnemeier der Keller vollgelaufen. Das war zwar eigentlich eher ein Fall für die Feuerwehr, aber Frau Brunnemeier behauptete, ihr Kellerfenster sei manipuliert worden, was sein Chef als Einbruch deutete.

Das hatte natürlich keine Zeit bis morgen, natürlich nicht. Müde wischte Hannes sich eine Haarsträhne aus dem Gesicht. Er würde im matschigen Lichtschacht das Kellerfenster untersuchen müssen und anschließend den Anblick von Frau Brunnemeiers Morgenrock aushalten, während er ihr die Fragen stellte, deren Antworten ins Protokoll mussten.

Warum so viele ältere Damen einen fürchterlichen Morgenrock über ihren Nachthemden trugen, wenn man nach einundzwanzig Uhr bei ihnen auftauchen musste, verstand Hannes nicht. In der Zeit, in der man sich so einen albernen Bademantel überwarf, konnte man sich doch auch vernünftig anziehen, oder nicht? Gab es etwa ein Alte-Damen-Gesetz, das Nachthemd plus Morgenrock als adäquate Kleidung nach einundzwanzig Uhr vorschrieb?

Er starrte mit nassen Hosenbeinen auf Frau Brunnemeiers Morgenrock und wünschte sich ganz weit weg. »Ich habe nichts Ungewöhnliches an Ihrem Kellerfenster feststellen können«, brummte er.

»Dann haben Sie nicht richtig geschaut, junger Mann.«

Hannes seufzte innerlich. »Was veranlasst Sie denn zu glauben, dass Ihr Kellerfenster manipuliert wurde?«

Frau Brunnemeier lachte ein trockenes Lachen. Ihre Arme machten eine seltsam abgehackte Bewegung und flogen kurz nach oben. »Das viele Wasser in meinem Keller. Das veranlasst mich. Das ist noch nie passiert. Das Kellerfenster war immer dicht. So dicht wie eine Froschhaut!« Sie zog ihre faltige Unterarmhaut unangenehm lang. »Diese plötzliche Undichte ist ein Hinweis auf Manipulation von außen!«

Sie nickte ihm bestätigend zu, als müsse jeder Depp, sogar er, diese ihrer Meinung nach völlig logische Schlussfolgerung verstehen.

Hannes seufzte jetzt nicht nur innerlich. »Frau Brunnemeier, Kellerfenster – besser gesagt, ihre Dichtungen – werden im Alter porös.«

Sie schaute ihn an, als hätte er gerade über ihre Unterarmhaut gesprochen.

Er hob beschwichtigend die Hände und versuchte es anders. »Selbst wenn Ihr Kellerfenster nicht porös wäre …« Er hielt jetzt eine Hand hoch, die das Kellerfenster symbolisieren sollte. »Auf dieser Seite des Fensters ist der Luftdruck«, er wedelte mit der Hand, die kein Kellerfenster war, herum, »auf der anderen Seite des Fensters ist der Wasserdruck, wenn der Lichtschacht vollläuft. Der Wasserdruck ist höher als der Luftdruck. Das Kellerfenster ist in diesem Fall machtlos und gibt dem größeren Druck nach.« Er ließ seine Hand umklappen.

Frau Brunnemeier sah ihn schweigend an.

»Haben Sie das verstanden?«, fragte Hannes vorsichtig.

Sie nickte. »Aber sicher doch, ich bin ja nicht meschugge. Das Kellerfenster wurde manipuliert!«

Hannes schaute auf die zierliche alte Dame, die in ihrem hässlichen Morgenrock vor ihm stand und ihn erwartungsvoll anschaute. Eigentlich war es ganz gleich, was er ins Protokoll schrieb. Es schien ihr wichtig zu sein. Wenn man seinem eigenen Kellerfenster nicht mehr trauen konnte, wem dann?

»Es ist Ihr Kellerfenster, Frau Brunnemeier«, sagte er schließlich. »Sie kennen es am besten. Wenn Sie sagen, es fand eine Manipulation statt, haben Sie sicher recht. Haben Sie einen Verdacht, wer das gemacht haben könnte?«

Sie lächelte, bot ihm einen Stuhl und einen Tee an. Hannes nahm dankend an und biss in einen der Butterkringel, die sie ihm liebevoll an den Rand seiner Untertasse gelegt hatte.

Gitta überlegte kurz und erinnerte sich dann an eine Dehnübung, die ihr relativ leichtgefallen war.

Sie setzte sich im Schneidersitz auf die Matte und beugte sich mit dem Oberkörper so weit vor, dass ihre Unterarme den Boden berührten. Sie ließ den Kopf sinken und atmete in den Dehnungsschmerz. *Ein. Und aus. Und ein. Und aus.*

So etwas Bescheuertes! Niemand konnte in irgendeinen Schmerz hineinatmen. Man konnte höchstens trotz Schmerz weiteratmen. *Weiteratmen, immer weiteratmen*, ermutigte sie sich.

Sie schloss die Augen, und als sie sie wieder öffnete, sah sie das Leuchten.

Der Engel hatte sich Marlies' Yogamatte ausgerollt und saß Gitta im Schneidersitz gegenüber. »In den Schmerz hineinzuatmen ist etwas anderes als einfach nur weiterzuatmen«, sagte er leise.

Gitta fragte nicht, warum. Sie wartete, bis er ihr die Antwort lieferte.

»Wenn du in den Schmerz hineinatmest, akzeptierst du ihn. Du weißt, du musst nur lange genug warten, und dann wird er nachlassen.«

»Wird er das?«

Der Engel nickte langsam.

»Bis jetzt merke ich davon nichts.«

»Weil du ihn nicht annimmst, Gitta. Du hoffst immer noch, schwanger zu werden.«

»Ich dachte, wir sprechen von einer Yogaübung?«

»Das Leben ist wie eine schwere Yogaübung.« Er lächelte.

»Warum kann Michael damit leben, und ich kann es nicht?«

»Weil er sich entschieden hat, es zu tun.«

»Ist es so einfach? Ich entscheide mich dazu, und zack, ist der Schmerz weg?«

Der Engel seufzte und machte die Dehnübung, die Gitta vorhin gemacht hatte. »So einfach ist es nicht.«

»Natürlich nicht. Es ist ja nie mal irgendetwas einfach!« Auch Gitta beugte ihren Oberkörper wieder vor und stützte sich auf die Unterarme.

»Das stimmt nicht.« Der Engel hob aus seiner unbequemen Position heraus den Kopf und sah sie an. »Du hast deine große Liebe ganz ohne Umwege gefunden. Wenige Paare sind so glücklich wie Michael und du.«

Gitta löste den Blick von ihm und senkte den Kopf zur Matte. Jetzt zog es heftig in ihrem Gesäßmuskel. »Würde es mir bessergehen, wenn ich mich von dem Wunsch verabschieden würde, jemals Mutter zu werden?«

»Wenn du dich so entscheidest, ja.«

»Wie soll mir das jemals gelingen?« Sie hob den Blick und sah ihn an.

Der Engel beugte sich noch weiter mit dem Oberkörper vor, bis sein Kopf auf seinen Händen lag. Eine für Gitta völlig unmögliche Position.

»In den Schmerz atmen. Loslassen. Geduld haben«, sagte der Engel, ohne seine Position zu verändern.

Gitta merkte sich diese drei Punkte. *In den Schmerz atmen. Loslassen. Geduld haben. In den Schmerz atmen. Loslassen. Geduld haben.* Endlich einmal ein handfester Tipp!

»Marlies könnte Hilfe brauchen«, sagte der Engel.

»Warum hängst du dann hier bei mir rum, und nicht bei ihr?«

»Ich hatte gehofft, du könntest mir etwas helfen.«

Beide kamen aus ihrer Dehnung zurück in den Schneidersitz.

»Ich soll dir helfen, indem ich Marlies helfe?«

Er nickte.

Gitta sah ihn an. »Mein letzter Versuch, einer Freundin zu helfen, endete in einer Katastrophe. Sicher, dass ich die Richtige für den Job bin?«

»Richtiger als ich auf alle Fälle«, seufzte der Engel.

»Du bist auch nicht gerade das, was man sich unter einem perfekten Engel vorstellt.« Gitta grinste und faltete ihre schmerzenden Beine auf.

Der Engel sprang vom Schneidersitz in den Stand. »Ich muss los!«

Gitta sah ihn fassungslos an. Wenn aus seiner Karriere als Engel nichts würde, könnte der Kerl auf jeden Fall als Yogalehrer arbeiten. »Warte!«, rief sie. »Das war endlich mal ein echtes Gespräch mit dir, ich habe noch so viele Fragen!«

»Ich hab dir schon viel zu viel geholfen. Das ist nicht vorgesehen.«

»Natürlich nicht«, sagte Gitta sarkastisch.

»Du kümmerst dich um Marlies?«

»Kannst du da noch etwas genauer werden?«

»Nein.« Sein Licht flackerte.

»Und jetzt? Wache ich gleich hier auf der Yogamatte auf und frage mich, ob das alles nur ein Traum war?« Gitta kämpfte gegen die plötzliche bleierne Müdigkeit an, die sie überkam.

»Loslassen«, sagte der Engel mit einer tiefen, sanften Stimme.

Gitta gab auf und schloss die Augen.

Es war spät geworden bei Frau Brunnemeier. Hannes hatte die Packung Butterkringel komplett gegessen und drei Schnäpse abgelehnt, die ihm seine Gastgeberin immer wieder aufdrängen wollte. Er hatte viel über ihre Zeit auf einem katholischen Mädcheninternat gehört und war erstaunt gewesen, wie jung Frau Brunnemeier wirkte, wenn sie davon erzählte. Dabei war es für sie offenbar nicht leicht gewesen bei den Nonnen, die ein strenges Auge auf alles warfen, was die Mädchen unter ihrer Obhut taten und nicht taten.

Hauswirtschaftliche Tätigkeiten hatte Frau Brunnemeier bei ihnen lernen sollen, aber trotz aller Mühe war es ihr nie gelungen, die Kartoffeln so dünn zu schälen, wie es die Nonnen verlangten. Die Schalendicke wurde damals von einer Nonne kontrolliert, und wer nicht dünn genug schälte, musste bleiben und weiterschälen. Nur mit einem Trick war sie überhaupt aus der Küche herausgekommen: Ihre Freundin Maritta hatte ihr ein paar ihrer hauchdünnen Schalen auf den Teller gelegt. Noch viele Jahre später aber war Frau Brunnemeier der Schweiß ausgebrochen, wann immer sie Kartoffeln schälen musste.

»Irgendwann hab ich mir gesagt, ›Hildegard‹, hab ich mir gesagt, ›jetzt wirst du der Vergangenheit alles Gute wünschen und ab sofort die Kartoffeln so schälen, wie du es für richtig hältst‹. Und seitdem habe ich keine Aufregung mehr damit!« Sie lächelte ihn an.

Auf dem Nachhauseweg musste er daran denken. *Seitdem habe ich keine Aufregung mehr damit.* Frau Brunnemeier hatte der Vergangenheit alles Gute gewünscht und seitdem ihren Frieden gemacht.

Der Gedanke daran ließ ihn nicht mehr los. Auch wenn es schon spät war, längst nach halb eins, machte er seinen Computer noch einmal an, öffnete den Browser und klickte auf Monika Helmstetts vertrautes Facebook-Profil. Sie war verheiratet und arbeitete als Steuerfachangestellte in Dortmund. Kein Wunder, denn mit Zahlen war sie schon zu Grundschulzeiten besonders gut gewesen. Er hatte bislang immer nur ihre eingestellten Bilder angeschaut – eines aus ihrem Mallorca-Urlaub von 2015 gefiel ihm besonders –, aber noch nie hatte er versucht, mit ihr Kontakt aufzunehmen.

Das würde er jetzt ändern. Er begann zu schreiben:

Liebe Monika,
ich möchte gerne meiner Vergangenheit alles Gute wünschen. Sicher wusstest Du nicht, dass Du meine Vergangenheit bist, aber ich war jahrelang in Dich verliebt. Nichts wäre für mich schöner gewesen, als im Stuhlkreis Deine Hand zu halten und nicht die kalte Fischhand von Britt Settel. Ein paarmal habe ich sogar ein Trinkpäckchen Kakao gekauft und zwei Strohhalme hineingesteckt. Niemals hätte ich mich getraut, Dir einen davon anzubieten. Ich möchte nicht mehr bei jeder Kartoffel (Frau) daran denken, und deshalb muss ich mich von den alten Schalen befreien. Alles Gute, Monika Helmstett. Ich hoffe sehr, dass Du glücklich bist. Ich will es auch werden. Grüße von Frau Brunnemeier.
Dein Hannes Walther
Nein, das nehme ich zurück. Früher Dein, heute Cornelias Hannes Walther.

Er starrte auf den langen Text, den er in das lächerlich kleine und schmale Nachrichtenfenster geschrieben hatte. Er würde ihn nicht abschicken. Dennoch schaute er so lange drauf, bis ihm die Augen brannten und alles verschwamm. Dann ging er ins Bett.

Der Donnerstag war ein Geschenk. Warm, sonnig und windstill.

Sie würden sich sicher alle drei einen Sonnenbrand holen, denn keine von ihnen hatte daran gedacht, für einen Strandurlaub im Oktober Sonnencreme einzupacken. Kichernd und ächzend hatten sie sich aus drei Strandkörben eine Festung gebaut. Nun saß jede in ihrem eigenen Häuschen, bewaffnet mit Handtuch, Sonnenbrille, Buch oder Zeitschrift und einer Wasserflasche.

In ihren Strandkörben herrschten beinahe sommerliche Temperaturen. Längst hatten alle drei Pulli, Jacke und Socken ausgezogen und saßen in Jeans und T-Shirt in der Sonne. Gitta schaute unter ihr Shirt, um zu sehen, welchen BH sie trug. Es war der schlichte schwarze. Kurz entschlossen zog sie ihr Shirt aus.

Die anderen beiden schauten sie etwas schräg an.

»Was ist? Macht ihr etwa nicht mit?«

Conny und Marlies schüttelten den Kopf.

»Peinliche BHs?«

Marlies schüttelte den Kopf. »Nee, drei Kinder und ein unmöglicher Bauch.«

Cornelia wedelte abwehrend mit den Händen. »Empfindliche Haut. Dann hab ich gleich überall einen Sonnenbrand.«

Gitta schaute auf ihre Freundinnen. Manchmal hatte es auch Vorteile, man selbst zu sein.

Sie hatte den anderen nichts von ihrem Engelbesuch oder -traum – was immer das gewesen sein mochte – erzählt. Sie war morgens in ihrem Bett aufgewacht, und nichts hatte darauf hingedeutet, dass sie in der Nacht wirklich im Wohnzimmer gewesen war. Auch die Yogamatten standen ordentlich aufgerollt an der Wand, so wie gestern Abend.

Gitta setzte sich in den Sand. Die Oberfläche war warm, aber sobald sie tiefer grub, wurde es kalt. Sie buddelte ein Loch für ihren linken Fuß und begrub ihn im kalten Sand. Dann befreite sie ihn und steckte ihren rechten Fuß in das kalte Grab. Wie gerne hätte sie ihren Kinderwunsch ebenso leicht begraben! Einfach, zack, in den kalten Sand legen, Loch zumachen und schnell weglaufen. Aber genau so, wie sie ihre Füße immer mitnahm, blieb der Wunsch nicht einfach im Loch, sondern folgte ihr, wohin auch immer sie ging.

Ihr fiel ein, dass der Engel ihr einen Auftrag mitgegeben hatte: Sie sollte sich um Marlies kümmern. Cornelia war in ihr Buch versunken, es war also ein guter Zeitpunkt, um Marlies zu entführen.

»Komm, Marlies, lass uns ein paar Schritte gehen«, sagte sie leise und zog ihre Freundin mit sich. Cornelia blickte auf, lächelte aber nur kurz und richtete ihre Augen dann wieder auf ihren Roman.

Sie gingen am Wasser lang, wo es deutlich kühler war als in ihrer Standkorbburg. Ab und zu leckte das eisige Wasser an ihren nackten Füßen. Zum Glück hatten sie ihre Pullover mitgenommen.

Gitta schaute aufs Meer. Sie hatte genau gewusst, wie sie Cornelia helfen konnte. Bei Marlies ahnte sie noch nicht einmal, was genau sie bedrückte, wo überhaupt das Problem lag, das der Engel gelöst sehen wollte. »Wie geht es dir denn?«, fragte sie deshalb, als hätten sie sich lange nicht gesehen.

»Ganz okay. Seit ich hier bin, tut mir die Trennung von Frank nicht mehr so weh. Es ist gut, Menschen um sich herum zu haben. Das fühlt sich besser an, ein bisschen wie früher.«

Gitta nickte und gab ihr Zeit, noch mehr zu sagen.

»Ich wünschte nur, ich könnte den Engel irgendwie herbeizaubern.«

»Hast du eine Frage an ihn?«

Marlies grinste. »Eine?«

Gitta musste auch grinsen.

»Es klingt albern, aber er müsste gar nicht mit mir reden. Er müsste mich nur im Arm halten, wenn ich einschlafe.« Marlies sagte es so leise, wie ein Kind einen Fehler gesteht.

»Und dann?«, fragte Gitta sacht.

»Dann würde ich die ganze Nacht tief und fest schlafen und wäre am Morgen ein neuer Mensch.«

»Geht es darum, dass du gerne wieder gut schlafen willst? Oder geht es um das Gefühl, dass dich einer hält?«

Marlies schaute sie an. Sie wog offenbar ab, wie viel sie Gitta anvertrauen sollte. »Also, wieder mal gut schlafen zu können wäre schon toll«, sagte sie.

»Ich habe gehört, dass man sich zu so was einfach entscheiden soll.«

»Ich soll mich entscheiden, gut zu schlafen? Als ob ich das beeinflussen könnte!« Marlies hob eine Muschel auf und warf sie ins Meer.

»Mir wurde geraten, ich solle mich dazu entscheiden, nicht mehr darauf zu hoffen, eines Tages doch noch Mutter zu werden.«

»Oh, Gitta!« Marlies blieb stehen und zögerte. Wahrscheinlich wusste sie nicht, was sie sagen sollte. Dann rang sie sich doch dazu durch: »Das hoffst du immer noch?«

Gitta sah sich um. Sie waren so schön allein am Strand. Die Sonne schien, das Meer plätscherte zahm und freundlich. Alles schien möglich an diesem Donnerstag. »Ich kann irgendwie nicht damit aufhören.«

»Ich weiß, das ist nicht vergleichbar, aber ich habe auch ganz lange gehofft, dass Frank zu mir zurückkommt. Ein kleiner Teil von mir hofft das immer noch«, gab Marlies leise zu.

»Wie hört man damit auf?«

»Vielleicht ist das mit dem Entscheiden ein guter Rat. Das sollten wir versuchen.«

»Gut.« Gitta blieb stehen. »Ich entscheide mich dazu, nicht weiter auf eine Schwangerschaft zu hoffen«, sie zögerte kurz, »und auch sonst nicht weiter darauf zu warten, dass ich ein Baby auf unserer Türschwelle finde oder am Strand oder in meinem Auto.« Die letzten Worte mochten wie ein Scherz klingen, aber sie waren keiner. *In den Schmerz atmen. Loslassen. Geduld haben.*

Marlies schluckte. »Das ist ein Anfang, Gitta. Und jetzt ich.« Sie atmete tief ein. »Ich entscheide mich, nicht mehr zu hoffen, dass Frank zu mir zurückkommt und mich reumütig anfleht, ihn zurückzunehmen. Ich entscheide mich, diesen Gedanken nicht mehr ständig zuzulassen und nicht mehr enttäuscht zu sein, weil er nicht anruft und auch nicht zu Hause oder hier auftaucht, um mich zurückzugewinnen.«

Gitta griff nach ihrer Hand und drückte sie. »Sehr gut. Und das sagen wir uns jetzt jeden Tag.«

Hand in Hand gingen sie weiter. Beiden tat es gut, mit ihren Problemen nicht allein zu sein. Marlies nahm sich vor, Freundschaften ab sofort eine höhere Priorität einzuräumen. Als sie noch in ihrem Familienkokon lebte und sich geborgen fühlte, hatte sie ihre Freunde oft etwas hintenangestellt. Das Leben war so schon voll genug gewesen. Das sollte sich ändern.

»Marlies?«

»Ja?«

»Lass uns unsere Handtücher holen und Strand-Yoga machen!«

Das ließ sich Marlies nicht zwei Mal sagen, und auch Cornelia schloss sich ihnen an, als sie von der Idee hörte. Gemeinsam suchten sie sich eine möglichst ebene Stelle, wo sie ihre Handtücher ausbreiteten.

»So, setzt euch hin, atmet tief ein …« Marlies schlüpfte in die Rolle der Lehrerin und reihte für ihre Freundinnen die Übungen hintereinander, die ihr von ihrer CD in den Sinn kamen.

»Oh, das sieht aber nett aus«, befand eine Frau, die mit ihrem

Hund am Strand entlangspazierte. »Bieten Sie Ihren Kurs regelmäßig an? Gibt es noch freie Plätze?«

Marlies schüttelte stumm den Kopf, aber sobald sich die Frau entfernt hatte, kicherten die Freundinnen wie Schulmädchen.

Auch andere Passanten schenkten ihnen ein Lächeln. Gitta wünschte sich, Hannes würde ebenfalls vorbeikommen und sehen, wie sie sich in ihren zu engen Jeans ungelenk zum Affen machten. Bei diesem Anblick müsste er ihnen einfach verzeihen, und vielleicht würde er Cornelia sofort in den Arm nehmen und küssen. Aber sooft sie auch den herabschauenden Hund machten und den Baum, der alle so schlank aussehen ließ – kein Hannes erschien.

Der Schwanger-schaftstest

Hannes hatte eigentlich keine große Lust verspürt, sich an diesem Abend mit Rainer Elpenhorst zu treffen. Dennoch war er ins *Lütt Hüs* gekommen, um seinen alten Schulfreund nicht sitzenzulassen, immerhin war ihr letztes Treffen schon einige Zeit her.

Rainer war wie er nach der Schule auf der Insel hängengeblieben. Genau wie Hannes war Rainer alleinstehend, hatte weder Frau noch Kinder. Und noch eines verband die beiden Männer: die nicht erwiderte Liebe zu einer unerreichbaren Frau.

»Ich hab jetzt eine andere Taktik«, erzählte Rainer gerade. Wie so oft war die Rede von Birgit Feddersen, sein großer Schwarm, seit er ihr Seminar zu »Verdammt guter Interviewführung« besucht hatte. Es hatte nicht lange gedauert, bis der Radiomoderator sich in die hübsche blonde Frau verguckt hatte, die so patent reden konnte. Weil Birgit in ihrem Seminar verraten hatte, dass sie als Hobby Rückwärtssprechen betrieb, streute er in seine eigenen Moderationen seither immer mal ein rückwärts gesprochenes Wort ein. Sehr zum Ärger seines Sendeleiters, der diesen »Mumpitz« nicht verstehen konnte und es vorzog, wenn Rainer vorwärts sprach. Wenn er damit nicht aufhörte, hatte er Rainer zuletzt sogar angedroht, müsse er bald gar nicht mehr sprechen, jedenfalls nicht vor dem Mikrofon.

»Eine neue Taktik. Interessant. Und welche?« Hannes sah ihn an.

»Ich habe mir alle Gags aufgeschrieben, die sie während des Seminars gemacht hat. Und die bringe ich jetzt nach und nach. Wenn sie das hört, freut sie sich bestimmt!« Er strahlte wie ein Kind.

Normalerweise hätte sich Hannes jetzt mit ihm gefreut. Er ließ seinen Freund immer viel erzählen, weil er merkte, dass Rainer sich dann besser fühlte. Aber heute kam ihm das alles sehr sinnentleert vor. »Meinst du denn, dass sie wirklich deine Sendung hört?«, gab er zu bedenken. »Wohnt sie nicht in Hamburg? Empfängt man euch da überhaupt?«

»Übers Internet kann man uns auf der ganzen Welt empfangen. Und im Seminar hat sie gesagt, sie freut sich immer, von uns zu hören, das heißt, sie hört doch sicher auch rein, was wir so machen.«

Das bezweifelte Hannes. Früher hätte er darüber nicht groß nachgedacht. Rainer und er hatten stundenlang darüber diskutiert, warum Monika Helmstett ihr Profilbild auf Facebook geändert hatte, wo sie doch auf dem alten viel besser ausgesehen hatte. Auch dass Birgit Feddersen ihr in Fragen der Oberweite deutlich überlegen war, hatten sie ausgiebig besprochen. Ob er oder Rainer tatsächlich Chancen bei einer ihrer Traumfrauen hatten, war hingegen nie ein Thema gewesen. Nach dem Besuch bei Frau Brunnemeier erschien all dies Hannes albern.

»Ich habe an Monika Helmstett geschrieben. Auf Facebook«, sagte er.

Rainer sah auf. »Alter!«

»Ich habe meine Nachricht nicht abgeschickt.«

Rainer machte eine Geste, die ausdrücken sollte, dass das ja wohl selbstverständlich war. Man schrieb ab und zu an seine Traumfrau, das war klar, aber man schickte das Geschriebene niemals ab. »Was stand denn drin?«, fragte er.

»Das ist kompliziert.«

Beide nahmen einen Schluck von ihrem Bier.

»Ruf Birgit doch mal an«, schlug Hannes vor.

Rainer schaute ihn an, als hätte er gerade den Vorschlag gemacht, sich nackt über den Tisch zu wälzen. »Ich kann die doch nicht anrufen!«

»Dann buch noch einmal eins ihrer Seminare. Und dann lädst du sie abends zum Essen ein.«

Rainer sah Hannes von der Seite an. »Ist mit dir alles in Ordnung? Du bist so komisch heute.«

»Ich bin es nur leid. Das führt alles zu nichts, Rainer.«

»Meinst du, das weiß ich nicht? Meinst, du ich weiß nicht, dass ich bei einer Frau wie Birgit keine Chance habe? Gar keine?« Er hob sein Bierglas und schaute prüfend auf den Rest der goldgelben Flüssigkeit, als könne er in ihr etwas lesen. »Aber wenn ich aufhöre, für sie zu moderieren, es zumindest für möglich zu halten, dann habe ich gar nichts.« Eine Weile sagte keiner etwas. »Dann mache ich doch lieber ihre Gags und hoffe darauf, dass sie sie vielleicht hört«, fügte Rainer etwas hoffnungsvoller hinzu.

Hannes räusperte sich. »Meine Nachricht an Monika war eine Art Abschiedsbrief. Man muss seiner Vergangenheit alles Gute wünschen. Dann kann man wieder in Frieden Kartoffeln schälen.«

»Was?«

»Im übertragenen Sinn.« Hannes hatte plötzlich den dringenden Wunsch, die Nachricht abzuschicken. »Du, ich muss los«, sagte er, um keine Zeit zu haben, es sich noch einmal anders zu überlegen. »Überleg dir das mit dem Seminar!«

Er warf einen Fünfeuroschein neben sein halb getrunkenes Bier und ließ Rainer Elpenhorst allein.

Cornelia war an diesem Abend kaum ansprechbar, weil sie ständig mit Liz Textnachrichten austauschte. »Sie wollen sie noch mal sehen. Ich wusste es!«, freute sie sich laut.

»Das ist ja wirklich toll! Gibt es noch eine weitere Castingrunde?«, wollte Gitta wissen.

»Ja, am Samstag.« Cornelia schaute die beiden vielsagend an.

»Wir fahren sowieso an Hamburg vorbei«, sagte Gitta. »Wir könnten sie mitnehmen, nicht wahr, Marlies? Dann würde sie das Geld für den Zug sparen.«

»Ich fahre einen MINI, Gitta. Ein MINI heißt MINI, weil er mini ist! Wir haben alle Gepäck und wären dann zu viert!«

»Zwei vorne, zwei hinten, passt doch«, argumentierte Cornelia. Wenn sie nicht noch ein Zugticket kaufen müsste, würde das ihre Finanzen doch deutlich entlasten.

»Und eure sperrigen Gitarren? Eine reicht aus, um den ganzen Kofferraum zu füllen!«

Marlies hatte recht, Gitta wusste das. Außerdem sträubten sich ihre Nackenhaare bei dem Gedanken daran, mit Cornelia und Liz, dem neuen Gespann, in einem kleinen Auto zu sitzen. Aber sie sah auch, wie wichtig es für Cornelia war. Sie hatte die Sache mit Hannes schon in die Nesseln gesetzt, deshalb musste sie ihr jetzt umso mehr beistehen. »Komm, Marlies, das wird lustig«, sagte sie deshalb. »Weißt du noch, wie wir nach dem Abi dreizehn Stunden lang nach Italien gefahren sind? In Alexanders altem VW Polo, zu fünft?«

Sie hatte offenbar genau das Richtige gesagt, denn Marlies lächelte. Es waren damals zwar tatsächlich sehr enge, aber auch sehr lustige dreizehn Stunden gewesen. Und nach Hamburg fuhren sie nicht einmal fünf Stunden.

»Also schön«, seufzte Marlies. »Aber dafür spendiert ihr mir in Hamburg ein Franzbrötchen. Ein großes!«

Während die drei Freundinnen in dieser Nacht gut schliefen, starrte Hannes Walther auf den blinkenden Cursor seines Computers.

Er pulsierte wie ein Herzschlag hinter der Nachricht an Monika Helmstett. Ein kleiner Klick auf die Enter-Taste würde seine Sätze abschicken, und Monika würde die seltsamste Nachricht ihres Lebens erhalten.

Er las sie sich zum hundertsten Mal durch.

Liebe Monika,
ich möchte gerne meiner Vergangenheit alles Gute wünschen. Sicher wusstest Du nicht, dass Du meine Vergangenheit bist, aber ich war jahrelang in Dich verliebt. Nichts wäre für mich schöner gewesen, als im Stuhlkreis Deine Hand zu halten und nicht die kalte Fischhand von Britt Settel. Ein paar Mal habe ich sogar ein Trinkpäckchen Kakao gekauft und zwei Strohhalme hineingesteckt. Niemals hätte ich mich getraut, Dir einen davon anzubieten. Ich möchte nicht mehr bei jeder Kartoffel (Frau) daran denken, und deshalb muss ich mich von den alten Schalen befreien. Alles Gute, Monika Helmstett. Ich hoffe sehr, dass Du glücklich bist. Ich will es auch werden. Grüße von Frau Brunnemeier.
Dein Hannes Walther
Nein, das nehme ich zurück. Früher Dein, heute Cornelias Hannes Walther.

Jedes Mal kam er zu dem gleichen Schluss: Das konnte man so nicht abschicken.

Hannes seufzte. Er wusste, dass er nicht gut mit Worten war. Mündlich nicht, und schriftlich schon gar nicht. Schon Protokolle zu schreiben verlangte ihm einiges ab, dabei konnte man sich da ja einfach an die Fakten halten.

Vielleicht ging es, wenn er den Teil mit den Kartoffeln löschte. Und den Teil mit der kalten Fischhand. Nach und nach markierte er alle Sätze, die er wenig gelungen fand. Jetzt stand da:

Liebe Monika,

Hannes Walther

Das war doch mal eine Nachricht mit Aussage. Er machte die Markierungen rückgängig.

Jetzt stand da wieder der ganze schlechte Text.

Hannes schaute auf den blinkenden Cursor. Beim fünften Blinken drückte er die Enter-Taste.

Sein Text verschwand aus dem zu engen Nachrichtenfenster und erschien als blaue, für Monika Helmstett nun sichtbare Blase.

Gitta war früher wach als der Rest. Es war ihr letzter Tag auf der Insel. Zu Hause warteten Berge von Arbeit auf sie, Termine, die sie für diese Woche verschoben hatte, wollten nachgeholt werden. Und doch konnte sie sich gerade gar nicht vorstellen, in ihr normales Leben zurückzukehren.

Ein Spaziergang am Meer würde ihr helfen, ihre Gedanken zu ordnen. Schnell zog sie sich an und schlich sich aus dem Haus.

Die Sonne war gerade aufgegangen. Der Wind pfiff ihr um die Ohren, und sie war dankbar für ihre gute neue Mütze.

Diese Engel-Geschichte hatte einfach alles auf den Kopf gestellt. Gitta wusste immer noch nicht, ob sie wirklich an die Existenz des Engels glauben sollte. Aber selbst wenn er nur eine Erfindung ihres Unterbewusstseins war, wollte es ihr doch offensichtlich etwas mitteilen.

Sich von ihrem Kinderwunsch zu lösen war richtig. Sie wollte nicht mehr ständig mit einem großen Loch im Leib herumlaufen, sobald sie irgendwo eine Familie sah. Dazu gab es einfach zu viele Familien auf der Welt. *Schluss mit den Löchern!* Sie würde als neue Gitta von dieser Insel abreisen. Sie würde die Löcher hier im Sand vergraben und dalassen.

Zaghaft grub sie eine kleine Grube, aber der Sand war so eiskalt, dass ihre Finger steif und willenlos wurden. Sie gab auf und steckte sie stattdessen in ihre Jackentaschen. Dort berührten sie die Muschel und die vielen Cent-Stücke, die sie in den letzten Tagen gesammelt hatte.

»Ich bin Mitglied im Club der Engel!«, schrie sie über die Nordsee. Das sollten auch in Großbritannien ruhig alle wissen. Wie es wohl wäre, wenn man alle Sätze, die jemals über das Meer gerufen wurden, im Sand lesen könnte?

Gitta lief und lief gegen den Wind, bis vor ihr ein kleiner Strandpavillon auftauchte. Sie ging die lange Holztreppe zum Eingang hoch. Ihre Beine waren schwer von ihrem Gang durch den Sand.

Sie würde sich einen Kaffee gönnen. Sie sah sich um. So früh am Morgen war sie nahezu die einzige Kundin. Nur ein alter Mann saß am Fenster und las Zeitung.

Umso überraschter war sie, als sie beim Gang auf die Toilette aus der Kabine neben ihr plötzlich Geräusche hörte.

Es klang wie ein Weinen.

»Kann ich vielleicht helfen?«, fragte sie aus ihrer Kabine heraus.

Das Weinen verstummte.

»Entschuldigung, ich wollte nicht stören. Ich dachte nur … Manchmal hilft es ja, wenn man mit jemandem redet.«

Erst kam nichts von der anderen Seite, dann räusperte sich jemand, putzte sich die Nase und sagte mit zitternder Stimme: »Danke. Aber mir kann keiner helfen.«

Na, das wollen wir doch mal sehen. Gitta berührte mit den Fingerspitzen ihre gesammelten Cent-Münzen. Sie trat aus der Kabine, wusch sich die Hände und fragte dann durch die geschlossene Tür: »Worum geht es denn? Ich bin sicher, ich kann dir irgendwie helfen.«

Sie konnte nicht einschätzen, wie alt die Frau war, der die zitternde Stimme gehörte. Aber wer heulend auf der Toilette saß, wollte wahrscheinlich nicht gesiezt werden.

Als Antwort reichte die Frau einen dicken weißen Stift durch den Schlitz unter der Tür hindurch.

Gitta nahm ihn und erkannte auf einen Blick: Das war kein Stift, sondern ein Schwangerschaftstest. Noch dazu ein positiver.

Zwei Striche. Wie hatte sie diesen zweiten Strich herbeigewünscht! So sehr, dass sie ihn manchmal sogar gesehen hatte, obwohl er nicht da war.

»Du bist schwanger!« Gitta musste sich am Waschbecken festhalten.

»Das ist eine absolute Katastrophe«, kam es aus der Kabine. Die Frau weinte jetzt wieder, und zwar so herzzerreißend, dass Gittas aufsteigende Wut in sich zusammenfiel wie Schneeflocken bei zwei Grad plus.

»Warum ist das denn so schlimm?«, fragte sie leise.

»Wir wollen keine Kinder, mein Mann und ich. Wir sind beide so eingebunden in unseren Berufen, und ich soll jetzt befördert werden. Wir sind beide Ärzte. Ich habe so lange für die Beförderung gearbeitet. Das ist die Chance. Die Gelegenheit kommt nie wieder.« Zwischen ihren Sätzen schüttelten sie Schluchzer.

»Vielleicht freut sich dein Mann ja doch, Vater zu werden, wenn es jetzt passiert ist.« Gitta kämpfte mit sich selbst. Ein Teil von ihr wollte die weinende Frau schütteln, die so ein unfassbares Glück nicht sehen, nicht wertschätzen konnte.

»Es ist nicht von ihm.«

Das Erste, was Hannes am Morgen machte war, die Facebook-App auf seinem Handy zu öffnen.

Er konnte sein Glück gar nicht fassen. Monika hatte seine seltsame Nachricht beantwortet.

Lieber Hannes,
ich wusste tatsächlich nicht, dass ich Deine Vergangenheit bin. Trotzdem ist es auch vierzig Jahre später noch schön, das zu lesen. Vielleicht solltest Du bei Deiner Cornelia nicht so lange damit warten.
Ich wünsche Dir, dass auch Du glücklich wirst.
Herzlich,
Monika

Während er sich für die Arbeit fertig machte, dachte er über ihre Antwort nach. Monika Helmstett war eindeutig besser mit Worten als er. Vielleicht hatte sie recht, und er sollte Cornelia einfach sagen, was er fühlte, und damit aufhören, die Frauen nur von der Ferne aus anzuhimmeln.

Hannes war sich sicher, dass Cornelia seine Liebe nicht erwidern würde, schließlich gab es einen anderen Mann in ihrem Leben. Aber einen Versuch war es doch wert. Er hatte den ersten Schritt gemacht und an Monika geschrieben. Und obwohl seine Nachricht an sie ungeschickt formuliert gewesen war, hatte er eine schöne Antwort bekommen. Das machte ihm Mut.

An seinem Schreibtisch auf der Wache legte er sich die drei Bonbons von ihrer ersten Begegnung zurecht. Nach Feierabend würde er sie sich alle auf einmal in den Mund stecken und zu Cornelias Ferienhaus fahren. Dank der verwirrten Frau Scharbowski hatte er schließlich ihre Adresse, er musste nur im Protokoll nachsehen.

Cornelia hatte sich nach dem Frühstück wieder in ihr Zimmer unter dem Dach zurückgezogen, um zu üben. Gitta war unauffindbar, sicher spazierte sie am Meer entlang. So blieb Marlies allein im Wohnzimmer zurück. Sie litt sehr darunter, dass sie morgen abreisen mussten. Sie hätte für immer auf dieser Insel bleiben können, in einer lustigen WG mit ihren Freundinnen und mit der Option, nachts von einem Engel besucht zu werden.

Marlies wusste, dass es albern war, aber sie hatte die kindliche Vorstellung, der Engel sei wie ein guter Geist an dieses Haus gebunden. Fuhr sie nach Hause, würde sie ihn verlieren.

Weil sie nicht wusste, was sie sonst tun sollte, machte sie einige Yoga-Übungen, aber auch das entspannte sie heute nicht. So setzte sie sich auf ihre Matte und schaute aus dem Fenster. *Ich entscheide mich, nicht mehr zu hoffen, dass Frank zu mir zurückkommt*, wiederholte sie im Stillen, was sie gestern am Strand gesagt hatte. Und noch einmal: *Ich entscheide mich, nicht mehr zu hoffen, dass Frank zu mir zurückkommt.*

Sie atmete ein, nahm die Arme über den Kopf, und beim Ausatmen legte sie die Handflächen aneinander und führte sie vor ihre Brust.

Sie brauchte etwas, auf das sie sich freuen konnte, wenn sie nach Hause fuhr. Und sie hatte auch schon eine Idee. Sie musste nur schnell sein, bevor sie der Mut verließ.

Sie flitzte nach oben in ihr Zimmer. Hier war Cornelias Gesang deutlich zu hören. Das Lied war alt, und sie hatte es lange nicht gehört. *Send Me an Angel* von den Scorpions. Cornelias kraftvolle Stimme drang zu ihr durch die Wand.

Crazy World, das Album, zu dem der Song gehörte, war in den Neunzigern eine ihrer Lieblings-CDs gewesen. Auf dem Cover war ein Schlüssel. Dass sie Cornelia jetzt singen hörte, brachte ihre Erinnerungen zurück. Ohne nachdenken zu müssen, sang sie den Text mit: *»Close your eyes and you will find passage out of the dark …« Schließ die Augen, und du findest den Weg aus der Dunkelheit.*

Sie schloss die Augen, sang weiter. *»Here I am, here I am, will you send me an angel?« Hier bin ich. Schickst du mir einen Engel?*

Liedtexte waren wirklich etwas Wunderbares. Ob Cornelia absichtlich so viele Engellieder sang?

Sie griff nach ihrem Handy und wählte die Nummer, während Cornelia den Refrain sang. Ohne Umschweife kam sie direkt zum Punkt und fragte ihn, ob er Lust hätte, am Samstagabend mit ihr essen zu gehen.

Gleichermaßen erstaunt und erfreut sagte er zu.

Sie schloss die Augen, als sie das Gespräch beendet hatte, und ließ sich rückwärts auf ihr Bett fallen.

Cornelia war oben fertig mit dem Engel, der kommen sollte. Wenn Marlies eins wusste, dann, dass Engel nie kamen, wenn man sie rief.

Gitta hatte überlegt, einfach die Toilette zu verlassen und die ganze Geschichte zu vergessen. Allerdings war ihr klar, dass diese Frau nicht zufällig hier war. Gitta sollte sie treffen, und sie brauchte Hilfe. Sie und ihr Ungeborenes.

»Wie heißt du?«, fragte sie.

»Sarah.«

»Sarah, stell dir vor, du gehst in fünf Jahren hier mit deiner Tochter oder mit deinem Sohn an den Strand. Ihr baut eine Sandburg, übt Purzelbaum oder Handstand und geht dann einen Kakao trinken. Meinst du, dann ist all das noch wichtig, worüber du dir jetzt Gedanken machst?«

»Ich kann mir einfach nicht vorstellen, ein Kind zu haben.«

Und ich kann mir einfach nicht vorstellen, keins zu haben, dachte Gitta und starrte auf den positiven Test, den sie immer noch in der Hand hielt. »Ich hab mir immer Kinder gewünscht und konnte keine bekommen.«

Schweigen. Dann wurde die Kabinentür aufgeschlossen, und eine ziemlich verheulte Frau mit langen braunen Haaren kam heraus. Gitta hatte sie sich viel jünger vorgestellt.

»Das tut mir leid.«

»Trinken wir einen Kaffee zusammen?«

Sarah nickte und versuchte zu lächeln.

Gitta ließ ihr Zeit, sich das Gesicht mit kaltem Wasser zu waschen, und führte sie dann zu einem Tisch in einer Nische. Sie bestellte zwei Milchkaffee und ein kleines Frühstück. Sarah würde zwar sicher nichts runterkriegen, aber sie hatte das Gefühl, das Ganze nicht auf nüchternen Magen zu schaffen.

»Erzähl doch mal«, ermunterte sie Sarah, die erschöpft vom Weinen aus dem Fenster starrte.

»Es war alles perfekt. Mein Mann und ich, wir …« Sie stockte. »Das war eine einmalige Sache mit dem anderen. Ich habe Jens noch nie betrogen. Ich war auf dem Klassentreffen. Eigentlich wollte ich gar nicht hingehen. Nicht im Traum hätte ich gedacht, dass mir so was passieren kann!« Sie tupfte sich mit einem Taschentuch die Tränen ab, die nun wieder liefen.

Gitta nickte verständnisvoll. Klassentreffen waren so eine Sache. Man konnte nie wissen, was die Vergangenheit mit einem machte. »Wie heißt er denn?«, fragte sie.

»Thomas. Wir waren als Teenager mal zusammen. Keine Ahnung, was uns geritten hat. Wir hatten ziemlich viel getrunken, und dann ist es einfach passiert.«

»Wo?«

Sofort merkte Gitta, wie unpassend ihre Frage war. Es interessierte sie aber tatsächlich. Wo schlief man mal eben mit einem anderen Mann? Im Auto?

Sarah antwortete fast emotionslos: »Die Feier fand in einem gemieteten Raum mit DJ statt. Im Flur haben wir rumgeknutscht, dann haben wir irgendwo eine unverschlossene Tür gefunden und einen leeren, dunklen Raum. Das hat gereicht. Tja, und jetzt habe ich meine Strafe dafür bekommen.«

»Bist du mit deinem Mann hier auf der Insel?«

Sie nickte. Der Kaffee kam.

Gitta wusste nicht, wie sie herausfinden sollte, wie Sarah zur Möglichkeit stand, das Kind noch abzutreiben. Sie war Ärztin, müsste also wissen, was medizinisch und gesetzlich möglich war. Andrerseits hatte sie sich im hippokratischen Eid verpflichtet, Menschenleben zu retten. Wäre sie so in Tränen aufgelöst, wenn es eine echte Option für sie wäre, das Kind loszuwerden?

»Was willst du jetzt machen?«, fragte Gitta vorsichtig.

Sarah schüttelte den Kopf. »Ich weiß es nicht. Ich kann dieses Kind nicht bekommen. Ich setzte damit alles aufs Spiel: meine Ehe und meine Karriere.«

Gitta dachte unwillkürlich an ihren Beruf, den sie ebenfalls liebte. Ohne Frage hätte sie ihn sofort aufgegeben, wenn sie dafür Mutter hätte werden dürfen. Aber ihre Ehe mit Michael? *Es geht hier nicht um mich*, ermahnte sie sich. *Was ist für Sarah richtig?*

Sie räusperte sich. »Wäre es denn für dich eine Option, das Kind …« Sie wusste nicht, wie sie diesen Satz beenden sollte. Sie hätte nicht Kind sagen sollen. Embryo wäre vielleicht besser gewesen.

Sarah schossen sofort wieder Tränen in die Augen. »Ich bin schon in der elften Woche.«

Gitta wusste nicht, bis zur wievielten Woche eine Abtreibung erlaubt war, aber sie wusste genau, wie weit entwickelt ein menschliches Wesen in der elften Woche war. Sie hatte alle Schwangerschaftsbücher gelesen. »Es ist jetzt etwa drei Zentimeter groß. Alle Organe sind angelegt. Es hat Arme und Beine und –«

»Das weiß ich!« Sarah sprang auf und lief eine verzweifelte Runde um den leeren Nachbartisch.

Natürlich wusste sie es. Gitta schämte sich. Das alles zu sagen war unnötig gewesen, aber es waren ihr einfach so rausgerutscht. »Du bist Ärztin. Hast du nichts geahnt?«

»Natürlich habe ich was geahnt. Aber was nicht sein darf … Ich habe es verdrängt, bis meine Periode das zweite Mal ausgeblieben ist.«

»Würde es dir leichterfallen, wenn es noch nicht so weit entwickelt wäre?«

Sarah setzte sich wieder und starrte aus dem Fenster. Draußen glänzte die Sonne auf dem Wasser, als sei die Welt in bester Ordnung. »Vielleicht. Ich habe auch schon Frauen erlebt, denen das auch in der zwölften Woche noch leichtfällt. Zack, einmal wegmachen bitte, als wäre es eine Art späte Verhütungsmaßnahme, die man eben in Kauf nehmen muss, wenn man zu blöd war. Nie hätte ich gedacht, dass ich selbst mal so blöd sein könnte. Und für mich geht das nicht so einfach.«

Das Frühstück kam. Gitta schob alles energisch an die Seite. Jetzt war nicht der richtige Zeitpunkt für Croissants und Marmelade. »Diesen Rat willst du sicher nicht hören.« Sie wartete ab, ob Sarah überhaupt bereit war. Ihre Blicke trafen sich. »Du solltest mit den Männern sprechen. Mit dem biologischen Vater und mit deinem Mann. Beide haben ein Recht, es zu wissen.«

Cornelia setzte die Gitarre ab. Wenn das Leben doch nur so einfach wäre wie in den Songtexten! Ihr letztes Lied hatte von einem weisen Mann erzählt, der dazu riet, an sich selbst zu glauben. Wie oft hatte sie diesen Satz gesungen und sich daran festgehalten. Aber es reichte eben nicht, wenn man nur selbst an sich glaubte.

Das muss ich tun, denn sonst tut es keiner, hatte auch Liz im Zug gesagt.

Sie würde an das Mädchen glauben. Sie würde für Liz die Person sein, die sie in ihrem eigenen Leben vermisst hatte. Es tat weh, und es tat gut. Beides gleichzeitig.

Marlies klopfte an ihre Tür. Sie kam rein, setzte sich im Schneidersitz neben sie auf das Bett und schaute sie erwartungsvoll an.

Cornelia musste lächeln. »Warum habe ich das Gefühl, dass du mir gleich ein Geheimnis anvertraust?«

Marlies blies die Backen auf. »Ich habe ein Date. Samstagabend.«

»Mit wem? Wie das auf einmal? Rede!«

»Also, das war so …«, begann Marlies. Stolz schloss sie: »Und dann habe ich einfach Herrn Tiefenborn angerufen, und er hat Ja gesagt.«

»Das ist der, der gerade auf deine Katze aufpasst, oder?«, fragte Cornelia. »Und das hast du ganz ohne meine Pantomime geschafft?«

»Das habe ich ganz allein und ganz großartig geschafft«, sagte Marlies grinsend.

»Wie?«

»Ganz schnell. Ich habe mir einfach verboten, darüber nachzudenken.«

»Das ist genial«, sagte Cornelia und zog die Augenbrauen hoch. »Vielleicht sollte ich das mit Hannes auch so machen. Wie kamst du denn auf deinen Nachbarn? Sieht er gut aus?«

»Ja, aber darum geht es mir gar nicht. Ich erwarte keine Beziehung mit Herrn Tiefenborn.«

Beide mussten kichern, weil Marlies ständig seinen Nachnamen benutzte, weil sie seinen Vornamen offenbar nicht wusste.

Marlies seufzte. »Ich wollte einfach den ersten Schritt tun, weg von Frank, in ein eigenes Leben.«

»Das hast du doch längst.«

»Nein, das habe ich bisher nicht wirklich. Dafür aber jetzt. *Namaste!*« Marlies legte wie beim Yoga die Handflächen aneinander und lächelte.

Cornelia sah ihr Grübchen am Kinn und lächelte ebenfalls. *Man sollte viel öfter Grübchen sehen*, dachte sie.

Schlechte Beratung

Dingen, die man vorerst das letzte Mal macht, fehlt die Leichtigkeit. Gitta, Marlies und Cornelia saßen ein letztes Mal im Strandkorb. Die Sonne schien, aber es war viel windiger als gestern. Diesmal blieben die Pullover an.

Gitta hatte von Sarah erzählt.

»Und die begegnet also ausgerechnet dir?«, fragte Marlies, während sie an der Fußbank des Strandkorbs herumzerrte, um sie auszufahren. »Das finde ich ja schon ganz schön dreist von unserem Engel! Willst du mir den Fall übergeben? Ich könnte das gut!«

Gitta musste schmunzeln. Marlies' vergebliche Bemühungen, die Fußbank auszuklappen, standen im krassen Gegensatz zu dem, was sie gerade gesagt hatte.

»Da ist Sand drunter, den musst du weggraben.« Cornelia ging auf die Knie und buddelte. Gitta packte mit an, und zu dritt schafften sie es, die widerspenstige Fußbank auszufahren.

Marlies legte genüsslich ihre Füße hoch. »Seht ihr, gemeinsam können die drei Engel alles schaffen! Wir könnten uns bei den Fällen gegenseitig helfen. Gitta hätte doch sowieso gerne eine Ziehtochter …« In dem Moment, in dem sie es aussprach, merkte sie, dass das ein Fehler gewesen war. Die gute Stimmung zog sich augenblicklich zusammen wie ein Gummiband.

»Was soll das denn heißen?«, griff Gitta an.

»Bist du etwa eifersüchtig, dass ich Liz helfen kann?« Cornelia funkelte Gitta an.

»Stopp!« Marlies kam aus ihrer bequemen Position. »Es tut mir leid, ich hab das blöd formuliert. Ich meinte nur, dass ihr beiden jeweils einen schwierigen Fall habt, weil er euch an eure …«, sie wählte die nächsten Worte mit Bedacht, »*Träume* erinnert. Es würde Gitta leichterfallen, jemanden bei einer Sängerkarriere zu begleiten, und mir würde es leichterfallen, einer Schwangeren beizustehen.«

»Aber genau deshalb ist mir Sarah begegnet und ihr Liz.« Gitta zeigte auf Cornelia. »Es *soll* schwer sein.«

»Warum soll es schwer sein?«, fragte Marlies.

»Vielleicht muss es gar nicht schwer sein, es muss nur passen«, kombinierte Cornelia.

»Welche Aufgabe bekomme ich dann?«, fragte Marlies, die sich hintendran fühlte. »Muss ich eine Frau beraten, die ständig fremdgeht?«

»Wir sollten nicht so viel darüber reden«, meinte Gitta. Marlies und Cornelia sahen sie fragend an. »Ich habe das Gefühl, der Engel möchte, dass wir einfach helfen, ohne uns allzu viel Gedanken zu machen. Bei mir ist das zumindest so. Erst als ich nicht mehr so viel über mich selbst, über meine eigenen Wünsche und Träume nachgedacht hatte, konnte ich Sarah helfen.«

»Weißt du, was sie jetzt vorhat?«, kam Cornelia auf ihr ursprüngliches Thema zurück.

»Ich hoffe, sie redet mit ihrem Mann. Sie hat meine Nummer. Sie wird sich melden, wenn sie mich noch einmal braucht.«

»Apropos brauchen … Ich muss los. Liz und ich wollten noch einmal für morgen proben.«

Conny flitzte los, und Gitta und Marlies tranken einen letzten Chai an der kleinen, windigen Strandbar.

Beide redeten kaum und waren in ihre eigenen Gedanken versunken. Marlies überlegte, wie es wäre, eine kleine Strandbar auf Sylt zu eröffnen. Sie würde immer frische Blumen aufstellen und, so wie hier, gute Musik spielen. Sie würde großartige Getränke und Snacks verkaufen, und alle Gäste wären gut gelaunt.

Wie es wohl wäre, wenn der Besitzer dieser Strandbar sie ansprechen würde, ob sie gerne seinen Laden übernehmen würde? Er hätte sie beobachtet, würde er sagen, sie hätte so eine strahlende Aura. Ihm wäre es jetzt nach all den Jahren zu kalt und zu windig, und er würde eine Bar auf Mallorca eröffnen. Seit Monaten wäre er auf der Suche nach einer perfekten Nachfolgerin. Sie würde sich Bedenkzeit erbitten, und er würde sie anschauen, mit stahlblauen Augen, und würde sagen: »Bitte, du bist die Richtige für den Job.« Und sie würde ihn fragen, woher er das wisse, und er würde antworten: »Ich weiß es einfach.«

Gitta löffelte ihren süßen Tee und träumte davon, dass der positive Schwangerschaftstest ihrer sei.

Gitta, sagte eine Stimme in ihr. Nur das, nur ihren Namen.

»Ich entscheide mich, nicht mehr zu hoffen, dass ich noch Mutter werde«, sagte sie leise vor sich hin, als sei dies ein heilendes Mantra, das Marlies und sie gestern am Strand begonnen hatten.

Marlies kam aus ihrer Träumerei zurück an den Stehtisch und nahm Gittas Hand. »Das machst du sehr, sehr gut.«

Gitta schaffte ein Lächeln. »Leicht ist es nicht.«

»Nein, wahrhaftig nicht«, stimmte Marlies zu, die gerade Frank mit in ihren Tagtraum genommen hatte, der zufällig an der von ihr geführten Strandbar vorbeikam und sie sah: schlank, fit und gebräunt, mit tollen Armmuskeln, von den vielen Yogakursen, die sie nebenbei gab, hinter dem Tresen. Eine Frau, die ihren eigenen Laden schmiss.

Während Cornelia zu Liz fuhr, schlichen sich ihre Gedanken zu Hannes.

Sie dachte an seine nackten Beine und seine nassen Wimpern, daran, wie er all seinen Mut zusammengenommen und sie gefragt hatte, ob sie mit ihm frühstücken ginge. Eigentlich war sie jetzt dran, mutig zu sein.

Sie ballte die Hände zu Fäusten. Heute Abend würde sie noch einmal zu ihm fahren und darauf bestehen, dass er sie hereinließ. Und dann würde sie ihm alles erklären.

Für den letzten Abend hatten sie einen Tisch in einem schönen Restaurant in den Dünen reserviert. Beim Blick in die Karte drehte sich Cornelia der Magen um – bei den Preisen konnte sie sich hier mit Mühe und Not vielleicht eine Vorspeise leisten.

Marlies nahm die Karte runter: »Sucht euch etwas Schönes aus, ihr Lieben. Der Abend geht auf mich.«

Cornelia sah sie erstaunt und dankbar an. Konnte Marlies etwa Gedanken lesen?

»Nichts da, du lädst uns ständig ein!«, protestierte Gitta, die mit ihrer Lesebrille auf der Nase strenger aussah als sonst.

»Ja, wenigstens das kann ich, wenn mir schon die große Aufgabe, Gutes zu tun, fehlt.«

»Die wird schneller kommen, als dir lieb ist!«, grinste Gitta und nahm ihre Lesebrille ab. Im gleichen Moment drang laut *Lollipop, lollipop, oh, lolli lolli lolli* aus ihrer Tasche. »Oh, mein Handy! Einen Moment, ich schalte es sofort aus.« Sie wühlte es hektisch aus ihrer Tasche, entschied sich beim Blick auf das Display aber, doch ranzugehen. Sie machte ein paar entsetzte Geräusche, fragte »Wo bist du?« und erhob sich, kaum hatte sie aufgelegt. »Tut mir leid, Mädels, aber ich muss los! Sarah hat mich angerufen. Die ist völlig mit den Nerven durch, ich muss da hinfahren!«

Cornelia sprang auf: »Nimm mich mit, und wirf mich bei Hannes raus. Marlies, es tut mir so leid, aber ich muss es einfach noch mal bei ihm versuchen, vorher kann ich sowieso nichts essen!«

Marlies schaute perplex von einer Freundin zur anderen. Beide zogen sich bereits die Jacke an.

Gitta drückte ihr die Schulter. »Iss du hier in Ruhe, ich hol dich nachher wieder ab, in Ordnung?«

Marlies konnte nur nicken. »Viel Glück!«, rief sie den beiden hinterher.

Ihr Tisch war plötzlich viel zu groß. Die Bedienung kam, nahm ihre Bestellung auf und fragte, ob ihre Begleitung wiederkäme.

»Eher nicht«, sagte Marlies und kam sich ziemlich verlassen vor. Deshalb hatte sie auch nichts dagegen, als sie gefragt wurde, ob man eine einzelne Dame zu ihr an den Tisch setzen könne.

Marlies stimmte zu. Vielleicht ergab sich ja sogar ein nettes Gespräch. Die Frau wirkte gepflegt und war um die dreißig. *Irgendwie kommt sie mir bekannt vor*, dachte Marlies. *Aber das kann nicht sein, oder doch?*

Erst nach der Vorspeise und einigen Minuten Small Talk mit ihr wusste sie, woher sie die Frau kannte: Es war Franks neue Freundin.

Cornelia hatte mit klopfendem Herzen geklingelt. Diesmal war sie vorbereitet. Sie wusste genau, was sie sagen würde. Doch die Gegensprechanlage blieb stumm. Hannes Walther meldete sich nicht.

Hannes Walther stand vor dem Reetdachhaus am Randweg und klingelte vergeblich an der Adresse, die er sorgfältig aus der Akte abgeschrieben hatte. Niemand öffnete. Er überprüfte dreimal die Straße und die Hausnummer und schlich dann wie ein Dieb um das Haus herum. Es war alles dunkel, und auch das Auto war nirgends zu sehen. Er war zu spät. Die drei waren sicher heute schon abgereist!

Unsicher stand er vor dem Haus. Sollte er noch warten?

Gitta klopfte an das Hotelzimmer mit der Nummer 204.

Sarah öffnete ihr mit wirren Haaren und schon wieder ganz verweinten Augen. »Da bist du ja.« Sie zog Gitta ins Zimmer und redete aufgeregt auf sie ein: »Ich hab Jens gesagt, du bist eine Mediatorin. Bitte, du musst bei dem Gespräch dabei sein, ohne dich schaffe ich es nicht!«, flehte sie.

»Ich bin aber keine Mediatorin, ich bin Landschaftsarchitektin«, sagte Gitta stumpf. Sie hatte nicht damit gerechnet, gleich ein Gespräch zwischen Sarah und ihrem Mann leiten zu müssen, in dem Sarah ihm eröffnen würde, von einem anderen Mann schwanger zu sein. Das ging ihr jetzt doch ein bisschen zu weit. »Sarah, ich warte unten an der Hotelbar, du kannst jederzeit runterkommen, ja?«

Sarah schüttelte verzweifelt den Kopf. »Bitte bleib, er kommt gleich, und dann reden wir. Ohne dich schaffe ich das nicht!« Sie klammerte sich an ihren Arm.

Gleichzeitig hörte Gitta, wie jemand das Hotelzimmer betrat.

Jens war groß und gut aussehend. Er schüttelte ihr herzlich die Hand. »Schön, Sie kennenzulernen. Für mich ist es zugegebenermaßen sehr ungewohnt, mit einer Mediatorin zu sprechen. Aber Sie wissen ja, dass Sarah ein besonderes Anliegen hat, für das sie Ihre Hilfe gerne in Anspruch nehmen möchte.«

»Gerne«, sagte Gitta, weil ihr gar nichts anderes übrig blieb.

Die beiden sahen sie erwartungsvoll an. Gitta kramte ihre Landschaftsgärtnerprofessionalität hervor, die sie bei Gesprächen mit Kunden hatte. *Wir reden einfach über ihren Garten*, beruhigte sie sich. *Im übertragenen Sinn, das wird schon klappen.*

Sie atmete tief ein und arrangierte als Erstes einen Sitzplatz für jeden. Zum Glück standen zwei Sessel im Hotelzimmer. Sie wies die Eheleute an, dort gegenüber Platz zu nehmen, und setzte sich selbst auf einen Hocker, um nicht auf dem Bett sitzen zu müssen.

»Sarah«, begann sie. »Sie haben etwas, das Sie Jens erzählen wollen.«

Gitta wählte absichtlich das distanzierte Sie, statt sie zu duzen.

Sarah schossen direkt Tränen in die Augen. Sie nickte ihr zu, und tatsächlich schaffte sie es, den Satz zu sagen: »Ich bin schwanger, von einem anderen Mann!«

Cornelia hatte sich den Hals verrenkt, um zu sehen, ob in Hannes' Wohnung Licht brannte. Sie wusste allerdings gar nicht genau, in welchem Stockwerk er wohnte. Sie schätzte, dass es die Dachwohnung sein musste, und da war alles zappenduster. Vielleicht war er in seiner Stammkneipe? Die lag nicht allzu weit von seiner Wohnung entfernt. Zu Fuß siebenundzwanzig Minuten, laut Google.

Cornelia beschloss, noch zehn Minuten zu warten und dann die Kneipe aufzusuchen.

Hannes fand, er war genug um das Haus geschlichen. Touristen konnten überall auf dieser Insel sein. Man konnte in so vielen Restaurants essen gehen, dass es schon ein ziemlicher Glückstreffer wäre, wenn er das richtige finden würde. Vielleicht waren sie ja auch wirklich schon abgereist. Er schaute auf seine Uhr und überlegte kurz, zum Autozug zu fahren. Aber sie konnten schon vor Stunden die Insel verlassen haben, das brachte nicht viel.

Er fühlte sich ausgebremst. In Filmen raste der Held immer zum Flughafen, um dort seine große Liebe aufzuhalten. Auch das war keine Option, denn der letzte Flieger hatte Sylt bereits verlassen.

Er würde noch eine Weile warten und dann in seine Stammkneipe fahren, auf ein Bier.

Marlies schwitzte. Sie wusste, wer Nadine war, aber diese kannte sie nicht. Frank hatte sie einander nie vorgestellt, aber Marlies hatte sie mit einem Feldstecher beobachtet, als sie einmal vor ihrem Haus stand. In Franks schickem Cabrio auf dem Beifahrersitz, ein Tuch um die Haare und eine Sonnenbrille wie Grace Kelly in ihren besten Zeiten.

Trotzdem hatte Marlies sie wiedererkannt. Außerdem hatte Nadine ihr schon sehr vertraut von ihrer neuen Liebe erzählt – und auch von den Problemen, die sie mit ihrem älteren Lover hatte. Das klang alles so sehr nach Frank, dass es gar keine Zweifel gab.

Sie entschuldigte sich und erlag auf der Toilette einer weiteren Hitzewelle. Sie wusste nicht, welche ihrer beiden Freundinnen überhaupt erreichbar war. Sie versuchte es zunächst bei Gitta.

Lollipop, lollipop, oh, lolli lolli lolli …

Gitta erschrak. Schon wieder ihr Handy. Sie sollte dringend den Klingelton ändern. Selten war er so unpassend wie gerade. Jens lag auf den Knien und schluchzte: »Warum, warum hast du das nur getan?«, während Sarah weinend den einen Satz wiederholte: »Ich hab unser Leben zerstört. Ich hab unser Leben zerstört!«

Energisch stellte Gitta das Handy ab und klatschte dann laut in die Hände, als wollte sie ein Rudel Schweine zusammentreiben.

»So, jetzt reißen Sie sich mal zusammen!«, sagte sie mit lauter Stimme.

Erstaunt blickte die beiden zu ihrer Mediatorin, die offenbar gerade die Nerven verlor.

»Seit Jahren wünschen mein Mann und ich uns ein Kind – und euch fällt es einfach so in den Schoß. Es mag nicht der richtige Zeitpunkt sein und auch nicht der richtige Vater, aber es ist ein Lebewesen! Und ein Geschenk! Und wenn ihr das nicht sehen könnt, dann tut mir das unheimlich leid für euch! Hör auf zu heulen, und übernimm, verdammt noch mal, die Verantwortung, Sarah! Du hast auf dem Klassentreffen rumgevögelt, und du wusstest, dass man von Sex schwanger werden kann. Das ist jetzt nicht die allergrößte Überraschung auf der Welt!«

Gitta merkte, wie sie sich in Rage redete. Wieso durfte Sarah *aus Versehen* schwanger werden?! Was für eine schreiende Ungerechtigkeit war das hier eigentlich?

»Und Sie«, sie zeigte auf den knienden Jens, »Sie setzen sich wieder hin, und benehmen sich mal wie ein Mann und ein zukünftiger Vater, denn das werden Sie. Ob das Kind jetzt von Ihnen ist oder nicht: Sarah liebt Sie und sie will mit Ihnen zusammen sein.«

Jens gehorchte und setzt sich zurück auf seinen Sessel. Er

wischte sich die Tränen ab und räusperte sich. »Stimmt das?«, fragte er mit wackeliger Stimme.

»Natürlich stimmt das. Das war ein Riesenfehler mit Thomas, einfach ein schwacher, bescheuerter Moment …«

»Aus dem aber zufällig ein Leben entstanden ist!« Gitta pfefferte den Hocker, auf dem sie gesessen hatte, wieder in die Ecke des Zimmers. »So geht man nicht mit so etwas Schönem, Einzigartigem um! Das Kind in dir hat schon Nieren, Lunge, Leber und ein Herz, das schlägt! Es ist ein verdammtes Wunder, und ihr heult hier rum!« Türen knallend verließ Gitta das Hotelzimmer.

Marlies wählte Cornelias Nummer und hatte Glück, denn ihre Freundin ging direkt nach dem ersten Freizeichen ran. Sie wartete die Begrüßung nicht ab. »Ich sitze hier mit der Freundin von Frank, und sie will Tipps von mir! Ich glaub, ich bin im falschen Film!«, zischte sie in den Hörer.

»Wie krass! Weiß sie, wer du bist?«

»Nein, und das ist auch besser so. Was mache ich denn jetzt? Ich kann ja nicht mal abhauen, weil ich hier ohne Auto mitten in den Dünen sitze!«

»Du wirst auch nicht abhauen, du ziehst das jetzt durch.«

»Was ziehe ich durch?«, fragte Marlies verständnislos.

»Na, deine Aufgabe! Glaubst du etwa, das ist Zufall?!«

Mein Gott, schoss es Marlies durch den Kopf. *Conny hat recht.* Nadine war wohl tatsächlich die Aufgabe, die der Engel für sie geplant hatte. *Na, vielen Dank auch.*

Marlies beendete das Telefongespräch und schloss die Augen. *Was, wenn ich meine Aufgabe nicht annehme? Was, wenn ich Nadine nicht helfe? Im Gegenteil …*

Eine Idee stieg in ihr auf. Was, wenn sie ihrer Rivalin absichtlich die falschen Dinge riet? Sie könnte die beiden ganz einfach auseinanderbringen. Das Schicksal hatte ihr Nadine an den Tisch gesetzt. Jetzt würde sie auch Schicksal spielen.

Cornelia steckte kopfschüttelnd das Handy wieder ein und zog es kurz danach wieder hervor. Sie war auf dem Weg zum *Lütt Hüs* – Hannes' Stammlokal. Es war zwar nur eine kleine Chance, dass er dort war, aber sie musste es einfach versuchen.

Plötzlich hupte ein Auto hinter ihr. Marlies' MINI mit Gitta am Steuer. Dankbar hüpfte Cornelia auf den Beifahrersitz. Gitta sah ziemlich abgekämpft aus.

Sie besprachen schnell das Fahrziel, dann berichtete Gitta von ihrem Auftritt als Mediatorin. »Ich war furchtbar!«, sagte sie und starrte auf die Straße vor ihnen.

Cornelia schüttelte den Kopf. »Du bist nun einmal keine ausgebildete Mediatorin, und ich finde, du hattest mit allem recht. Vielleicht waren so klare Worte genau das, was die beiden brauchten.«

»Ich weiß nicht, vielleicht«, gab sie zu. »Aber vielleicht habe ich auch alles nur noch schlimmer gemacht. Das kommt davon, wenn man Menschen solche Aufgaben überträgt!«, schimpfte sie in Richtung Himmel.

»Apropos Aufgabe!«, sagte Cornelia. »Du bist nicht die Einzige, die heute Abend im Einsatz ist. Marlies sitzt mit Franks neuer Freundin am Tisch. Sie schüttet ihr gerade ihr Herz aus, und Marlies soll sie beraten!«

Gitta brauchte eine Weile, um zu verstehen, dass Franks Freundin nicht wusste, mit wem sie zusammensaß. Gleichzeitig kamen sie am *Lütt Hüs* an, das gut gefüllt aussah. »Geh du allein rein, ich fahre zu Marlies weiter«, sagte sie. »Ich hab kein gutes Gefühl.«

Conny atmete tief durch. »Okay, ich schaffe das!«

Gitta lächelte aufmunternd. »Natürlich schaffst du das. Schnapp ihn dir! Sag ruhig, ich sei an allem schuld!«

Cornelia umarmte sie schnell und stieg aus. Mutig ging sie auf die erleuchteten Fenster zu, während Gitta hinter ihr wendete. Mit Herzklopfen betrat sie die Kneipe. Fast jeder Tisch war besetzt. Sie ließ den Blick durch den Raum schweifen. Kein Hannes.

Ein Teil von ihr war erleichtert, dass sie jetzt nicht an einen männerbesetzten Tisch treten musste, um einen Polizisten anzusprechen, der gar nicht mit ihr reden wollte. Sie setzte sich mit diesem und dem enttäuschten Teil in ihr an den letzten freien Tisch. Vielleicht hatte sie ja Glück, und er kam noch. Es würde auch leichter sein, ihn beim Reinkommen anzusprechen.

Sie sprach sich selbst Mut zu und bestellte ein Glas Wein.

Hannes Walther bog auf den Parkplatz des *Lütt Hüs* ein. Es war kein regulärer Platz mehr frei, aber sei's drum. Manchmal hatte man auch einen Vorteil, wenn man Polizist auf einer Insel war. Die Politessen kannten sein Auto, keine von ihnen würde es abschleppen oder ihm einen Strafzettel verpassen. Er stellte sich also verboten, aber nicht verkehrsbehindernd hin, stieg aus und ging mit langen Schritten dem Eingang entgegen.

Gitta saß im MINI fest. Ihr war auf einem Feldweg, den sie als Abkürzung benutzen wollte, eine Schafherde entgegengekommen, von der sie jetzt umringt war. Nichts als Schafskörper, dicht an dicht, es war nicht einmal daran zu denken auszusteigen. Sie ließ vorsichtig die Fensterscheibe herunter und hörte, wie die Tiere sie anblökten.

»Ich weiß, das ist hier wohl eure Straße …«

Die Schafe bestätigten das geräuschvoll. Gitta kam sich vor wie bei *Shaun das Schaf*.

»Ich dachte, Schafe schlafen um diese Zeit.«

Die Tiere drängelten sich weiter um ihr Auto, als hätte sie besonders saftiges Gras anzubieten.

»Geht weiter, na los!«, rief Gitta aus dem Autofenster, doch die puschelige Körpermasse bewegte sich nicht in eine einheitliche Richtung.

Gitta seufzte und lehnte sich in ihrem Sitz zurück. Ihr blieb gar nichts anderes übrig, als abzuwarten.

Cornelia fixierte die Eingangstür mit ihrem Blick. Bei jedem neuen Gast, der das Wirtshaus betrat, schlug ihr Herz ein paar Takte schneller. Ein kleines bisschen musste sie über sich selbst lachen. Das war so gar nicht ihre Art, mit Herzklopfen auf einen Mann zu warten. Hannes war außerdem eigentlich nicht ihr Typ, weder vom Aussehen noch von seinem Verhalten. Aber gerade seine Unzulänglichkeiten hatten sie berührt. Wenn sie darüber nachdachte, war es völliger Schwachsinn. Er lebte hier auf Sylt, und sie war als Sängerin ständig überall unterwegs und hatte ihren Job an der Musikschule, weit weg von hier. Ihr Bauch aber sagte etwas anderes. Ihr Bauch wollte Hannes Walther treffen. Es fühlte sich richtig an, hier auf ihn zu warten.

Eine kribbelige Aufgeregtheit überkam sie. Vielleicht war er schon ganz in der Nähe!

Hannes war nur noch wenige Schritte vom Eingang entfernt, als jemand seinen Namen rief und ihn am Arm packte.

»Hannes, wie gut, dass ich dich hier treffe! Du, ich muss dir etwas zeigen!«

Es war Rainer, und er war ganz aufgeregt. So kannte ihn Hannes gar nicht. Er war sonst eher ein lethargischer Typ, der zwar viel redete, aber kaum seinen Aggregatszustand veränderte. Aber der Rainer, der jetzt vor ihm stand, war ein gasförmiger Rainer.

Hannes sah ihn mit großen Augen an. »Geht es um ein Verbrechen?«

Rainer lachte. »Nein, es geht um eine Frau!«, sagte er verschwörerisch. »Ich habe viel darüber nachgedacht, was du mir das letzte Mal gesagt hast – über Birgit Feddersen und ...« Er machte eine bedeutungsvolle Pause. »Ich habe sie angerufen!«, erklärt er stolz.

»Das ist großartig, Rainer! Wollen wir reingehen, und du erzählst mir alles?« Hannes wollte nicht länger vor der Eingangstür herumstehen. Irgendwie machte es ihn kribbelig.

»Nein, du musst mit zu mir nach Hause kommen. Das musst du dir angucken, nein, anhören!«

»Hast du das Gespräch aufgezeichnet?«

»Natürlich nicht! So gestört bin ich nun wirklich nicht. Sie war ja gar nicht da. Ich habe ihr auf den Anrufbeantworter gesprochen. Einfach so, spontan! Das fällt mir als Moderator natürlich leichter. Ich verstehe schon, dass du deiner Monika lieber geschrieben hast. Jedenfalls hat sie mich zurückgerufen und auch auf den Anrufbeantworter gesprochen!« Er sagte das mit einer Euphorie, als hätte Birgit Feddersen nackt in seinem Schlafzimmer getanzt. »Das musst du hören, Hannes!«

Während Rainer ihn zu seinem Wagen schob, warf Hannes einen letzten Blick auf das *Lütt Hüs.* Ihn quälte das Gefühl, gerade etwas Wichtiges zu verpassen.

Was für ein Blödsinn!, rief er sich selbst zur Besinnung. Ein Flens konnten sie schließlich auch bei Rainer trinken.

»Wo bleibt ihr denn? Ich weiß schon gar nicht mehr, was ich noch bestellen soll!« Marlies schwenkte beschwipst ihr Weinglas, als Gitta sich außer Atem an ihren Tisch setzte.

»Wo ist Franks Freundin?«, flüsterte sie.

»Nadine? Die schöne Nadine ist weg. Die setzt jetzt meine guten Tipps um …« Marlies lächelte ein teuflisches Lächeln.

Gitta ließ die Rechnung kommen und schleppte Marlies zum Auto.

»He, erst lässt du mich ewig sitzen, und dann hast du es plötzlich eilig«, wehrte die sich schwach.

»Marlies, guck mich an. Was hast du mit Nadine gemacht?«

»Gar nichts. Ich hab sie bloß beraten.«

»Aha. Und in welche Richtung hast du sie beraten?«

»Fahren wir nicht mal los?«

»Was hast du ihr gesagt?«

»Ich hab ihr gesagt, dass sie Frank mehr kritisieren soll, weil er nur so …«, sie fing an zu kichern, »weil er nur so einsichtig wird. Das bringt ihn voran im Leben und sie auch. Ich war richtig gut, ich hatte einen Lauf! Jeden Tipp, alles, was Frank wahnsinnig machen wird, konnte ich ihr plausibel erklären!«

»Warum um Himmels willen hast du das getan?«, fragte Gitta entsetzt.

»Weil es meine Chance ist, ihn zurückzukriegen.«

Gitta schüttelte den Kopf.

»Tu ja nicht so scheinheilig, Gitta!« Marlies wedelte mit der Linken vor Gittas Gesicht herum. »Stell dir vor, du hättest die Chance, statt Sarah schwanger zu sein. Erzähl mir nicht, du hättest diese Chance nicht ergriffen!«

Statt zu antworten, startete Gitta den Motor. Schweigend fuhren sie Cornelia abholen, die vergeblich auf Hannes gewartet hatte.

Niemand hatte Lust auf einen Absacker vor dem Kamin. Sie murmelten sich »Gute Nacht« zu und schlossen ihre Zimmertüren hinter sich.

Cornelia warf sich bäuchlings auf ihr Bett und weinte wie ein Teenager. Sie war sich so sicher gewesen, ihn zu treffen. Vielleicht sollte es einfach nicht sein. Sie wusste schon, warum sie sich die Liebe all die Jahre vom Leib gehalten hatte.

In dieser Nacht hätten alle drei einen Engel nötig gehabt, aber er blieb fort.

Hannes hatte einige Stunden bei Rainer verbracht, auch wenn die Antwort von Birgit Feddersen auf dem Anrufbeantworter seines Freundes alles andere als spektakulär gewesen war. Doch der nette Rückruf – nicht mehr als zwei Sätze – war für Rainer der Himmel auf Erden. Er hatte nun Gewissheit, dass Birgit sich unsterblich in ihn verliebt hatte, und fragte sich, ob er selbst für so eine ernste Beziehung schon reif war.

»Rainer, ruf sie einfach an«, sagte Hannes, der diese Gewissheit nicht teilte. »Morgen, nicht heute Nacht. Fang langsam an, lad sie auf einen Kaffee ein.«

Rainer nickte nervös und spielte zum zwanzigsten Mal ihre Antwort auf dem Anrufbeantworter ab.

Als Hannes schließlich nach Hause lief, strahlten am Himmel über ihm die Sterne. Er fragte sich, ob er sich bei Cornelia auch alles nur einbildete, so wie sein Freund. Waren sie einfach zwei erbärmliche Junggesellen, die sich ihre eigene Realität schufen? Eine Realität, in der sie tatsächlich Chancen bei Frauen wie Cornelia hatten?

Er wusste, dass sie sicher längst abgereist war – ohne einen Abschiedsgruß zu hinterlassen, und doch wünschte er, sie stünde vor seiner Haustür. Für den Bruchteil einer Sekunde glaubte er, sie tatsächlich dort zu sehen. Er schnupperte wie ein Drogenhund in die Luft. Er hatte das starke Gefühl, dass sie hier gewesen war.

Nein! Er schüttelte sich. Jetzt drehte er völlig durch. Er musste dringend mit diesen Fantasien aufhören. Energisch schloss er die Tür auf und rannte die Stufen zu seiner Wohnung hoch, als könnte er vor seinen Gedanken davonlaufen.

Sex auf dem Wohnzimmerteppich

Der Morgen war so schweigsam verlaufen, als hätten alle drei eine Mandeloperation hinter sich. Die Stimmung besserte sich erst, als Liz dazukam.

Ihr Vater, der sie gefahren hatte, bedankte sich bei Cornelia, dass sie seine Tochter zu dem Casting begleitete. »Wenn sie schon so etwas machen muss, dann ist es gut, wenn eine Fachfrau dabei ist«, sagte er und schüttelte ihre Hand.

Es war albern, aber es tat ihr gut, als Fachfrau betitelt zu werden. »Ich werde gut auf sie aufpassen«, versprach sie.

Vier Leute plus Gepäck in einen MINI zu laden, war eigentlich unmöglich. Cornelia musste sich auf ihren Koffer setzen und ihre Gitarre auf den Schoß nehmen, genauso wie Liz, die glücklicherweise nur einen kleinen Rucksack dabeihatte. Die beiden Gitarren ragten wie sperrige Giraffen mit ihrem Hals nach vorn.

»Mann, nimm den Hals aus meinem Gesicht!«, beschwerte sich Gitta auf dem Beifahrersitz.

Liz fing an hemmungslos zu kichern. Das steckte an, und bald witzelten alle über Hälse und stritten, wer am wenigsten Platz hatte.

Sie waren das letzte Auto, das es auf dem Autozug schaffte. Es blieb keine Zeit für Sentimentalitäten. Dabei hätte Gitta sich gewünscht, dass es irgendeine Art von würdigem Abschluss für ihre gemeinsame Zeit auf der Insel gegeben hätte. Sie warf verstohlen einen Blick zurück und versprach dem Eiland wiederzukommen. Sie fragte sich, wie es Sarah und ihrem Mann ging. Sie hatte nichts mehr von ihnen gehört, was auch kein Wunder war nach ihrem Ausbruch im Hotelzimmer.

Marlies wiederum hätte sich vor allem von ihrem Engel gerne richtig verabschiedet. Er hätte ihr wirklich ein letztes Mal erscheinen können, in dem Reetdachhaus auf der Insel. *Vielleicht war es ganz gut so*, dachte sie dann. *Er hätte mir wegen Nadine doch nur eine Standpauke gehalten.*

Marlies wusste genau, dass es nicht die feine Art gewesen war, was sie gestern Abend getan hatte. Sie hatte nicht gehandelt wie ein Mitglied des Clubs der Engel. Aber sie redete sich ein, dass jeder diese Chance ergriffen hätte und es deshalb in Ordnung war. Vielleicht war alles ja auch ganz anders, und der Engel hatte ihr diese zweite Chance geschenkt? War das nicht sogar wahrscheinlich? Hätte er sich nicht sonst letzte Nacht bei ihr beschwert?

Erst als Cornelia und Liz zweistimmig zu singen begannen, gelang es Marlies, die trüben Gedanken abzuschütteln.

Die Fahrt nach Hamburg verlief fröhlich, und als Gitta und Marlies Liz und Cornelia abgeliefert hatten und in einem Café die von Cornelia spendierten Franzbrötchen aßen, fühlten sie sich seltsam allein.

Es war, als wäre die Fröhlichkeit geschlossen zum Casting gegangen. Übrig blieben zwei ältere Frauen, die nicht wussten, was sie miteinander reden sollten.

Das Franzbrötchen war zu süß, der Kaffee zu heiß, und Marlies musste plötzlich an den jungen Mann von der Raststätte denken, der ihr den kalten Kaffee verkauft hatte. Ob sein Chef ihn tatsächlich gefeuert hatte? Sie hoffte, dass das nur ein Spruch gewesen war.

»Gitta, findest du, ich bin ein schlechter Mensch?«, platzte es aus ihr heraus.

»Nein, natürlich nicht. Sonst wäre ich sicher nicht seit gefühlten hundert Jahren mit dir befreundet.«

Marlies nickte langsam und brach sich noch ein klebriges Stück Franzbrötchen ab. »In Teilen bin ich ein schlechter Mensch«, stellte sie fest.

Gitta lächelte. »Sind wir das nicht alle?«

»Ja, aber ich bin es auf eine ungesunde Art und Weise.«

Gitta zuckte, als wollte sie fragen, wie man denn bitte auf eine gesunde Art und Weise in Teilen ein schlechter Mensch sein konnte, und Marlies sprach schnell weiter: »Als Mutter von drei Kindern bist du immer als Letzte dran. Das war in Ordnung, als die Kinder klein waren. Aber ich behielt die Rolle auch, als sie erwachsen wurden und ihr eigenes Leben begannen. Frank hat sich sowieso immer genommen, was er wollte, auch diese Frau. Es gibt da einen Teil in mir, der über die Jahre so vernachlässigt wurde, dass er sich jetzt manchmal benimmt wie ein Raubtier.« Ihr Blick verlor sich kurze Zeit in der Ferne. »Er schlägt unerwartet zu und nimmt sich einfach, was er will, damit er endlich auch mal drankommt.« Marlies schaute Gitta in die Augen. »Klingt das wie eine Ausrede?«

Gitta dachte nach. »Für mich klingt das seltsam vertraut. Ich bin natürlich keine Mutter ...« Der Satz tat weh. »Aber ich kenne das Gefühl, nicht dranzukommen. Bei mir liegt das nicht an anderen Menschen, sondern am Leben insgesamt. Es teilt mir nicht genug zu.«

Marlies nickte. »Ja, so ungefähr. Vielleicht teilt es niemandem genug zu.«

»Vielleicht doch und wir sehen es nur nicht.«

Beide nickten wissend und tranken ihren Kaffee aus.

Cornelia hatte Liz in einem Raum verschwinden sehen. Seitdem waren viele andere Castingteilnehmer rein- und rausgegangen. Dass Liz nicht zurückkehrte, wertete Cornelia als gutes Zeichen.

Sie saß neben ihrer Gitarre und ihrem Rollkoffer. Der Vorraum leerte sich nach und nach. Ein junger Mann mit dunklem Haar und Zopf hatte die Kandidaten nach und nach aufgerufen. Nun kam er auf sie zu: »Du bist hier nicht zum Casting?«

Cornelia wusste nicht, ob er die Frage ernst meinte. »Ich bin nur Begleitung.«

»Die Mutter?«

»Nein, eher der Vocalcoach.«

Sie lächelten sich an. Dann griff er nach einer Gitarre, die bisher unbeachtet an einem Stuhl gelehnt hatte, und fing an *Let it be* von den Beatles zu spielen.

Kurz entschlossen packte Cornelia ihre Gitarre aus und stimmte mit ein.

»Was kann ich besser machen?«, fragte er, nachdem sie das Lied zu Ende gespielt hatten.

»Du musst die Vokale mehr betonen. *Fiiiiiiiind* und *tiiiiiiiimes*«, machte sie ihm vor. Er versuchte es. Sie nickte. »Und …«, sie schaute ihn an, war sich nicht sicher, ob sie das sagen sollte.

»Und?«, wollte er wissen.

»Schüttle nicht alle zehn Sekunden den Kopf, um deine Strähne aus den Augen zu kriegen.« Sie zeigte auf die Haare, die nicht in seinem Zopf verstaut waren.

Er grinste und band sich einen neuen Zopf, in dem er alle Haare verstaute. »Gut, dann noch mal«, sagte er und fing an zu spielen.

Cornelia stimmte mit ein.

»Jetzt fehlt mir das Schütteln«, sagte er.

Conny lachte. »Mir nicht. Es ist viel stärker ohne!«

Sie spielten das Lied beim zweiten Mal mutiger. Cornelia übernahm die Backgroundparts, und er gab sich Mühe, die Vokale zu betonen. Immer, wenn es ihm besonders gut gelang, nickte sie ihm zu.

Plötzlich stand Liz neben ihr.

»Und?«, fragte Cornelia.

»Ich bin drin!«, sagte Liz, und presste ihre Fäuste unter ihr Kinn und hüpfte aufgeregt auf und ab.

Cornelia stand auf und umarmte sie fest. Der junge Mann nahm seine Gitarre und überließ sie lächelnd sich selbst.

Liz war in der Band! Cornelia überraschte das nicht. Wenn hier nicht alle völlig taub waren, mussten sie sie einfach nehmen.

»Du musst mir einen Gefallen tun«, sagte Liz mit rotem Kopf. »Die wollen so ein Formular unterschrieben haben. Das hätten meine Eltern eigentlich schon vorher machen müssen. Kannst du das unterschreiben?« Sie sah sie flehend an.

»Ich soll das unterschreiben? Und die Unterschrift von deiner Mama fälschen?«

Liz schaute auf den Boden und nickte.

»Liz, das kann ich nicht!«

Liz' Augen füllten sich mit Tränen. »Aber dann verliere ich den Platz in der Band!«

»Quatsch! Lass mich mit denen reden.« Entschlossen stand sie auf.

Liz brachte sie zur einer Frau mit Pagenschnitt und Klemmbrett vor der Brust. »Frau Schürgen, ihre Tochter ist ein echtes Talent!«, sagte sie strahlend.

Cornelia schüttelte den Kopf. »Ich bin nicht die Mutter.«

»Sie ist der Vocalcoach«, grinste der junge Mann, der in der Nähe stand.

Na, vielen Dank auch. Cornelia wand sich. Die Situation war blöd genug, da musste er sie nicht noch ins Lächerliche ziehen.

»Wir brauchen unbedingt eine Einverständniserklärung der Eltern. Andernfalls müssen wir eine andere Teilnehmerin nehmen. Sie verstehen sicher, dass wir bei Minderjährigen ohne diese Unterschrift gar nicht tätig werden dürfen.«

»Es ist so, dass sich ihre Eltern erst mal an den Gedanken gewöhnen müssen, dass Liz jetzt in dieser Band ist. Ich werde mit ihren Eltern sprechen!«

»Tun Sie das, aber sie gewöhnen sich besser schnell dran. Wir brauchen die Unterschrift bis morgen!«

Marlies schloss die Haustür auf. Vor diesem Moment hatte sie sich die ganze Fahrt über gefürchtet. Sie hatte Gitta an ihrem Haus am anderen Ende der Stadt abgesetzt und zugeschaut, wie sie zärtlich von Michael umarmt und geküsst wurde. Auf Marlies wartete nur ein viel zu großes, leeres Haus und mit etwas Glück Mrs. Winterbottom. Die Katze war nirgends zu sehen. Durch die Katzenklappe konnte sie sich frei bewegen. Kein Wunder, dass sie nicht allein in dem verlassenen Haus hocken wollte.

»Niemand will hier allein rumhocken«, murmelte sie und riss alle Fenster und die Terrassentüren auf, um frische Luft hereinzulassen.

Sie schenkte sich ein Glas Wasser ein und stellte sich in den Garten. Der Rasen musste dringend gemäht werden. Früher hatte Frank das gemacht. Jetzt musste sie sich mit dem Ungetüm von Rasenmäher herumplagen, den er gekauft hatte, ganz nach dem Motto: Je größer und unhandlicher, desto männlicher.

Seufzend nippte sie an dem Wasser. Ob er zu ihr zurückkommen würde, wenn Nadine ihn auf die Palme brachte? Sie könnten noch einmal neu anfangen.

Als sie ihr Glas in die Küche zurückbrachte, entdeckte sie den Zettel.

Liebe Marlies Hopper
Mrs. Winterbottom habe ich kaum gesehen, aber ihr Futter war immer leer. Es geht ihr also wahrscheinlich gut. Ich hoffe, Sie hatten eine angenehme Rückreise.
Ich freue mich sehr auf heute Abend und hole Sie um 19 Uhr ab.
Herzlich
Pit Tiefenborn

Das Date heute Abend! Das hatte sie völlig vergessen! Was hatte sie auf Sylt nur geritten! Sie würde Frank zurückgewinnen und musste sich nicht mit ihrem verwitweten Nachbarn treffen. Aber konnte sie ihm jetzt so kurzfristig absagen? Neunzehn Uhr war schon in drei Stunden. Sie starrte auf seine Nachricht.

Seine Handschrift war schön und gut leserlich. Sie hatte nicht gewusst, dass er mit Vornamen Pit hieß. Pit, das gefiel ihr. Der Name war zeitlos. Es war schön, einen kleinen Gruß vorzufinden. Früher hatte sie Frank solche Zettel hinterlassen, sie selbst hatte aber nie einen erhalten. Sie lächelte. Herr Tiefenborn – Pit – hatte ihre Katze gefüttert. Sie konnte ihm jetzt nicht absagen. Vor allem nicht, nachdem sie das gemeinsame Abendessen ja erst vorgeschlagen hatte.

Sie würde um neunzehn Uhr abholbereit sein.

Es war völliger Wahnsinn gewesen, schon wieder mit dem Zug zurück auf die Insel zu fahren. Cornelia konnte sich das alles überhaupt nicht leisten, aber sie sah keine andere Möglichkeit. Wenn sie Liz' Eltern davon überzeugen wollte, dass sie ihrer Tochter erlaubten, die Schule abzubrechen, um in einer Band zu singen, dann musste sie das persönlich tun und nicht am Telefon.

Liz' Eltern hatten sie herzlich empfangen und sie sofort an den Abendbrottisch zu Bratkartoffeln und Apfelkuchen gebeten. Liz' Mutter, Birthe, war bestimmt sieben Jahre jünger als Cornelia. Das fühlte sich seltsam an. Müssten Menschen, die Teenager hatten, die bald achtzehn wurden, nicht älter sein? Rasch überschlug Cornelia die Daten und stellte erschrocken fest, dass sie selbst inzwischen Mutter eines ganz und gar erwachsenen Kindes sein könnte.

Nach dem Essen setzten sie sich ins Wohnzimmer, um das heikle Thema zu diskutieren.

Cornelia sagte, dass sie Liz für ein Ausnahmetalent hielt. So eine Begabung müsse man einfach fördern. Das Abitur könne man nachholen, aber so eine Chance komme nicht wieder.

Der Vater schüttelte den Kopf. »Das Abitur ist wichtig, das soll Liz auf jeden Fall machen. Danach kann sie ja immer noch –«

»Es gibt kein Danach, wenn ihr mir das jetzt verbietet!« Liz sprang auf. »Es ist mein Leben, die Musik ist alles, was ich will!« Weinend ließ sie sich wieder auf ihren Sessel fallen.

Jetzt saßen alle schweigend nebeneinander. Birthe fragte schließlich: »Wenn Liz Ihre Tochter wäre: Würden Sie es ihr erlauben?«

Cornelia dachte lange nach. Sie würde sich für ihr Kind wünschen, dass es einen leichteren Weg einschlug. Die Musikbranche war hart und gnadenlos. Man konnte ganz hoch fliegen, aber auch sehr tief fallen. Würde sie ihrem Kind erlauben, die Schule für eine absolut ungewisse Zukunft in einem Haifischbecken abzubrechen?

»Ich glaube, so etwas kann man nicht mit dem Verstand entscheiden«, sagte sie irgendwann in die Stille. »Hätte ich das Glück, Mutter einer so tollen Tochter zu sein«, sie schaute auf Liz, »dann würde ich mich auf meinen Instinkt verlassen und auf meinen Bauch hören. Und vielleicht auch auf den Bauch meiner Tochter. Denn letztendlich hat sie recht: Es ist ihr Leben.«

»Gitta, dein Handy summt die ganze Zeit!« Michael sah sich suchend im Garten nach seiner Frau um. Nach jeder Reise verschwand sie erst mal für ein paar Stunden draußen, um dort auf den Knien herumzukriechen und Unkraut zu zupfen oder mit einem scharfen Gerät energisch irgendein Gewächs zu kürzen. Sie behauptete immer, der Garten hätte es dringend nötig, aber Michael wusste, Gitta hatte es eigentlich noch nötiger als der Garten.

Draußen zwischen den Pflanzen herumzuwerkeln erdete sie und gab ihrer Seele Zeit anzukommen.

»Ich bin hier!« Eine rote Gartenschere mit einem grünen Handschuh winkte hinter dem Eisenhut hervor. Michael überreichte ihr das Handy.

Sie zog sich mit den Zähnen die Handschuhe von den Händen und sah, dass Sarah ihr fünf neue Nachrichten geschickt hatte:

Gitta, kannst du mich mal anrufen?

Ich habe mit Thomas (dem Vater) gesprochen.

Es tut mir leid, wenn ich dich die ganze Zeit mit meinen Problemen nerve. Ich weiß, es ist unpassend, weil ihr so gerne Kinder bekommen hättet. Seltsamerweise tut es mir aber gut, wenn du so direkt bist wie neulich.

Du musst dich nicht melden, wenn dir das zu viel ist. Ich verstehe das.

Ich würde mich sehr freuen, von dir zu hören. Falls du willst. Nur dann.

Gitta musste lächeln. Sie reichte Michael das Handy und ließ ihn die Nachrichten lesen.

»Rufst du sie an?«, fragte er.

»Natürlich rufe ich sie an!« Gitta beugte sich vor und riss ohne Handschuhe, aber mit mehr Energie als nötig einen Löwenzahn heraus.

»Magst du vorher noch eine Bananenmilch?«

Bananenmilch war Gittas Gartengetränk. Michael mixte es ihr regelmäßig, wenn er sie zwischen den Büschen herumkriechen sah.

»Du hast Obst im Haus?«, neckte sie ihn.

Er zog eine Grimasse, tat so, als würde ihm ihr Handy herunterfallen, und verzog sich ins Haus. Kurze Zeit später hörte sie den Mixer in der Küche rotieren.

Sie sammelte ihre Gartengeräte ein, entlud den Eimer mit Unkraut in der Biotonne und setzte sich an den kleinen Tisch, der versteckt zwischen Zebragras auf einer Spirale aus schwarzen und weißen Pflastersteinen stand. Es hatten gerade noch zwei Stühle Platz. Man saß versunken unter den gescheckten Grashalmen. Es war der perfekte Ort, um zu zweit zu sein und sich Geheimnisse anzuvertrauen.

Michael kam mit einem Tablett, auf dem zwei Gläser Bananenmilch und ein Schälchen Nüsse standen. Er drapierte alles liebevoll vor Gitta und erntete einen Kuss, als er sich auf den Stuhl neben sie setzte.

Sie tranken den ersten Schluck, dann fragte er: »Warum willst du dieser Frau unbedingt helfen? Da steckt doch was dahinter!«

Gitta nickte und drehte die Schale mit den Nüssen. Sie schaute ihm direkt in die Augen. »Ich muss dir etwas Unglaubliches erzählen.« Inmitten des hohen Grases, das sich sanft im Wind bewegte, fiel es ihr leicht, die Geschichte von ihrem Engel zu erzählen.

»Und Marlies und Conny haben ihn auch gesehen?«

»Mehrmals«, bestätigte Gitta.

»Wie viel Gin Tonic habt ihr getrunken?«

Gitta schaute ihn beleidigt an.

»Ich meine ja nur, das klingt einfach unheimlich unwahrscheinlich«, sagte Michael sanft.

»Ich weiß. Aber es ist ja nicht nur der Engel. Es sind ja auch die Aufgaben. Und die sind auf alle Fälle real.«

»Wie meinst du das?«

»Na, Sarah zum Beispiel. Warum begegnet ausgerechnet mir die unglücklich Schwangere? Warum sitzt ausgerechnet neben Marlies die Neue von Frank? Und warum trifft Cornelia das absolute Gesangstalent?«

»Das sind unwahrscheinlich viele Zufälle.«

»Hör auf mit dem Wort unwahrscheinlich.«

»Welches Wort würdest du denn wählen?«

»Außergewöhnlich. Es ist alles außergewöhnlich, aber nicht unmöglich.«

»Vorausgesetzt, man glaubt an Engel.«

»Niemand von uns hat wirklich an Engel geglaubt, bis er uns erschienen ist.«

Michael schüttelte den Kopf. »Du glaubst, der Engel hat dir Sarah geschickt, damit du ihr hilfst. Warum ausgerechnet dir?«

»Weil das für mich besonders schwer ist.«

»Das hat doch keinen Sinn.« Michael schwenkte sein Glas, damit sich die Bananenmilch besser mischte.

»Wir sollen alle das Richtige tun, obwohl es schwierig ist für uns.«

»Und, wie klappt das so?«

Gitta seufzte. »Conny macht sich am besten. Marlies hat es ganz versaut. Die hat der Neuen von Frank genau die Dinge geraten, die Frank hundertprozentig auf die Palme bringen werden. Und ich habe Sarah und ihren Mann angeschrien, weil sie es überhaupt nicht wertschätzen, dass ein Baby in ihr wächst.«

»Aber das war offensichtlich hilfreich für Sarah. Sie mag deine deutlichen Worte, schreibt sie.« Er nahm ein paar Nüsse und fragte dann vorsichtig: »Tut dir das denn gut, Gitta?«

Sie ließ sich Zeit mit der Antwort. »Seltsamerweise, ja.«

Sie hatten sich schon bei der Ankunft im Restaurant geduzt. Pit war charmant und sah viel besser aus, als Marlies es in Erinnerung hatte. Vielleicht lag es aber auch daran, dass sie ihm sonst nie so nah gekommen war. Er hatte dunkelblaue Augen, die durch seine grau-schwarz melierten Haare noch besser zur Geltung kamen. Er trug am linken Handgelenk ein Lederarmband. Marlies wusste nicht, warum, aber es rührte sie. Er war ein bisschen zu alt für so was, und es drückte eine Sehnsucht aus, die sie nur zu gut kannte.

Er hatte ihr Wein eingeschenkt, er hatte ihr zugehört, er hatte die richtigen Fragen gestellt und mit seiner melodischen Stimme kluge Sachen gesagt.

Er musste keine große Hürde überwinden, als er sie beim Nachhausebringen vor der Haustür küsste. Marlies war bereit. Er roch gut, er fühlte sich gut an, und es war die perfekte Rache an Frank.

Sie nahm ihn mit ins Haus. Es passierte dann auf dem Wohnzimmerteppich.

Marlies fühlte sich jung und sexy. *Wenn man mit einem Kerl, der ein*

Lederarmband trägt, spontanen Sex auf dem Wohnzimmerteppich hat, ist man auf alle Fälle keine alte, langweilige Hausfrau.

Danach sah Pit sie fragend an. »Frau Hopper?«

»Ja, Herr Tiefenborn?«, antwortete sie schelmisch.

»Was machen Sie hier?« Seine Augen wanderten hektisch durch den Raum. »Wo bin ich?«

Marlies wusste nicht, was das sollte. Für ein Rollenspiel war es jetzt eigentlich etwas zu spät. Wollte er eine zweite Runde einleiten und spielten den Fremden, der zufällig und ganz ahnungslos seine nackte Nachbarin neben sich vorfand?

»Ziehen Sie sich was an! Warum sind wir nackt? Haben wir … Haben wir?«

Marlies wurde das Ganze jetzt doch unheimlich. Seine Verwirrung war echt. »Pit, hör auf! Du machst mir Angst.«

Er stand auf und wickelte sich die Wohnzimmerdecke um den Körper. Sie zog sich schnell ihre Bluse über.

»Ich habe Ihre Katze gefüttert und dann … Ich erinnere mich nicht!« Er wirkte entsetzt.

»Wir waren zusammen essen, und dann hatten wir Sex. Hier bei mir im Wohnzimmer«, erklärte Marlies sachlich und langsam.

»Haben Sie mir etwas ins Essen gemischt? Warum erinnere ich mich nicht, wie ich hierhergekommen bin?«

Marlies fasste ihn sacht am Arm, er schüttelte sie ab. »Warum trage ich eine Decke? Wo bin ich?«

Vielleicht hatte er einen Schlaganfall. Marlies wählte den Notruf. Bis die Sanitäter eintrafen, musste sie sieben Mal die Fragen beantworten, warum er eine Decke trug, nackt war, warum sie keine Hose trug, ob sie ihm etwas in sein Essen gemischt hatte und wo er sich befand.

Sie erklärte den eintreffenden Rettungskräften die Sachlage.

»Wir nehmen ihn mit. Wollen Sie mitfahren?«

Marlies wollte nicht, aber den hilflosen Nachbarn, der sich an nichts erinnern konnte, was länger als zwei Minuten her war, allein in den Krankenwagen zu setzen, brachte sie auch nicht übers Herz. Er war nicht dazu zu bewegen, sich anzuziehen. Also verluden sie den nackten Mann mitsamt der Wohnzimmerdecke.

Auf der Fahrt begann die Frage-Antwort-Schleife von Neuem: »Wo bin ich? Warum trage ich eine Decke? Was machen Sie hier, Frau Hopper? Wo fahren wir hin?«

Sie mussten in einem kleinen Raum auf den Arzt warten. Langsam wurden die Abstände zwischen seinen Fragen länger, was Marlies als gutes Zeichen wertete.

Eine der ersten Fragen, die der Arzt stellte, war, ob sie Geschlechtsverkehr gehabt hätten. Marlies fand das reichlich unverschämt, Pit verneinte vehement.

Der Doktor sah sie fragend an.

»Ja, hatten wir«, gab sie zu.

»Was? Frau Hopper! Wann, wo?«, wollte Pit wissen.

Jetzt war auch schon alles egal. »Vor etwa einer Dreiviertelstunde, auf dem Wohnzimmerteppich, in meinem Haus«, sagte sie genervt.

Der Arzt leuchtete Pit mit einer Taschenlampe in die Augen und stellte ihm eine Frage nach der anderen. Sein Alter, sein Name, seine Adresse, wer gerade amerikanischer Präsident war und wie viel vierzig geteilt durch fünf – all das konnte er perfekt beantworten.

»Was für ein Tag ist heute?«

»Freitag?«, antwortete Pit zögernd.

Marlies und der Doktor sahen sich an.

»Das ist vermutlich eine transiente globale Amnesie«, sagte er mehr zu ihr als zu seinem Patienten. Er blickte auf. »Es ist eine vorübergehende Störung des Gedächtnisses. Vermutlich ausgelöst durch den Orgasmus. Machen Sie sich keine Sorgen, das ist harmlos. In ein paar Stunden ist alles wieder ganz normal.«

»Kann ich mich denn dann auch wieder an den Geschlechtsverkehr erinnern?«, wollte Pit wissen.

»Das kann ich nicht mit Sicherheit sagen. Bei manchen Patienten bleiben die letzten vierundzwanzig Stunden verschwunden, bei anderen kommt alles wieder.« Der Arzt wandte sich an Marlies. »Sie können ihn wieder mitnehmen. Sollten sich andere Auffälligkeiten ergeben oder sein Kurzzeitgedächtnis weiter ausbleiben, kommen Sie wieder.«

Zum Abschluss fragte er Pit, noch ob er wisse, warum er hier sei, warum er nur eine Decke trage und wer die Frau neben ihm sei. Pit hatte nichts vergessen und konnte alles beantworten.

»Das wird! Machen Sie sich noch einen schönen Abend!«, lächelte der Arzt.

Sie nahmen ein Taxi nach Hause. Marlies bewunderte Pit, der so selbstverständlich mit seiner Wohnzimmerdecke in den Fond des Wagens einstieg, als würde er einen Anzug tragen. Marlies setzte sich ebenfalls auf die Rückbank und nannte dem Fahrer ihre Adresse.

Pit sah aus dem Fenster. »Wir duzen uns?«, fragte er und hielt den Blick auf die Straße gerichtet.

»Ja, aber das müssen wir nicht, wenn Sie nicht möchten.«

»Ich möchte aber. Ich heiße Pit.«

»Marlies«, sagte Marlies. Sie schüttelten sich feierlich die Hände.

»Es tut mir leid, dass ich Ihnen den Abend verdorben habe«, sagte er betreten.

»Wir duzen uns«, erinnerte sie ihn.

»Ich weiß, es ist nur noch fremd. Ich wünschte, ich könnte mich an unseren Abend erinnern. Wie kam es denn dazu?«

Sie lächelte. »Keine Ahnung. Du hast einfach alles richtig gemacht. Es passte.«

»Und …«, er machte eine kleine Pause und fragte dann interessiert: »Wie war ich so?«

»Echt jetzt?« Marlies schlug ihm tadelnd auf den Oberarm. »Versau es nicht auf den letzten Metern!«

Sie grinsten einander an.

Eddie would go

Conny lag auf dem Rücken. Über ihr an der Decke leuchteten Plastiksterne in Neongelb. Liz' kleine Schwester übernachtete bei einer Freundin, und man hatte ihr angeboten, in ihrem Bett zu schlafen. Cornelia hatte eigentlich gehofft, noch den letzten Zug nach Hause zu bekommen, doch der war lange weg gewesen, als Liz' Eltern schließlich zustimmten, dass ihre Tochter eine Laufbahn einschlug, die schwer und unsicher war, sie aber vielleicht, vielleicht glücklich machen würde.

Liz hatte noch lange bei ihr im Zimmer gesessen. Sie hatten darüber gesprochen, dass es Liz' Bestimmung war zu singen. So ein Talent bekam man nicht aus Versehen. Sie hatten übermütig gelacht und sich Liz' neues Leben ausgemalt: die Auftritte, den Applaus, die verschiedenen Städte, die Proben, das Wir-Gefühl, das sich bald einstellen würde, wenn die Band zusammenwuchs.

Liz glühte vor Aufregung und Freude, und Conny glühte mit ihr, bis sie allein im dunklen Zimmer lag und auf die leuchtenden Sterne starrte.

Hatte sie sich richtig entschieden? Sie hatte der Familie geraten, Liz' Traum zu unterstützen, obwohl sie selbst der Gesang eher unglücklich als glücklich gemacht hatte. Das könnte Liz auch passieren. Talent allein war keine Garantie.

»Hab ich einen Fehler gemacht?«, wisperte sie in die Dunkelheit.

»Ich hätte eine andere Frage erwartet«, antwortete eine Stimme dicht neben ihr. Aus der Dunkelheit im Raum hob sich der Engel ab. Er wurde gerade so schnell heller, dass er Cornelia nicht blendete. Er saß auf ihrer Bettkante.

Sie richtete sich etwas auf. Träumte sie das? »Welche Frage hast du erwartet?«, fragte sie ihn.

»Ich dachte, du würdest fragen, was jetzt aus deiner Karriere wird.«

»Was wird jetzt aus meiner Karriere?«

Er lächelte. »Nein, du hast keinen Fehler gemacht. Im Gegenteil. Du bist ein würdiges Mitglied im Club der Engel.«

»Würdiges Mitglied«, wiederholte Cornelia leicht sarkastisch. »Woran machst du das fest?«

»Du möchtest gelobt werden?«

Sie nickte.

Er sah sie an. »Du hast jemandem geholfen, der Hilfe brauchte. Du hast selbstlos gehandelt und deinen Neid besiegt.«

»Aber wie kann ich sicher sein, dass es das Richtige für Liz ist? Was, wenn die sie fürchterlich ausbeuten? Was, wenn sie nicht erfolgreich wird? Was, wenn sie unglücklich ist?«

Der Engel dimmte sein Licht und sprach mit einer weichen Stimme weiter: »Was, wenn es genau das Richtige für sie ist? Was, wenn sie sich verliebt? Was, wenn es der Beginn einer großartigen Karriere wird? Was, wenn sie glücklich ist?«

»Das hoffe ich so sehr für sie. Wird sie sich verlieben? Wird alles gut laufen?«

»Das weiß ich nicht.«

Cornelia sah ihn überrascht an. »Das weißt du nicht? Aber dann ist das Ganze ja ein Risiko!«

»Leben ist immer ein Risiko.«

»Jetzt komm mir nicht mit Kalendersprüchen! Ich dachte, es gibt einen Plan für alles! Du musst doch wissen, ob die Musik sie am Ende glücklich machen wird!«

»Ich bin hier nur der Engel. Der Chef hat den Plan. Und ich vertraue ihm. Schon ziemlich lange.«

»Und das geht immer gut aus?«

»Manchmal anders, als wir dachten, aber immer gut.«

Cornelia presste ihre Lippen aufeinander. »Und bei mir?«

»Für dich gilt das Gleiche wie für alle anderen.«

»Es gibt einen Plan für mich?«

»Hundertprozentig. Das kann ich dir versichern.«

»Und warum bin ich dann so erfolglos und oft so unglücklich?«

»Vertraust du denn?«

»Anfangs ja. In letzter Zeit nicht mehr. Wäre ich denn erfolgreich und glücklich, wenn ich immer vertrauen könnte?«

»Glücklich, ja.« Der Engel sah sie liebevoll an.

Cornelia strich aufgeregt die Bettdecke glatt. »Komm mir doch nicht immer so schwammig. Heißt das, ich werde so oder so auf keinen Fall jemals erfolgreich sein?«

»Ich weiß es nicht.«

»Was willst du mir dann sagen?«

»Vertraue einfach, dass die Dinge gut werden, auch wenn sie nicht so laufen, wie du dir das wünschst.«

»Ich weiß nicht, ob ich das kann.« Sie warf sich zurück in die Kissen.

»Egal, was kommt, es wird gut, sowieso«, sang der Engel.

»Du kennst Mark Forster?«

»Oh ja, sogar ziemlich gut.«

»Wie spannend! Ist er auch Mitglied im Club der Engel?«

»Wer weiß«, sagte der Engel geheimnisvoll.

»Sing noch mal!«, forderte Cornelia ihn auf.

Er sang die erste Zeile noch einmal.

»Immer geht 'ne neue Tür auf irgendwo«, sang Conny weiter und brach dann ab. »Ich singe so gerne, das kann doch nicht falsch sein!«

Er legte sich den Zeigfinger auf die Lippen und strich ihr dann über die Augen. Die Berührung war überwältigend. Sofort fühlte sie sich warm, sicher und geborgen. Sie spürte noch, wie er sie sorgfältig zudeckte. Dann sank sie in einen tiefen, erholsamen Schlaf.

Marlies lag ohne Schlaf, aber glücklich in ihrem Bett. Pit hatte sie galant zur Tür begleitet und ihr zum Abschied spielerisch einen Handkuss gegeben. Sie hatte mit einem Mann geschlafen, der sie behandelte, als würde der Sex erst noch kommen. Das fühlte sich seltsam wunderbar an. Hatte sie sich etwa in ihren Nachbarn verliebt? Sie dachte an seine Hände, die so gut zu ihrem Körper gepasst hatten.

Wie viele solcher Berührungen hatte sie während der Ehe mit Frank verpasst? Ob Frank eigentlich auch andere Abenteuer gehabt hatte, während sie sich all die Jahre treudoof nur für ihn ausgezogen hatte?

Sie verwies diesen Gedanken aus ihrem Schlafzimmer.

Ihr Handy summte leise, sie hatte vergessen, es auf Flugmodus zu stellen.

Eine Nachricht von Frank?!

Ich vermisse dich.

Marlies starrte auf das leuchtende Display. So lange hatte sie auf diesen Satz gewartet, und jetzt kam er. Sie schaltete das Handy aus und pfefferte es auf Franks leere Betthälfte. Es machte einen kleinen Hüpfer und blieb dann anklagend liegen.

Sie deckte energisch ein Kissen darüber und warf sich auf die Seite. »Und komm du heute Nacht nicht auch noch angeschlichen! Ich hab hier Männer genug, um die ich mich kümmern muss!«, sagte sie in die Dunkelheit.

Auch wenn sie es nie zugegeben hätte: In Wahrheit vermisste sie ihren Engel auch jetzt. Am liebsten hätte sie ihn geküsst und wäre in seinen Armen eingeschlafen. *Das ist unrealistisch und kindisch!*

Marlies nahm das Kissen vom Handy und knüllte es sich in den Arm. Eine Weile lang warf sie sich hin und her. Schließlich schaltete sie seufzend das Handy wieder an, um ihrem Ex-Mann zu antworten:

Ich dich auch.

Eine Antwort blieb aus. Es dauerte lange, bis sie einschlafen konnte.

Am nächsten Morgen erwachte sie mit dem Gedanken, dass ihre Textnachricht an Frank ein Fehler gewesen war.

Sie griff sich ihr Handy und tippte hektisch in dem Chatverlauf herum. Soweit sie sehen konnte, hatte Frank ihre Antwort noch nicht gelesen. Es gab doch eine Löschen-Funktion, wie ging das noch? Ob es ein Zeitlimit gab, wie lange man Nachrichten löschen konnte?

Ehe sie herausfand, wie man das Geschriebene zurücknahm, war Frank plötzlich online, hatte ihre Nachricht gelesen und in Rekordzeit eine Antwort getippt:

15 Uhr, Café Flamme

Das *Café Flamme* war ihr Café gewesen. Es rührte sie und machte sie gleichzeitig wütend. Was glaubte er denn? *15 Uhr, Café Flamme.* Das war keine Frage, sondern eine Anweisung. Da sollte er mal schön allein sitzen und warten.

Marlies duschte ausgiebig, zog sich an und wollte dann mit nassen Haaren schnell zum Bäcker um die Ecke flitzen. Beinahe wäre sie auf das liebevoll arrangierte Frühstückstablett getreten.

Sie schaute unwillkürlich zu Pits Haus herüber, aber er war nirgends zu entdecken.

Montage nach einem Urlaub sind wie ungebetene Gäste. Man hat ganz plötzlich viel mehr zu tun, als einem lieb ist, und fühlt sich überhaupt nicht bereit dazu.

Gitta fuhr zu ihren Kunden, in deren Gärten gerade größere Baumaßnahmen stattfanden. Momentan waren es drei, und bei zweien war während ihrer Abwesenheit das ein oder andere schiefgelaufen. Der Fliesenleger war nicht erschienen, und so hatte die Familie immer noch nur verdichteten Schotter auf der Terrasse. Bei einer anderen Kundin waren die falschen Stauden geliefert worden. Die Bauherrin hatte es nicht bemerkt und aus ihrer Ungeduld heraus ohne Gitta angefangen zu pflanzen. So blieb ihr keine Zeit für eine Mittagspause, und als sie gegen halb drei ein Bärenhunger überfiel, holte sie sich bei einem Bäcker ein Rosinenbrötchen, das sie auf der Fahrt zu ihrem nächsten Kunden gierig verschlang.

Ein kleiner Stau auf der Umgehungsstraße gab ihren Gedanken die Gelegenheit, zu Sarah zu wandern. Gestern hatten sie telefoniert. Sarah hatte erzählt, dass Thomas – ihr Seitensprung – nicht nur sehr erstaunt, sondern auch sehr erfreut gewesen war. Was man von ihrem Mann nicht sagen konnte. Er haderte sehr damit, dass bald ein Kind ihr ganzes Leben auf dem Kopf stellen würde, und natürlich wollte er den »blöden Stecher«, wie er Thomas nannte, nicht in seinem Leben haben. Der »Stecher« wiederum war ganz wild darauf, Vater zu werden, und wollte im Leben seines Kindes unbedingt eine Rolle spielen.

Kurz: Es war kompliziert, und Sarah wusste nicht, wie sie mit der Situation umgehen sollte. Gitta hatte ihr geraten, alles einfach auf sich zukommen zu lassen. Es würde ja noch Monate dauern, bis das Kind auf der Welt war, und bis dahin hatten sich beide Männer ja vielleicht mit ihrer neuen Rolle abgefunden.

Gitta schaute auf die Uhr. Sie würde zu spät zu ihrem nächsten Termin kommen … Sie stellte sich vor, wie es wäre, jetzt ein Kind aus der Kita abholen zu müssen. Widerstreitende Gefühle wallten in ihr auf, schließlich siegte die Erleichterung, kein Kind abholen zu müssen. Wenn sie Mutter wäre, könnte sie ihre Arbeit überhaupt nicht so und in diesem Umfang ausführen. Auch für Sarah würde es schwierig werden, in ihrem Job weiterzuarbeiten, wenn das Kleine erst mal da war.

Wie machten das all die Mütter? Marlies kam ihr in den Sinn, die jetzt ohne Mann, Kinder und Job in einem zu großen Haus saß.

Kein Leben ist perfekt, dachte sie und starrte durch die Windschutzscheibe. Der Stau löste sich allmählich auf. Sie würde trotzdem zu spät kommen.

»Herr Worleben, das können Sie doch nicht machen! Ich war doch nur ein paar Tage weg. Ich habe vorab mit allen Schülern telefoniert und die Termine neu disponiert …«

»Es gibt dazu nichts mehr zu sagen.« Der Chef der Musikschule wandte seinen Blick wieder auf den Bildschirm seines Computers und griff nach der Maus.

Kein Zweifel: Dieses Gespräch war beendet. Fassungslos verließ Cornelia das hässliche kleine Büro der Musikschule, in der Hand das Schreiben, in dem ihr mitgeteilt wurde, dass sie ab dem nächsten Monat nicht mehr kommen musste. Herr Worleben hatte eine andere Gesangslehrerin gefunden, eine, die »nicht so unzuverlässig« war wie sie, und ihren Zeitvertrag einfach nicht verlängert. Das zumindest hatte er ihr an den Kopf geworfen.

In ihrem Kopf ratterte sie alle Möglichkeiten durch. Sie könnte sich alternativ bei einer anderen Musikschule bewerben, müsste aber auf das große Glück hoffen, dass diese gerade eine Gesangslehrerin suchte. Ihre Schüler abwerben und sie privat unterrichten durfte sie laut Vertrag nicht, aber es würde ihr kaum etwas anderes übrig bleiben, wenn sie weiterhin irgendwie ihre Miete zahlen wollte.

Cornelia seufzte tief. Momentan hatte sie kein einziges Engagement als Sängerin. Sie müsste sich einer Band anschließen, die auf Hochzeiten spielte, sie müsste … Sie müsste … Sie wusste nicht, was sie alles müsste.

Tränen traten ihr in die Augen, und sie wischte sie schnell weg. Sie hatte jetzt keine Zeit zu weinen. Sie musste noch einmal an dem hässlichen kleinen Büro des Musikschulleiters vorbeigehen, die Treppe in den ersten Stock hochlaufen und dann in Raum 12 ihre erste Schülerin unterrichten. Noch war sie schließlich Gesangslehrerin, und ihre Schüler konnten nichts dafür, dass Worleben sie gerade auf die Straße gesetzt hatte.

Was Marlies an diesem Tag geschah, hatte niemand vorhersehen können. Alles begann wohl damit, dass Hartmut Kranz frei und beschlossen hatte, im *Café Flamme* einzukehren und einen Cappuccino zu trinken. Doch kurz vor dem Eingang stellte er fest, dass er seinen Geldbeutel zu Hause vergessen hatte. So beschloss er, seine mitgebrachte Zeitung auf einer Bank vor dem Café zu lesen. Er hatte es sich gerade bequem gemacht, als ihm eine Frau auffiel, die aus einem MINI ausstieg. Sie redete leise mit sich selbst und bewegte sich kopfschüttelnd auf das Café zu. Er sah, wie sie sich suchend umsah und dann einen Tisch am Fenster belegte. Statt in die Speisekarte zu gucken, spielte sie nervös an ihrer Handtasche herum.

Da stimmte doch etwas nicht! Kranz war ein aufmerksamer Mann. Er las regelmäßig die Zeitung und wusste Bescheid über Attentate und darüber, wie sie verübt wurden. Ihm war klar: Diese Frau führte etwas im Schilde.

Ein Blick auf die Armbanduhr verriet ihm, es war genau 14:56 Uhr. Exakt zwei Minuten später stürmte die Frau aus dem Café wieder heraus. Soweit er das durch die Scheibe hatte sehen konnte, hatte sie nichts bestellt und mit niemandem geredet. Dafür trug sie ihre Handtasche irgendwie anders als auf dem Hinweg. Sie setzte sich in ihr Auto und fuhr so schnell davon, dass Kranz sich ihr Kennzeichen nur mit Mühe auf den Rand seiner Zeitung notieren konnte.

Jetzt musste sehr schnell gehandelt werden. Die hatte sicher eine Bombe in dem Café deponiert. Ein paar Sekunden schwankte er, ob er sofort die Polizei anrufen oder selbst tätig werden sollte. Er entschied sich für Letzteres, auch wenn er sich selbst damit in

Lebensgefahr brachte. *Manchmal muss ein Mann tun, was ein Mann eben tun muss.*

Er rannte in das Café. »Alle raus! Alle raus! Hier ist eine Bombe versteckt!«

An der dritten Ampel änderte Marlies ihre Meinung erneut. Ja, sie war zum Treffen mit Frank gekommen. Ja, sie hatte sich nach wenigen Minuten entschieden, ihn im Café doch einfach sitzenzulassen, wie er sie sitzengelassen hatte. Aber jetzt musste sie sich eingestehen, dass sie einfach zu neugierig war, was Frank von ihr wollte. Sie konnte ihn nach ihrem Treffen ja immer noch in die Wüste schicken.

Als sie ihr Auto ein zweites Mal vor dem Café parkte, fielen ihr die vielen Menschen auf, die in einer Gruppe herumstanden und diskutierten. Zwei Polizeibeamte sprachen mit einem aufgeregten Mann, der jetzt mit einer Zeitung auf sie zeigte und schrie: »In Deckung, das ist die Terroristin! Sie ist an den Tatort zurückgekehrt!« Seine Augen wanderten wild von ihr zum Café und wieder zurück.

War sie etwa in Dreharbeiten zu einem Krimi geraten?

Die Polizisten kamen auf sie zu. Was war hier los?

»Guten Tag, könnten wir mal bitte Ihren Ausweis sehen?«, verlangte der dickere. Er wirkte unaufgeregt und strahlte eine gewisse Gelassenheit aus. Sein jüngerer Kollege fummelte die ganze Zeit an seinem Funkgerät herum. Marlies konnte sich keinen Reim auf die Situation machen.

»Stimmt es, dass Sie vor zwanzig Minuten das *Café Flamme* betreten haben?«, fragte der jüngere mit einer dringlichen Stimme.

»Ja, das ist richtig.«

»Und können Sie uns auch erklären, warum Sie es dann kurze Zeit später wieder verlassen haben?«

War das ein Witz von Frank? Steckte er hinter den seltsamen Fragen der Polizisten?

»Ich wollte mich hier mit meinem Ex-Mann treffen, habe es mir dann aber anders überlegt«, antwortete Marlies wahrheitsgemäß.

Der Dickere lächelte heimlich unter seinem Bart. Für den jüngeren Polizisten schien ihr Grund nicht nachvollziehbar zu sein. »Sie sind aber jetzt wieder zurückgekommen?«, fragte er nach.

»Sie haben es sich dann doch wieder anders überlegt«, stellte der Dickere amüsiert fest.

Marlies reicht es jetzt. »Was ist denn hier überhaupt los? Warum muss ich zwei Polizisten gerade jede meiner Entscheidungen der letzten halben Stunde erklären?«

»Dieser Herr glaubt, auffälliges Verhalten Ihrerseits beobachtet zu haben.«

Hatte sie das richtig gehört? »Auffälliges Verhalten? Meinerseits? Inwiefern?«, fragte sie halb erstaunt, halb entrüstet.

»Sie waren nervös, und Sie haben nichts bestellt! UND Sie haben Ihre Handtasche seltsam getragen!«, ereiferte sich Herr Kranz, der sich vorsichtig genähert und ihr Gespräch mit den Polizisten offensichtlich belauscht hatte.

Was wollte der denn? »Ich habe mich heute Nacht verlegen«, sagte Marlies unwirsch. »Mir tut der Nacken weh, deshalb trage ich meine Tasche so.«

Der Mann trat einen Schritt zurück, schwitzte auf einmal sichtlich. »Mir kam das seltsam vor. Ich meine, man … man liest doch immer von solchen Attentaten«, stammelte er. »Hinterher … hinterher sagen dann alle, das sei ihnen gleich komisch vorgekommen, aber niemand, niemand macht etwas! Ich wollte nur helfen!«

Marlies hörte seine Worte mit wachsendem Erstaunen. Dann lenkte sie Franks Gesicht ab, das hinter dem langsam sichtlich zerknirschten Mann aufgetaucht war. Er winkte ihr verstohlen mit einem kleinen Blumenstrauß zu. Ohne es zu wollen, lächelte sie.

Der Mann deutete das wohl als Versöhnungsgeste, denn er lächelte ebenfalls.

Der jüngere Polizist lächelte nicht, sondern steckte sein Funkgerät weg.

»So, dann hat sich die Angelegenheit geklärt«, sagte der dickere und sah den Mann fragend an. Als dieser nickte, wandte er sich an die Umstehenden: »Sie können wieder reingehen und weiter Kuchen essen. Es gibt keine Bombe. Alles im grünen Bereich.«

Grinsend sah er Marlies und Frank nach, die mit den anderen ins Café gingen. Marlies spürte seinen Blick und ärgerte sich etwas.

Sie wählte einen Tisch weit weg vom Fenster.

»Hast du mitbekommen, was los war? Es gab eine Bombendrohung?« Kopfschüttelnd reichte Frank ihr die Blumen.

Marlies hätte sich einen anderen Einstieg in ihr Gespräch gewünscht. Er schenkte ihr die Blumen mit einer Belanglosigkeit, als würde er ihr das Salz reichen. »Irgendjemand hat sich wohl auffällig verhalten«, antwortete sie schwammig. Frank musste nicht wissen, dass sie der Grund für den ganzen Tumult war.

Er bestellte einen Cappuccino für sich und einen Latte Macchiato für sie, genau das, was sie selbst auch gewählt hätte. Es tat ihr weh. Niemand kannte sie so gut wie er. So viele Jahre … Wenn er sie jetzt zurückwollte, konnte sie dann wirklich Nein sagen?

»Du wolltest mich treffen?«, fragte sie, um etwas zu sagen.

Er sah sie an und strich sich verlegen übers Kinn. Eine vertraute Geste.

»Wir sind jetzt schon so lange getrennt. Ich vermisse dich«, ihr Herz schlug schneller, »als Freundin.«

Wie bitte?

»Du kennst mich so gut, und du bist eine Frau, ich dachte, du kannst mir helfen mit«, er zögerte kurz, bevor er ihren Namen nannte, »Nadine.«

Er sah sie treuherzig an.

Marlies rang um Fassung. Ihre Getränke kamen, und sie nutzte die Gelegenheit, um sich schnell auf die Toilette zurückzuziehen.

Sie schaute in den Spiegel, eine verletzte, wütende Frau blickte sie an.

Die Gedanken und Gefühle rasten durch ihren Kopf. Wie gerne würde sie jetzt eine Schwarzwälder Kirschtorte bestellen und ihm ins Gesicht klatschen. Sie sollte ihn beraten, damit es mit seiner neuen Flamme besser lief? Sie? Nachdem er sie mit ihr betrogen hatte? Der traute sich was!

Sie stützte sich kopfschüttelnd am Waschbecken ab.

Es war so absurd. Erst kam Nadine zu ihr und wollte Rat, jetzt Frank. Das war doch kein Zufall.

Sie stöhnte, als sie auf dem Boden einen Glückscent entdeckte. Sie kickte ihn mit ihrem Schuh unter der Tür durch auf den Flur.

Was machte denn der Zettel auf dem Boden? Hatte der Engel ihr etwa eine Nachricht hinterlassen?

Sie hob ihn auf und musterte ihn.

Eddie would go

Sie wusste sofort, was gemeint war, denn ihr Sohn hatte alles über die Surflegende Eddie Aikau gelesen und ihr von ihm erzählt. Er war Rettungsschwimmer auf Hawaii und wagte sich selbst bei sehr gefährlichen Bedingungen in die Wellen, um Menschen das Leben zu retten. Wenn alle anderen zum Strand zurückpaddelten, warf er sich in die Brandung.

Eddie would go.

Sie konnte Frank eine Torte ins Gesicht werfen, sie konnte das Café einfach verlassen. Es war ihre Wahl. Sie atmete tief durch und warf sich in die Wellen.

Er schob ihr den Latte Macchiato zu, als sie sich setzte.

»Das ist nicht leicht für mich, Frank.« Sie schaute ihrem Ex-Mann in die Augen.

»Marlies«, er nahm ihre Hand, »wenn du ehrlich bist, willst du mich gar nicht zurück.«

Sie nickte. Er hatte recht. Die Idee von ihm und ihr als Einheit – die wollte sie zurück, nicht Frank.

»Du fehlst mir, Marlies«, wiederholte er, »als Mensch, als Freundin!«

Sie verdrehte die Augen. *Eddie would go.* »Was läuft denn schief mit Nadine?«

»Am Anfang war alles großartig, doch seit dem Wochenende macht sie mich wahnsinnig«, begann Frank zu erzählen. Nadine hatte ihr auf Sylt offenbar gut zugehört und alles, was Marlies ihr geraten hatte, in die Tat umgesetzt.

Sie schämte sich. Frank verstand nicht, warum Nadine auf einmal so furchtbar anstrengend geworden war.

Marlies erinnerte sich an das, was Nadine ihr anvertraut hatte. »Vielleicht fühlt sie sich von dir nicht genug wertgeschätzt«, sagte sie sanft. »Du musst einfach mal aus deiner Komfortzone herauskommen! Räum den Tisch ab, wenn sie gekocht hat, und nicht nur bis zur Spülmaschine. Einräumen, anmachen, und dann machst du die Küche sauber.«

Er lehnte sich mit verschränkten Armen zurück. »Du redest von uns früher!«

»Hast du dich etwa geändert?«

Er kniff die Augen zusammen.

»Frank, du wolltest einen Rat. Du willst, dass es funktioniert, oder etwa nicht?«

»Ja, schon, aber du musst ja nicht gleich so auf mich losgehen.«

Marlies trank von ihrem Kaffee. Frank war noch nie kritikfähig gewesen. Vielleicht würde es helfen, wenn sie erzählte, wer Nadine diese miesen Tipps gegeben hatte. Vielleicht auch nicht, denn Nadine war schon vor ihren vermeintlichen Ratschlägen unzufrieden gewesen. Außerdem war ihr dieses Geständnis etwas zu viel Brandung.

Er sah sie bittend an. »Kannst du nicht mal mit Nadine sprechen?«

»Wozu? Damit ich ihr sage, er ist halt so?« Sie lehnte sich in ihrem Sitz zurück. »Frank, du musst etwas ändern, sonst wird das mit keiner Frau jemals klappen.«

Er trank von seinem Cappuccino und schaute eine Weile in die Ferne, dann stand er schweigend auf und ging zur Theke.

Marlies kannte das. Er hatte genug, würde bezahlen und gehen. Nun, immerhin hatte sie es versucht. Sie trank ihren Latte Macchiato aus und griff nach ihrer Handtasche. Als Frank zum Tisch zurückkam, stand sie auf, um sich zu verabschieden. Doch zu ihrer Überraschung stellte er zwei Stücke Kuchen und einen weiteren Kaffee für sie ab, außerdem einen Stapel Servietten.

»Los, setz dich wieder hin«, sagte er, setzte sich und wies einladend auf den Tisch. »Sag mir, was genau ich ändern soll. Ich schreibe mit.« Er nahm eine der Servietten, zückte den Kugelschreiber, den sie ihm vor Jahren einmal zum Geburtstag geschenkt hatte, und sah sie erwartungsvoll an.

Marlies lächelte und zeigte auf den Stapel. »Die werden nicht reichen!«

Hartmut Kranz hatte seinen Geldbeutel von zu Hause geholt und stand jetzt seit einigen Minuten vor dem Café. Wenn er es heute nicht schaffte hineinzugehen, als sei nichts passiert, würde er es nie wieder schaffen. Das war wie mit Reitunfällen: Man musste sofort wieder in den Sattel. Es wäre einfach zu schade, der Pflaumenkuchen hier war legendär.

Eventuell würde es ja schon reichen, wenn er im Café die Toilette besuchte. Die war direkt am Eingang, und man konnte sie unbemerkt von allen anderen Gästen betreten. Kranz nahm sich zusammen und steuerte auf die Eingangstür zu. Wie ein Dieb schlich er sich in den Toilettengang. Jetzt war er zwar drin, aber sein Herz pochte wie verrückt. Was, wenn jemand kam und ihn entdeckte und so was rief wie: »Ach, der Verrückte, der terroristische Anschläge vorhersieht!«

Sein Hals wurde eng. Er musste hier raus. Alles drehte sich.

Er setzte sich auf dem Boden, um nicht umzukippen. Er hatte doch nur helfen wollen. Helfen war offensichtlich nicht so leicht, wie man immer dachte.

Das Sitzen tat ihm gut. Er spürte etwas Kleines, Hartes unter seiner Handfläche. Ein Glückscent. Er lächelte.

Er war kein Mann, der an Zeichen glaubte, aber dass ein Glückscent nichts Schlechtes bedeutete, war auch ihm klar. Er stand langsam auf, schritt mitten ins Café, setzte sich an einen Tisch und bestellte ein Stück Pflaumenkuchen.

Der Glückscent in seiner Hand wurde langsam warm.

Aus den Schluffen kommen

Marlies, Gitta und Cornelia trafen sich in der *Pizzabande*, einem hippen Restaurant, in dem man an hohen Tischen sitzen und dabei den jungen Männern, die hinter einer halbhohen Theke Pizza backten, auf ihre Knackärsche gucken konnte. Die drei fühlten sich zuerst ein bisschen fehl am Platz. Gitta hatte die Location ausgesucht, weil sie einigermaßen in der Mitte ihrer Wohnorte lag. Cornelia hatte einen Notruf gestartet. Sie musste nach der Kündigung einfach mit ihren alten Freundinnen persönlich sprechen, und Gitta hatte, wie immer, sofort die Organisation übernommen.

Jetzt saßen sie auf einer hohen Eckbank, nippten an Limonadenflaschen und ereiferten sich über Cornelias Chef.

»Der größte Witz dabei ist«, Cornelia senkte die Stimme, »dass mich nur eine Nacht davor unser Engel besucht hat!«

»Was hat er gesagt?«, zischte Gitta neugierig über den Tisch.

»Er hat mich dafür gelobt, wie ich Liz geholfen habe, und meinte, es gebe einen guten Plan für alle, auch für mich.«

»Hat er auch gesagt, wie dieser Plan aussieht?« Marlies hing buchstäblich an Cornelias Lippen. Es war eine gute Nachricht, dass Conny der Engel erschienen war. Bis jetzt hatte Marlies befürchtet, dass sein Erschienen, wie bei einem Geist, an das Reetdachhaus auf Sylt gebunden sei. Ob Cornelia in seinen Armen eingeschlafen war? Marlies hatte ihre kleine Verliebtheit zwar inzwischen überwunden, wollte eine solche Erinnerung aber trotzdem mit niemandem teilen.

»Nein, natürlich nicht«, antwortete Cornelia. »Er sagte, ich solle vertrauen, auch wenn die Dinge mal nicht so laufen, wie ich mir das wünsche. Angesichts der Tatsache, dass ich jetzt arbeitslos bin, fühlt sich das an wie ein Witz!«

»Das sehe ich anders. In deinem konkreten Fall heißt das: Du musst dir keine Sorgen um deine Zukunft machen, obwohl du gerade rausgeflogen bist«, fasste Gitta zusammen.

»Ach wirklich?« Cornelia knibbelte ein Stückchen von ihrem Limonadenetikett ab.

»Ich habe mit meinem Nachbarn geschlafen«, platzte Marlies in die Pause hinein, die gerade entstanden war.

»Mit dem Tiefenborn?«, fragte Gitta

»Wann? Wie?« Auch Cornelia wollte sofort alles wissen.

Marlies erzählte mit glühenden Wangen. Sie unterbrach ihre Erzählung kurz, als ihre Pizzen kamen. Sobald der Kellner wieder außer Hörweite war, redete sie weiter. Sie erzählte vom Wohnzimmerteppich und von Pits Amnesie. Sie erwähnte das liebevolle Frühstück und kam dann zu Frank und dem Glückscent mit dem Zettel. »Und dann habe ich mir gesagt, *Eddie would go*, habe mich zusammengerissen und mich der Situation gestellt«, endete sie.

»Mann, Mann, Mann! Das muss ich erst mal alles verdauen, was ihr hier heute auspackt!« Gitta bestellte sich aufgeregt noch eine Limonade.

»Und Frank hat wirklich mitgeschrieben? Auf der Serviette?«

»Anfangs, ja. Dann wurde er allerdings wieder sauer, und am Ende hat er alles in kleine Fetzen gerissen und ist gegangen.«

»Typisch Frank«, fand Gitta.

»Und wie geht es dir jetzt damit?«, fragte Cornelia.

Marlies überlegte. »Ich weiß jetzt wenigstens, dass ich ihn nicht mehr zurückwill. Mir ist noch mal ganz deutlich klar geworden, was mir in der Ehe mit ihm gefehlt hat. Nadine macht jetzt etwas Ähnliches durch, und ehrlich gesagt beneide ich sie nicht!«

»Ich finde es toll, dass du es versucht hast!« Conny hob ihre Limonadenflasche, und alle stießen an.

»Was ist eigentlich aus Liz geworden?«

»Das war auch nicht ganz einfach«, begann Conny und erzählte von Liz' Aufnahme in die Band und dem schwierigen Gespräch mit ihren Eltern.

»Du hast sie echt dazu gebracht zu unterschreiben? Das hätte ich meiner Tochter nie erlaubt!«, sagte Gitta.

»Das weißt du nicht, Gitta. So was kann man immer erst in der Situation beurteilen.«

»Hättest du es deinen Kindern erlaubt, Marlies?«

Marlies zuckte mit den Schultern. »Vielleicht, vielleicht nicht. Kommt ganz drauf an, wie ihr Weg gewesen wäre. Bei einer Spinnerei sicher nicht, aber wenn sich das über Jahre abzeichnet und genau ihr Ding ist, dann eventuell schon.«

Marlies und Cornelia nickten einander zu. Einen Moment lang fühlte sich Gitta ausgegrenzt, deshalb erzählte sie rasch von Sarah und ihren zwei Männern. »Schwierige Situation. Da möchte man auch nicht unbedingt tauschen«, befand sie.

»Wäre dann doch viel einfacher, das Kind mit dem biologischen Vater großzuziehen«, sagte Cornelia pragmatisch.

»Ja, nur den liebt sie nicht«, antwortete Gitta. »Sie liebt ihren Mann, und der kann sich mit dem Kinderthema nach wie vor nicht anfreunden.«

»Dass alles immer so kompliziert sein muss!« Marlies sägte sich mit ihrem Messer ein zu großes Stück von ihrer Pizza ab und hatte dann Mühe, es in den Mund zu bekommen.

»Bis du jetzt eigentlich in Herrn Tiefenborn verliebt?«, fragte Gitta.

Marlies war ganz froh, dass ihr Mund gerade so voll war, dass sie unmöglich antworten konnte.

»Leute, können wir ganz kurz noch mal auf mein Problem zurückkommen?«, schaltete sich Cornelia ein. »Ich verdiene ab nächsten Monat kein Geld mehr. Was soll ich tun?« Unglücklich starrte sie auf ihre Pizza.

Marlies drückte ihre Hand. »Du vertraust dem Engel. Und wenn alle Stricke reißen, ziehst du bei mir ein. Mein Haus ist sowieso viel zu groß. Und meine Katze kommt offenbar auch nicht mehr nach Hause.«

»Das ist lieb, danke. Was ist denn mit Mrs. Winterbottom?«

»Ist sie tot?«, fragte Gitta und bereute ihre Frage im selben Moment.

Marlies hob abwehrend die Hände. »Ich hoffe nicht, dass sie tot ist. Vielleicht hat sie sich einfach ein neues Zuhause gesucht, nachdem ich so lange auf Sylt war.«

»Fehlt sie dir?«, fragte Gitta mitfühlend.

»Ja. Ich habe schon im Tierheim nachgefragt und gucke jeden Tag nach, ob sie nicht doch zurückgekehrt ist. Es fühlt sich so an, als wollte niemand mehr mit mir in diesem leeren Haus leben. Nicht einmal eine Katze.« Sie seufzte. »Auf alle Fälle bekommt ihr eure Aufgaben um Welten besser hin als ich meine.«

»Vielleicht rufst du Nadine mal an?«, schlug Gitta vor.

»Vielleicht«, sagte Marlies wiederwillig.

Als die Pizzen längst gegessen waren und auch das Tiramisu, das sie sich geteilt hatten, begannen die Kellner, die Tische abzuwischen, und machten deutlich, dass es Zeit war zu gehen.

Die drei trennten sich ungern. Vor allem Marlies wollte nicht nach Hause. Es war so schön gewesen, das Gemeinschaftsgefühl von Sylt wieder zu spüren, zu wissen, dass man nicht allein mit seinen Aufgaben und Problemen war.

Hannes Walthers Welt war aus den Fugen geraten. Sein alter Freund Rainer hatte es tatsächlich geschafft, seine Birgit auf die Insel zu locken. Jetzt saßen die beiden kichernd und flirtend im *Lütt Hüs*. Wie konnte das sein? Hannes nippte an seinem Flens und versuchte, den aufsteigenden Neid mit dem Bier herunterzuspülen. Es gelang ihm nicht. Wenn Rainer Elpenhorst es schaffte, eine Frau zu bezirzen, dann stimmte etwas nicht. Rainer bezirzte nur allein und in geschlossenen Räumen sein Mikrofon, und selbst das nicht besonders gut.

Hannes fühlte sich schäbig. Er wusste, er sollte sich für seinen alten Freund freuen, statt sich darüber aufzuregen, dass diesem gerade gelang, woran er selbst gescheitert war: mit seiner Traumfrau anzubändeln.

Er zahlte und verließ das Lokal, ohne dass die beiden Verliebten davon merklich Notiz nahmen.

Er ließ sein Auto stehen und ging zu Fuß nach Hause. In seiner Wohnung machte er zehn Liegestütze, fühlte sich danach aber nicht besser. Er machte noch mal zehn, auch das half nicht. Er fühlte sich alleingelassen. Richtig allein. So allein, als sei die Insel menschenleer und nur der unnachgiebige Wind und er wären noch übrig. Rainer und er, das war eine Leidensgemeinschaft gewesen, auf die man sich verlassen konnte. Rainer war immer ein kleines Stück unbeholfener und weltfremder gewesen als er, was Frauen anging. Und jetzt schleppte er tatsächlich die schöne Birgit Feddersen ab? *Unfuckingfassbar!* Das Wort hatte er einmal von einem Popsänger im Fernsehen gehört. Jetzt passte es.

Er wünschte, Rainer würde es vermasseln und sie könnten nächste Woche wieder gemeinsam im *Lütt Hüs* sitzen und sich gegenseitig erzählen, wie sehr sie ihre Traumfrauen vermissten. Rainer seine Birgit und Hannes seine Cornelia.

»Das ist doch Schwachsinn. Hör auf damit!«, murmelte er vor sich hin und rieb sich die schmerzenden Oberarme. »Rainer ist dein Freund, er hat sein Glück verdient!«

Er musste dringend raus hier, etwas tun.

Er schnappte sich seine Jacke und verließ die Wohnung. Er lief los und stand plötzlich vor Frau Brunnemeiers Haustür.

Sie öffnete auf sein Klingeln in ihrem klassischen Abendoutfit. »Herr Walther! Ist was passiert?« Sie raffte ihren geblümten Morgenrock sorgenvoll zusammen.

»Nein, Frau Brunnemeier, alles in Ordnung«, sagte er schnell, um sie zu beruhigen. »Ich komme nur zu einer … Routineuntersuchung. Wegen dem … äh … Kellerfenster.«

Ihre kleinen, wachen Augen blitzten auf. Sie fragte nicht, warum er um diese Uhrzeit kam, sie fragte nicht, wo seine Uniform war, sie bat ihn einfach herein und stellte ihm einen Tee und Butterkringel hin.

Er sah sie dankbar an. »Wenn es Ihnen nichts ausmacht, hätte ich heute gerne einen Schnaps. Ich bin zu Fuß – und nicht im Dienst.«

Sie lächelte und wackelte zu einem Mahagonischränkchen, aus dem sie eine Flasche Marillenschnaps und zwei Gläschen nahm.

Hannes brauchte drei Schnäpse, bis er erzählen konnte, was ihm auf dem Herzen lag.

Frau Brunnemeier hörte ihm aufmerksam zu. Dann nickte sie. »1953 – Mareike Dümmel«, begann sie, als müssten ihm diese beiden Stichworte etwas sagen. »Sie war meine beste Freundin. Wir konnten beide nicht werfen. Sie holte im Sommer '53 bei den Bundesjugendspielen eine Ehrenuhrkunde. Vierzig Meter weit hat das Luder geworfen! Plötzlich, einfach so!« Auf diese schockierende Erinnerung genehmigte sich Frau Brunnemeier noch einen Schnaps.

»Wie hat sie das gemacht?«, wollte Hannes wissen.

»Was weiß ich, heimlich trainiert, vermutlich. Entscheidend ist, was ich gemacht habe.«

»Was haben Sie gemacht?«, fragte Hannes, dem nach den Schnäpsen und seinem Bier etwas schwummrig war, wenig originell.

»Ich habe auch trainiert. Das ganze Jahr über. Ich habe alles geworfen, was mir vor die Füße kam. Geworfen und geworfen.« Sie deutete mit ihrem dünnen Arm eine Wurfbewegung an. »Schauen Sie her.« Sie zerrte ihn von seinem Stuhl.

Das Zimmer schwankte leicht, als er ihr zum Fenster folgte. Sie nahm einen Apfel vom Tisch, öffnete das Fenster und warf ihn in die Nacht. Er flog weit und landete schließlich dem Geräusch nach auf einem Autodach.

»Hoppla«, sagte die alte Dame vergnügt.

»Das gab sicher … sicher eine Beule, das muss ich aufnehmen«, sagte Hannes und hielt sich am Fensterbrett fest.

»Sie, junger Mann, müssen keine Beulen aufnehmen, sondern trainieren!« Sie pikste ihn mit ihrem knochigen Zeigefinger in die Brust.

Hannes verstand nicht, was sie meinte. Er hatte doch vorhin zwanzig Liegestütze absolviert, und im Weitwurf machte ihm niemand etwas vor. Zum Beweis nahm er einen Apfel und feuerte ihn in die Nacht hinaus. Ein zweites Mal ertönte das metallische Geräusch eines Autodachs.

»Treffer!«, johlte Frau Brunnemeier.

Kurz freuten sich beide über ihren Werferfolg, dann kam Hannes zur Besinnung. »Das … muss ich auch aufnehmen. Vermutlich dasselbe Autodach. Sie werfen wirklich erstaunlich weit, Frau Brunnemeier.«

»Sie müssen trainieren!«, sagte sie wieder. »Nicht Weitwurf, das können Sie schon, das mit den Frauen!«

Hannes ließ sich aufs Sofa fallen. Er war auf einmal furchtbar müde. »Wie soll ich das denn … *trainieren?*«

»Fahren Sie ihr hinterher! Rufen Sie sie an! Tun Sie was! Kommen Sie aus den Schluffen!«

»Aus den Schluffen kommen«, wiederholte Hannes und zog automatisch seine Schuhe aus.

»Ja, kommen Sie endlich aus Ihren Schluffen, und erobern Sie diese Frau! Was dieser Elpenhorst kann, können Sie schon lange. Mareike Dümmel hat nie …«

Hannes erfuhr nicht mehr, was Mareike Dümmel nie hatte. Er sank auf Frau Brunnemeiers bequemem Sofa in den Schlaf und träumte von riesigen Melonen, die er Cornelia zuwarf.

Cornelia versuchte in den nächsten Tagen tapfer, zu vertrauen und gleichzeitig ihre Existenz zu retten. Einige Gesangsschüler sicherten ihr zwar ihre grundsätzliche Bereitschaft zu, bei ihr künftig privaten Unterricht zu nehmen, der nicht über die Musikschule lief, aber alle hatten Verträge, die sie ein weiteres halbes Jahr an die Musikschule banden. Wie sollte sie das halbe Jahr überbrücken? Sie inserierte im Internet, bewarb sich hier und da, alles ohne Erfolg.

Tagsüber schaffte sie es einigermaßen, ihre Ängste im Griff zu haben, aber sobald es dunkel wurde, schwand ihre Zuversicht, auch an diesem Abend. Ihr Rücken tat weh, weil sie stundenlang in gebückter Haltung vor ihrem kleinen Laptop am Küchentisch gesessen hatte, um Stellenanzeigen durchzulesen, in der aberwitzigen Hoffnung, dass jemand eine erfolglose Sängerin suchte, die er anstellen konnte.

»Ich bin geliefert«, sagte sie zu den zwei Bananen in ihrer Obstschale.

Sie hielt sich eine der Bananen ans Ohr, als handele es sich bei ihr um einen Telefonhörer aus der guten alten Zeit. »Hallo, ist da der Engel? Ich hätte da eine Frage: Wie soll man vertrauen, wenn gerade alles absehbar den Bach runtergeht?«

Sie zuckte zusammen, als ihr echtes Telefon klingelte.

Ein Anruf mit unterdrückter Nummer. Wer mochte das um diese Zeit noch sein?

Sie nahm den Anruf an und ließ die Banane sinken. »Hallo?«

»Ich bin's. Wir könnten auch mit der Banane weitertelefonieren, aber ich wollte dich nicht erschrecken.«

»Wer ist da?«, fragte sie, obwohl sie es bereits wusste.

Der Engel ignorierte die Frage und kam gleich zum Wesentlichen: »Conny, Vertrauen ist nur dann Vertrauen, wenn du nicht weißt, wie es ausgeht. Wenn es schon so aussieht, als würde alles gut, musst du nicht vertrauen, es ist ja absehbar. Richtiges Vertrauen beginnt dann, wenn es nicht absehbar ist.«

»Das heißt, ich soll zugucken, wie alles den Bach runtergeht, und blind darauf vertrauen, dass es gutgeht? Ich soll einfach nichts tun, oder was?«

»Du tust doch alles. Vertrau darauf, dass das genug ist.«

»Es ist aber nicht genug! Das sehe ich doch!« Cornelia wurde lauter.

Der Engel stöhnte. »Ihr Menschen seht und wisst immer alles!«

»Du kannst mir nicht garantieren, dass ich einen neuen Job finde, richtig?«

»Ja.«

»Und trotzdem soll ich darauf vertrauen, dass alles gut wird?«

»Ja.«

»Das ist Irrsinn.«

»Aber andersherum ist es kein Irrsinn?«

»Wie meinst du das?«

»Du vertraust einem Engel nicht, obwohl er dich über ein Bananentelefon hört. Du glaubst, dass alles den Bach runtergeht. Du suchst jeden Abend verzweifelter Stellenanzeigen ab, wirst immer nervöser, machst dich völlig verrückt. Ist das besser?«

Cornelia schüttelte schweigend den Kopf.

»Na, also.«

»Du kannst mich sehen?«

Der Engel seufzte.

Sie strich sich nervös eine Haarsträhne aus dem Gesicht. »Ich lege jetzt auf und vertraue … vielleicht.«

»Du hast die Wahl. Mach, was du willst.«

»Kannst du nicht noch was Nettes sagen?«

»Dafür bin ich zwar nicht zuständig, aber bitte: Sing mal *Auld Lang Syne.*«

»Darf ich fragen, warum?«

»Ich mag das Lied und höre deine Stimme gern.«

Conny lächelte und beendete das Gespräch, indem sie auf den roten Knopf drückte. Ihr Bananentelefon legte sie zurück in die Schale. Sie sah aus dem Fenster und in den dunklen Abend, richtete sich auf und stimmte das Lied an, das der Engel sich gewünscht hatte: *»Should auld acquaintance be forgot, and never brought to mind?«*

Sie sang langsam und klangvoll den Himmel und die Sterne an. Strophe für Strophe sang sie für den Engel, und mit jeder Silbe ging es ihr besser.

Nach und nach legte sich ein großer Frieden über sie.

»Habe ich das richtig verstanden? Du fährst jetzt siebzig Kilometer, um mit dieser Sarah zum Ultraschall zu gehen, und danach noch einmal siebzig Kilometer zurück?«

»Das hast du richtig verstanden.« Gitta funkelte ihren Mann an.

»Warum?«

»Wie oft soll ich das denn noch erklären! Jens will nicht mitkommen, und Thomas soll nicht. Also springe ich ein.« Gitta versuchte, sich an Michael vorbeizudrängen, aber er stellte sich ihr in den Weg.

»Gitta, das ist keine gute Idee.«

»Das lass mich mal selbst entscheiden«, sagte Gitta wütend und schob ihn zur Seite.

Er gab auf, ließ sie vorbei und sah zu, wie sie in den alten Volvo stieg. Sie hatten nur dieses Auto, aber das war nicht schlimm, denn Michael konnte auch mit dem Fahrrad zur Arbeit fahren. Er liebte die alte Karre und auch, wie klein seine Frau hinter dem Steuer aussah.

Sie kurbelte das Fenster herunter. »Ich hab dir eine Guacamole gemacht, steht im Kühlschrank.« Es klang selbst in ihren Ohren wie ein Vorwurf.

Michael seufzte. Er würde ihr in diesem Leben nicht mehr begreiflich machen, dass er kein vorgekochtes Essen brauchte, wenn sie unterwegs war. »Pass auf dich auf!«, rief er ihr zu.

Gitta winkte mürrisch ab und fuhr los. Michael kannte sie einfach zu gut. Manchmal wäre ihr lieber, er würde nicht genau das aussprechen, was sie sowieso schon wusste. Es war tatsächlich keine gute Idee, Sarah zum Ultraschall zu begleiten. Die junge

Frau hatte Gitta auch nicht darum gebeten. Gitta hatte es vielmehr spontan angeboten, als Sarah ihr erzählte, dass sie allein hinmusste, während alle anderen Schwangeren jemanden an ihrer Seite hatten.

In Wartezimmer waren sie allerdings die Einzigen, die zu zweit gekommen waren.

»Die denken jetzt bestimmt alle, wir sind ein lesbisches Pärchen«, flüsterte Sarah ihr belustigt zu.

Gitta war jedoch viel zu beschäftigt damit, ihre Gefühle unter Kontrolle zu bringen, um auf Sarahs Scherz einzugehen. Sie fühlte sich plötzlich ganz leer. Jede zweite Frau hier hatte einen Kugelbauch.

LEBEN SCHENKEN stand groß auf einem Plakat neben einer Werbung für Darmkrebsvorsorge. Nannte man so was Werbung? War das eine Werbung dafür, sich fortzupflanzen, und das andere Werbung dafür, keinen Darmkrebs zu bekommen?

Gitta wusste nicht, wo sie hinschauen sollte. Jeder Blick stürzte sie aufs Neue ins Gefühlschaos. Während Sarah bald von der Sprechstundenhilfe zu einigen Voruntersuchungen aufgerufen wurde, blieb Gitta bei den anderen Kugelbäuchen zurück und atmete tief durch. Sie schnappte sich eine Zeitschrift und schlug wahllos eine Seite in der Mitte auf. Ein blühender Garten lachte sie an.

War das ein Zeichen? Sie nahm eine andere Zeitschrift, schlug auch hier wahllos eine Seite auf und landete bei einem Bericht über die Wechseljahre. *Drei Frauen erzählen, wie sie diese Zeit der Veränderung erleben.*

Das ist so typisch für ihn! Gitta musste sich ein Grinsen verkneifen, obwohl das Ganze durchaus etwas Tragisches hatte.

Ihr blieb keine Zeit, darüber nachzudenken. Sarah winkte ihr aus dem Flur zu, damit sie ihr ins Behandlungszimmer folgte.

Die Frauenärztin war eine patente Frau um die sechzig mit kurzen Haaren und einer schwarzen Brille. »Sind Sie die erfahrene Freundin, die heute Händchen hält?«, fragte sie herzlich, während sie auf Sarahs Unterleib Gel verteilte.

Gitta wurde gegen ihren Willen rot. *Die erfahrene Freundin!* »Nein, ich habe keine eigenen Kinder«, sagte sie leise.

»Ich auch nicht«, entgegnete die Ärztin fröhlich, als sei das ein gemeinsames Hobby von ihnen.

Als das kleine Wesen sich in Grautönen auf dem Bildschirm zeigte, herumturnte und mit den Armen winkte, liefen Gitta die Tränen die Wangen herunter. Auch Sarah schniefte. Ob sie sich schuldig fühlte, weil sie das Kleine nicht gewollt hatte? Oder weinte sie, weil ihr Mann weiterhin sein Herz verschloss und es nicht einmal sehen wollte?

Die Ärztin checkte den Herzschlag, die Menge des Fruchtwassers, den Zustand der Plazenta und erklärte dies und das, obwohl weder die Schwangere noch ihre Freundin in der Lage waren zuzuhören.

Am Ende bekamen beide ein Bild ausgedruckt.

Gitta weinte während der ganzen Rückfahrt. Sie drehte das Radio laut auf und ließ die Tränen einfach fließen.

Ein Teil von ihr war erstaunt, dass Michael zu Hause im Garten saß, obwohl er eigentlich auf der Arbeit sein müsste. Ein anderer Teil in ihr hatte gehofft, er würde da sein. Als er sie sah, stand er auf und umarmte sie lange und schweigend.

Als sie sich schließlich voneinander lösten, nickte Gitta und sagte leise: »Ich glaube, ich kann jetzt loslassen.«

Jetzt war Michael an der Reihe, feuchte Augen zu bekommen.

Der Findling

Ich werde das Haus verkaufen. Mit diesem Gedanken war Marlies aufgewacht. Sie hatte im Wintergarten eine kleine Yoga-Einheit absolviert. Nun lief sie durch die Zimmer und fragte sich, was sie mit all den Sachen anfangen sollte. Das ganze Haus glich einem Museum aus den letzten zwei Jahrzehnten. Die drei Kinderzimmer waren noch genau so, wie die Kinder sie vor Jahren verlassen hatten. Ab und zu nahmen sie noch etwas mit, im Gegenzug brachten sie aber auch alten Kram mit und parkten ihn wie selbstverständlich im Keller. Sie hatte ja auch unendlich Platz, während die Kinder in kleinen Wohnungen oder WG-Zimmern hockten.

Im Flur hingen unzählige Familienfotos. Marlies pflückte sich einen Armvoll, nahm nur die Bilder, die ihr am meisten bedeuteten. Ihr kam eine Idee: *So werde ich es mit dem ganzen Haus machen. Ich nehme nur ein paar Dinge mit, alles andere lasse ich hier.* Statt auszumisten, würde sie pflücken.

Sie würde ihre Kinder informieren, dass sie sich holen sollten, was sie haben und behalten wollten. Alles andere käme weg. Vielleicht fand sie ja jemanden, der alles für sie im Internet verkaufte. Es würde Theater geben, natürlich. Kein Kind ist begeistert, wenn sein Elternhaus verkauft wird.

Auch Pit würde enttäuscht sein. Und wo sollte sie eigentlich hinziehen? Sie machte sich einen Marmeladentoast und träumte ein bisschen davon, eine Strandbar auf Sylt zu eröffnen.

Es klingelte Sturm. War das Pit?

Erwartungsvoll öffnete sie die Tür.

Doch es war nicht Pit, sondern Nadine. Und sie sah nicht so aus, als wollte sie ihr Blumen bringen.

»Ich komme rein«, ordnete sie statt einer Begrüßung an. »Wir sind ja alte Freundinnen, aus Sylt, weißt du noch?« Ohne eine Antwort abzuwarten, rauschte sie an Marlies vorbei ins Wohnzimmer. Dort warf sie zwei Vasen an die Wand und versuchte dann vergeblich, den Couchtisch zusammenzutreten, der sich als erstaunlich widerstandsfähig erwies.

Marlies ging in die Küche und kehrte dann mit einem Messer zurück.

Nadine erschrak und hob die Hände.

»Zerkratzen könnte klappen.« Marlies deutete auf den Tisch und hielt ihr das Messer hin.

Nadine schüttelte den Kopf und ließ sich aufs Sofa fallen.

Marlies legte das Messer auf den unkaputtbaren Tisch und setzte sich ebenfalls.

»Du hast gewonnen, du kannst ihn wiederhaben«, keuchte Nadine, die von der Anstrengung ganz außer Atem war. »Das wolltest du doch, oder? Deine ganzen Tipps beim Essen waren …« Sie machte eine Handbewegung, die andeutete, wie schräg alles gelaufen war, was Marlies ihr geraten hatte.

»Ich weiß, und es tut mir auch leid.«

»Ja, sicher«, sagte Nadine ironisch.

»Es war falsch und egoistisch. Aber ich kenne auch nicht viele Frauen, die der Affäre ihres Mannes gut gemeinte Ratschläge geben würden.«

»Vermutlich nicht, nein«, gab Nadine zu. »Aber das ändert nichts. Ich hatte keine Ahnung, wer du bist. Ich habe dir vertraut!«

Marlies schaute sie an und dann schnell wieder weg.

»Er hat immer noch ein Foto von dir in seinem Geldbeutel. Ich habe es gestern gefunden.« Nadine erhob sich seufzend und ging zur Tür. »Wie gesagt, es hat funktioniert, du kannst ihn wiederhaben.«

»Was ist denn los?« Marlies stand auf und ging in Richtung ihrer Küche. »Du verlässt doch deine große Liebe nicht, nur weil seine blöde Ex dir Unsinn erzählt hat?«

»Er ist einfach so …«, Nadine rang nach Worten, »schwierig und egoistisch!«

»Komm, setz dich.« Marlies klopfte einladend auf den Hocker an der Küchentheke und warf die chromblitzende Kaffeemaschine an. »Ich mach uns erst mal einen Kaffee.«

Cornelia war nach dem Gesangsunterricht noch einkaufen gewesen. Sie wuchtete den vollgepackten Korb auf die Küchentheke und begann, die Sachen einzuräumen. Sie hatte viel zu viel gekauft, getrieben von der Panik, dass sie bald kein Geld mehr haben würde, um ihre Einkäufe zu bezahlen. Sie würde Marlies' Angebot annehmen müssen. Am besten kündigte sie ihre Wohnung schon bald. Sie hatte die üblichen drei Monte Kündigungsfrist, und es würde schon schwierig werden, für diese Zeit noch die Miete aufzubringen. Seufzend stapelte sie mehrere Nudelpakete in den Schrank.

Der Anrufbeantworter blinkte. Vielleicht hatte ihr der Engel eine Nachricht hinterlassen, oder eine ihrer vielen Bewerbungen wurde erhört. Hoffnungsvoll drückte Cornelia auf die Play-Taste.

»Sie haben zwei neue Nachrichten«, sagte eine Computerstimme.

»Nachricht eins: ›Frau Berger, hier spricht Worleben. Mir ist zu Ohren gekommen, dass Sie Schüler unserer Musikschule abwerben. Vielleicht ist es Ihnen nicht klar, aber Sie begehen damit eine Straftat. Ich werde Sie anzeigen, sollte ich noch einmal von einem solchen Fall Wind bekommen …‹«

Cornelia erfuhr nicht, was genau er in diesem Fall tun würde. Sie riss das Gerät aus der Steckdose und knallte es mit voller Wucht auf den Küchenfußboden. Es zerschellte in viele kleine Plastikteile.

Die zweite Nachricht, die von einem gewissen Hannes Walther war, würde nie jemand hören.

Gitta strich mit den Händen über den ovalen Findling, der seit ein paar Stunden in ihrem Garten lag. Er war so groß wie ein überquellender Wäschekorb. Seine Oberfläche fühlte sich rau an und erstaunlich warm. Gitta liebte Steine wegen ihrer Fähigkeit, die Sonnenwärme zu speichern. Dieser Stein hier war etwas Besonderes. Sie hatte ihn sich von Swobald liefern lassen, einem hageren Männlein. Oft konnte er den Stein mit dem Bagger nicht ganz an die gewünschte Stelle bringen. Er fuhr dann so weit ran, wie er konnte, legte den Stein ab, setzte ihn mit gekonnten Handgriffen in Bewegung und schwang ihn schließlich mit einer unglaublichen Technik zum richtigen Ort. Es sah lustig aus, wie Swobald Steine schwang und rollte. Man konnte gar nicht glauben, dass sein dünner Körper zu so etwas in der Lage war.

Michael hatte seine Frau mit dem Findling allein gelassen, um ihr den Raum zu geben, den sie in solchen Momenten brauchte, aber jetzt musste er sie doch stören.

»Hier ist jemand für dich, Schatz«, sagte er und kam mit Marlies in den Garten.

Gitta stand schnell auf, als hätten die beiden sie bei etwas ertappt.

Die Frauen umarmten sich.

»Tut mir leid, dass ich hier so unangemeldet auftauche, aber ich muss dir was erzählen!«, sagte Marlies. Sie deutete auf den Stein: »Ist der neu? Der ist schön! Sieht aus wie ein Denkmal für irgendetwas.« Sie schaut Gitta fragend an.

»Es ist eigentlich mehr ein Meilenstein, den ich gerne sichtbar machen wollte.« Gitta lächelte stolz in die Richtung des Steins. »Komm, ich mach uns etwas zu essen.«

An der Terrassentür wurden sie von Michael daran gehindert einzutreten. »Das wird schon erledigt, meine Damen!« Michael schob sie grinsend wieder in den Garten.

»Dürfen wir trotzdem reinkommen? Es ist wird kalt hier draußen!«, rief Gitta ihm nach.

»Nein, dann gibst du mir hundert Anweisungen, wie ich was zubereiten soll. Ihr müsst draußen warten, bis es Essen gibt!«, kam es vehement aus der offenen Küche.

Gitta holte kopfschüttelnd ein paar Decken.

Sie hatten sich gerade warm eingemummelt, als auch Cornelia den Garten betrat. »Das ist ja eine schöne Überraschung!« Gitta wickelte sich schnell wieder aus, um sie zu umarmen.

»Habt ihr echt gedacht, ihr könntet euch heimlich ohne mich treffen?«

Gitta ging noch eine Decke holen und erklärte dann zum zweiten Mal, warum ein Findling mitten auf dem Rasen lag.

Wie auf ein geheimes Stichwort hin fingen Marlies und Cornelia gleichzeitig an zu reden: »Ich verkaufe mein Haus.«

»Ich habe meine Wohnung gekündigt.«

»Was?«

»Du warst mein Rettungsanker, du hast doch gesagt, ich kann bei dir wohnen!« Cornelia schaute Marlies unglücklich an.

»Ja, natürlich. Du kannst immer bei mir wohnen, nur nicht in dem Haus. Ich ersticke darin. Es ist wie ein Museum. Ich muss neu anfangen!«

Gitta nickte verständnisvoll und wandte sich dann an Conny: »Und bei dir hat sich nichts getan?«

»Doch. Mein Chef will mich jetzt verklagen, weil ich versucht habe, Schüler abzuwerben.« Tränen traten ihr in die Augen.

»Das kann er dir doch gar nicht nachweisen. Das ist nur eine Vermutung von ihm, weil deine Schüler jetzt bei ihm kündigen.«

»Es sind nur drei. Davon kann ich sowieso nicht leben.«

»Du könntest auf Hochzeiten singen«, schlug Marlies vor.

»Oder Kurse für Schwangere anbieten, die ihrem Ungeborenem etwas vorsingen wollen«, ergänzte Gitta.

Marlies und Cornelia wechselten einen schnellen Blick. Normalerweise mied Gitta Wörter wie »Schwangere« und »Ungeborenes«. Der Findling ein paar Meter entfernt lächelte leise und unauffällig, wie es nur Steine können.

Im gleichen Moment rief Michael alle zum Essen ins Haus. Er hatte Guacamole und Hummus selbst gemacht und schnitt jetzt getoastetes Pitabrot in kleine Stücke, wobei er sich wiederholt die Finger verbrannte.

»Warte doch eben, bis es abgekühlt ist«, schimpfte Gitta.

»Man muss es warm essen«, erwiderte Michael und warf jedem ein paar Stücke auf den Teller.

»Frank hätte so was nie freiwillig gemacht«, sagte Marlies bewundernd und nahm sich etwas vom Tomatensalat mit Ziegenkäse, den Michael jetzt herumreichte.

»Ich wusste auch nicht, dass er das kann«, sagte Gitta und testete vorsichtig die Guacamole, die ganz fantastisch schmeckte.

»Du willst ja auch nie, dass ich koche«, antwortete Michael und schob ihr eine Gabel Hummus in den Mund.

»Das ändern wir ab heute!« Gitta gab ihm einen schnellen Kuss auf den Mund.

Cornelia musste plötzlich an Hannes denken. Wie schön es wäre, nach Hause zu kommen und ihn in seinem Wollpulli in der Küche zu treffen. Sie würden sich Sandwiches machen und über ihren Tag reden. Wo kamen plötzlich solche Gedanken her? Hatte sie nicht gerade ganz andere Sorgen?

»Nadine stand heute bei mir vor der Tür!«, sagte Marlies in die gefräßige Stille hinein.

»Das ist die Neue von ihrem Ex«, übersetzte Gitta für Michael, »und außerdem die Aufgabe, die unser Engel ihr zugewiesen hat.«

»Der Auftrag, den sie verbockt hat?«, fragte Michael grinsend.

Gitta warf ihm einen tadelnden Blick zu.

»Diesmal habe ich es nicht verbockt«, sagte Marlies schnippisch. »Dabei ist sie nur vorbeigekommen, um meine Einrichtung zu demolieren.«

»Echt? Erzähl!«, forderte Cornelia sie auf.

Marlies erzählte alles, auch von dem langen Gespräch, das die beiden Frauen in der Küche geführt hatten.

»War das schwer für dich?«, fragte Gitta, die sich an ihren Frauenarztbesuch erinnert fühlte.

»An manchen Stellen schon. Frank war am Anfang wohl unglaublich romantisch und hat sich viele schöne Sachen für sie ausgedacht. Da musste ich schon schlucken. Aber letztlich war ich einfach nur unheimlich froh, dass ich das alles nicht mehr an der Backe habe.«

»War das dann so ein Gespräch, bei dem ihr beide euch gegenseitig versichert habt, wie nervig Frank ist?«, wollte Michael wissen. »Das ist ja der Albtraum eines jeden Mannes: wenn sich die Ex und die Aktuelle verschwestern!«

Gitta rempelte ihn in die Seite. »Du siehst wieder nur den Männerteil!«

»Na, den sieht ja auch sonst keiner hier!« Er stopfte sich ein Stück Pitabrot mit Hummus in den Mund und grinste breit.

»Nein, so lief unser Gespräch auch nicht«, beruhigte Marlies ihn. »Diesmal wollte ich Nadine ja wirklich helfen. Also habe ich versucht, auch über seine guten Eigenschaften zu reden und darüber, wie sie ihm helfen kann, über seinen Schatten zu springen. Vielleicht schafft er das ja mit einer anderen Frau.«

»Warum hast du deine Meinung geändert? Warum wolltest du Nadine plötzlich helfen?«, fragte Conny.

Marlies dachte nach. »Weil es mir helfen wird, über Frank hinwegzukommen. Unsere Ehe ist ja am Ende nicht an Nadine gescheitert. Das haben wir schon selbst geschafft.«

Michael nickte anerkennend und reichte ihr zur Belohnung noch einmal die Salatschüssel. Marlies nahm lächelnd an.

»Meinst du, die beiden schaffen es?«, fragte Gitta.

»Ich weiß es nicht, aber die Chancen stehen, glaube ich, nicht schlecht.«

»Wo willst du denn hinziehen, wenn du dein Haus verkaufst?«, fragte Gitta.

Marlies seufzte. »Das weiß ich noch nicht. Ich weiß nur, dass ich da so schnell wie möglich rauswill.«

Cornelia starrte unglücklich auf ihren Teller.

»Ich werde immer ein Zimmer für dich bei mir haben, Conny«, sagte Marlies, »das habe ich dir doch versprochen.«

Cornelia nickte tapfer. »Ich weiß einfach nicht, wie mein Leben weitergehen soll.« Am liebsten hätte sie noch erzählt, wie sehr sie Hannes in letzter Zeit vermisste, aber da Michael mit am Tisch saß, schwieg sie.

Gitta hatte jedoch offenbar gemerkt, dass Cornelia noch etwas anderes belastete, denn sie sprach sie darauf an, als Marlies schon gefahren war und sie einen Moment allein im Flur standen: »Was ist eigentlich mit deinem Polizisten? Hat er sich mal gemeldet?«

»Nein.«

»Ruf du ihn doch an!«

Cornelia sah sie zweifelnd an. »Ich weiß gar nicht, ob er noch an mich denkt. Wir hatten ja gar nichts miteinander, ein einziges Frühstück, das mehr als holprig war. Und doch kann ich nicht aufhören, an ihn zu denken.«

Gitta dachte nach. Am liebsten hätte sie Hannes direkt persönlich angerufen, aber genau ihr Aktionismus hatte Cornelia und Hannes auf Sylt auseinandergebracht. »Ruf ihn an, wenn dir danach ist«, sagte sie deshalb. »Seine Nummer steht garantiert im Telefonbuch. Was hast du zu verlieren?«

Cornelia nickte, umarmte sie zum Abschied und machte sich auf den Weg zur Bushaltestelle. Es war kalt. Sie steckte sich schnell eine Pastille in den Mund. Es hatte gutgetan, ihre Freundinnen zu sehen. Sie war froh, dass Marlies ihr weiterhin eine Bleibe anbot, aber letztlich konnte das nur eine vorübergehende Lösung sein. Was sie brauchte, war eine echte Perspektive.

Als sie ihre Wohnung betrat, war es, als hätten alle Probleme hinter der Tür auf sie gewartet. Sie überfielen sie von allen Seiten. So würde sie nicht einschlafen können.

Erst einmal Ordnung machen, dachte sie. Sie fegte den kaputten Anrufbeantworter zusammen und warf ihn in den Müll. Dann zündete sie eine Kerze an und sang *Auld Long Syne*. Es klang viel kraftvoller, als sie sich fühlte.

Es konnte einfach nicht sein, dass sie mit der Musik auf einem Holzweg war. Es durfte nicht sein.

»Ich verstehe das alles nicht, aber ich vertraue dir«, sagte sie in den Himmel.

Hannes Walther war in die Schluffen gekommen, wie es ihm Frau Brunnemeier geraten hatte. Seine Nachricht auf Cornelias Anrufbeantworter war kein verwirrter »Rainer-Elpenhorst-Anruf« gewesen. Er hatte vorher genau überlegt, was er sagen wollte, und hatte sich einen Text geschrieben. Er hatte Cornelia sein Herz zu Füßen gelegt. Man musste etwas wagen im Leben, man musste trainieren, sonst würde man niemals vierzig Meter weit werfen. Er war über sich hinausgewachsen.

Er hatte nicht damit gerechnet, wie hart es sein würde, auf ihren Rückruf zu warten. Er ging nicht einkaufen und mied auch seine Stammkneipe, um ihren Anruf ja nicht zu verpassen. Er hatte ihr seine Handynummer auf den AB gesprochen, und jetzt bewachte er Festnetz und Mobiltelefon gleichermaßen wie einen Goldschatz. Ständig checkte er, ob er Empfang hatte und hörte seine Mailbox ab, auf der sich nichts befand.

Beim Duschen stellte er zwischendurch immer wieder das Wasser ab und lauschte panisch. War das nicht ein Klingeln gewesen?

Als das ersehnte Klingeln endlich kam, war er schon fast eingeschlafen. Er schreckte hoch, warf vor lauter Hektik seine Nachttischlampe um und fand mit zitternden Fingern das Telefon.

»Ja, hallo, Walther hier«, sagte er schnell. Er lauschte kurz und sank dann enttäuscht in seine Kissen zurück. Eine Männerstimme verlangte nach einer Frau Schnallenberg.

Jemand hatte sich verwählt.

Marlies und Pit saßen am Wasser und schauten auf den Fluss. Sie hatten einen der begehrten Tische am Fenster ergattert. Pit machte ihr Komplimente und gab den Charmeur, doch Marlies war nicht wirklich bei der Sache.

»Wir könnten unser Date bei dir auf dem Wohnzimmerteppich nachholen«, sagte er mit seiner weichen, tiefen Stimme.

»Ich werde mein Haus verkaufen«, sagte sie unvermittelt.

Pit lehnte sich zurück und kniff die Augen zusammen. »Warum?« Er klang wirklich entsetzt.

Marlies versuchte, es ihm zu erklären. Doch ihre Argumente schienen ihn nicht zu erreichen. Er wirkte beleidigt, stellte schließlich sogar die Fragen, die Marlies am allerwenigsten von ihm hören wollte: »Hast du dir das auch gut überlegt? Ist das jetzt nicht eine Kurzschlussreaktion?«

Hatte sie sich so in ihm getäuscht? War er doch wie alle anderen? Marlies antwortete immer knapper, und schließlich schauten sie beide schweigend auf das vorbeifließende Wasser.

Am liebsten würde ich richtig weit wegziehen, dachte Marlies. *Irgendwohin, wo es schön ist. Und da suche ich mir dann einen Job.* Die Strandbar auf Sylt tauchte wieder vor ihrem inneren Auge auf. *Das ist eine echte Schnapsidee!*

»Pit, könntest du für eine halbe Stunde einfach ein Freund sein?«, fragte sie leise.

»Ich kann es versuchen«, antwortete er. Es klang ehrlich.

»Es ist schön mit dir, aber ich kann mich gerade noch nicht auf eine neue Beziehung einlassen. Ich muss erst mal meinen Platz finden. Und dafür wünsche ich mir ein neues, ein ganz eigenes Zuhause und einen Job.«

»Man nimmt sich selbst immer mit, egal, wohin man geht.«

»Das weiß ich, und davor habe ich keine Angst. Ich finde mich gar nicht so übel.«

Marlies lächelte, als Pit antwortete: »Ich finde dich auch gar nicht so übel.«

Diesmal schauten sie in einem einvernehmlichen Schweigen auf den Fluss.

»Wohin willst du denn ziehen? Weißt du das schon?«, fragte er nach einer ganzen Weile.

»Ich hab da so eine Idee …«

Vierzehn Stunden später saß Marlies in Düsseldorf am Flughafen. Sie hatte niemanden informiert, wohin sie flog. Es war mit Häusern vermutlich genauso wie mit Welpen: Wenn man sich erst mal auf die Suche machte, verliebte man sich auch garantiert.

Nach ihrem Treffen mit Pit hatte sich Marlies mit dem Laptop auf das Sofa gesetzt. Mrs. Winterbottom war nicht wieder aufgetaucht. Marlies schaltete den Fernseher ein, um der Stille im Haus entgegenzuwirken. Stunde um Stunde hatte sie die Immobilienseiten im Internet durchforstet. Schnell hatte sie gemerkt, wie teuer Sylt war. Gefiel ihr ein Haus, ging die verlangte Summe sofort in die Millionen. Sie hatte sich ein schönes großes Reetdachhaus mit vielen Zimmern vorgestellt, damit die Kinder sie besuchen kommen konnten. Aber wer konnte schon zig Millionen für ein Haus zusammenkratzen?

Ihr Blick schweifte durch ihr riesiges Wohnzimmer. *Halt, stopp!*, unterbrach sie sich. Ein großes Reetdachhaus, das wäre ja letztlich dasselbe, was sie jetzt hatte: ein trauriges, viel zu großes, leeres Haus! Wie oft würden die Kinder kommen? Vielleicht einmal in Jahr? Sie musste wirklich aufhören, ständig alles auf ihre Familie auszurichten. Sie wollte doch endlich ihr eigenes Leben beginnen!

Sie änderte die Suche. Jetzt wurden auf dem Bildschirm Reihenhäuser und Eigentumswohnungen angezeigt. Auch sie waren unglaublich kostspielig, ließen sich vielleicht aber noch irgendwie finanzieren. Aber immer stimmte irgendetwas nicht: Die Bäder waren mit Goldrand und Enten verziert, oder es gab einen schrecklich hässlichen Kamin, gelbe Fliesen oder unschöne Holzverkleidungen.

Sie suchte, bis ihr der Rücken wehtat und sie ganz steif war. Stöhnend stand sie auf und streckte sich. Es war spät geworden. Doch statt direkt ins Bett zu gehen, zündete sie eine Kerze an, rollte ihre Yogamatte aus und machte ein paar Übungen.

Als sie danach den Laptop herunterfahren wollte, fiel ihr Blick auf eine Anzeige, die sie sich bisher nicht angeschaut hatte. Eine kleine, niedliche Doppelhaushälfte. War die vorhin schon da gewesen? Marlies konnte sich nicht erinnern.

Sie klickte aufgeregt auf die Bilder. Ein perfektes kleines Häuschen mit drei Zimmern. Garten und Vorgarten waren dieses Jahr neu angelegt worden. Auf der kleinen Terrasse stand der obligatorische Strandkorb. Marlis checkte den Preis und stellte fest, dass das Haus gar nicht zu verkaufen, sondern zu vermieten war. Vielleicht war das die viel bessere Lösung. So konnte sie erst einmal schauen, ob sich die Hoffnung auf das Leben, das sie sich so vorstellte, überhaupt erfüllte.

Auf der Insel angekommen, trat sie in die mit negativen Ionen aufgeladene Luft. Luftreiniger stellen diese Zusammensetzung künstlich her, am Meer bekommt man sie umsonst. Sie nahm sich ein Taxi und fuhr direkt zum Haus. Sie kam eine halbe Stunde zu früh an. Ihr Herz klopfte wie wild. Das Haus war noch schöner als auf den Bildern. Der große Dachgiebel mit dem Reetdach winkte ihr einladend zu. Konnte die Miete wirklich stimmen? Sicher gab es irgendwo einen Haken. Im Internet hatte sie gesehen, dass kaum Häuser auf der Insel zur Dauermiete angeboten wurden und die Mieten normalerweise astronomisch waren.

Um sich die Zeit zu vertreiben, lief sie die Straße entlang und sah sich die Nachbarschaft an. Wie fast überall auf Sylt reihte sich ein schönes Haus an das andere. Sie stellte sich vor, wie sie hier morgens Brötchen holen würde.

Dann endlich sah sie Bewegung vor dem Haus. Das musste Herr Baumgärtner sein, der Eigentümer. Am Telefon hatte er sehr nett geklungen und gesagt, er wolle das Haus so schnell wie möglich vermieten. »Der Erste, der kommt und mir gefällt, bekommt es«, hatte er gesagt. Allerdings werde das Haus nur möbliert vermietet. Grundsätzlich fand Marlies das gar nicht schlecht. So würde sie erst mal nichts Neues anschaffen müssen.

Herr Baumgärtner entpuppte sich als ein großer, schlanker Mann um die sechzig. Er trug seine grauen Haare etwas länger und hatte strahlend grüne Augen, die Marlies bei der Begrüßung kurz musterten. Mit einer knappen Handbewegung forderte er sie auf, einzutreten und sich das Haus anzuschauen, und auch während er ihr wie ein Geist von Raum zu Raum folgte, zeigte er sich nicht als Freund großer Worte. Auf ihre Fragen antwortete er nur knapp.

Marlies störte das nicht. Das Haus war perfekt. Es war gemütlich möbliert, und jeder Raum gab ihr sofort das Gefühl, zu Hause zu sein. Es verfügte sogar über einen schlichten schwarzen Kaminofen, der auf den Bildern gar nicht zu sehen gewesen war. Oben in den Schlafzimmern gab es viele praktische Einbauschränke und breite Fensterbretter, die mit Kissen ausgestattet waren, die Marlies dazu einluden, sich eine Weile hinzusetzen. Als der wortkarge Geist plötzlich den Raum verließ, nutzte Marlies die Gelegenheit und setzte sich. *Was für ein Ausblick!* Sie schaute in den kleinen Garten, der zum Haus gehörte, und auf die angrenzenden Dünen. Wenn man sich auf die Fensterbank stellte, müsste man sogar das Meer sehen können. Marlies traute sich nicht, es zu versuchen.

Sie fand Herrn Baumgärtner draußen im Strandkorb. Es war beißend kalt, trotzdem setzte sie sich vorsichtig neben ihn. Etwas stimmte nicht.

»Wollen Sie es mir erzählen?«, fragte sie.

Er schaute weiter konzentriert auf die Dünen, als könnte er dort tanzende Elfen beobachten. »Das Haus gehört meiner Tochter«, sagte er schließlich. »Sie hat die Insel verlassen. Er ist Grieche, und in Griechenland ist es wärmer als hier.«

Marlies nickte, als würde das alles erklären. »Wird sie wiederkommen?« Sie zog den Reißverschluss ihrer Jacke hoch.

Baumgärtner machte ein unbestimmtes Gesicht. Dann sah er sie an. »Ich hoffe es! Wäre ein befristeter Mietvertrag auf zwei Jahre für Sie in Ordnung?«

»Was, wenn sie früher zurückkommt?«

»Dann muss sie wohl selbst eine Lösung finden.« Er schüttelte den Kopf. »Hals über Kopf ist sie weggerannt, und ich soll mich hier um alles kümmern.« Er machte eine Handbewegung, die das Haus hinter ihnen einschloss. »Hab sie allein großgezogen. Da fällt es einem schwerer, wenn sie plötzlich …« Er machte wieder eine Handbewegung, die den Satz vollendete.

Marlies nickte verständnisvoll.

»Haben Sie Kinder?«, fragte er.

»Ja, drei Stück. Alle sind schon ausgezogen und mein Mann gleich mit dazu.«

Beide sahen auf die angrenzenden Dünen. Jetzt war es an Baumgärtner zu nicken.

»Warum nehmen Sie nicht einen ordentlichen Preis für das Haus? Sie könnten deutlich teurer vermieten. Das wissen Sie sicher.«

Er schüttelte den Kopf. »Meine Tochter hat den Preis bestimmt. Ich sollte auch unbedingt inserieren. Sie glaubte, das Haus würde so jemand finden, der wie sie ein neues Leben beginnen will. Sie glaubt an Karma und solche Sachen …« Er schüttelte wieder den Kopf. »Die Außenanlagen hatte sie gerade alle neu machen lassen. Es ging alles so schnell. Sie hat ihn kennengelernt, und zack, war sie weg.«

Marlies fasste sich ein Herz. »Es ist doch schön, wenn Ihre Tochter die große Liebe gefunden hat.«

Er seufzte. »Ja, sicher, aber muss es gleich ein Grieche sein?«

Marlies brauchte einen Moment, um zu verstehen, dass es ihm nicht um die Nationalität des Mannes, sondern um die räumliche Entfernung ging. »Man kann es sich nicht aussuchen«, sagte sie.

»Aber meine Mieterin kann ich mir aussuchen. Hatte meine Tochter recht? Wollen Sie ein neues Leben anfangen?«

»Ja«, sagte Marlies feierlich, »das ist der Plan.«

Hannes Walther stoppte seinen Dienstwagen. War das nicht die Freundin von Cornelia? Konnte das sein? Egal, einen Versuch war es wert. Doch er musste sich beeilen, denn die Frau im Taxi verschwand bereits aus seinem Blickfeld. Er wendete und verfolgte das Taxi.

Sein Kollege Stefan schaute ihn erstaunt an. »Was'n nu los? Wollten wir nicht nach Keitum?«

»Planänderung«, sagte Hannes und bog hinter dem Taxi ab zum Flughafen. Er parkte hektisch ein. Die Frau war schon ausgestiegen. Ohne Erklärung ließ er Stefan auf dem Beifahrersitz sitzen und lief los.

Der Taxifahrer hatte seinen Fahrgast gerade verabschiedet und kam jetzt auf ihn zu: »Moin, Hannes, alles klar? Was macht der alte Kunze, ist der noch bei euch auf der Wache?«

Hannes schob ihn zur Seite. »Moin, Franz, du, ich muss schnell …« Er zeigte auf das kleine Flughafengebäude.

»Drogenschmugglern auf der Spur?« Franz lachte schallend, als sei das der beste Witz des Jahrhunderts.

Hannes beachtete ihn nicht länger, sondern rannte los. Dennoch holte er Marlies erst kurz vor der Sicherheitskontrolle ein.

»Tach, ich bin der Polizist«, sagte er schwer atmend.

Sie lächelte ihn unverbindlich an. »Guten Tag, Herr Polizist.« Sie wandte sich ab, war offensichtlich in Gedanken.

Sie erkennt mich nicht, dachte Hannes.

Der alte Hannes Walther hätte sich jetzt umgedreht und wäre gegangen, aber er war jetzt der neue, der, der in die Schluffen kam und trainierte.

Er atmete durch. »Sie sind doch die Freundin von Cornelia. Ich … Ich bin der Polizist, der sie vor Frau Scharbowski gerettet hat. Die Alte, die …« Er ließ den linken Zeigefinger über seinem Kopf kreisen.

»Hannes! Natürlich! Entschuldigung, ich bin gerade etwas unter Schock wegen einer Sache …« Sie brach ab.

»Können Sie Cornelia etwas von mir ausrichten?«

»Natürlich!«

Sagen Sie ihr, dass ich sie liebe. Sagen Sie ihr, ich kann nicht mehr schlafen, nicht mehr essen, und nicht mal die kalte Nordsee hilft noch, wenn sie nicht zurückruft. Er atmete noch einmal tief ein. »Grüßen Sie Cornelia lieb von mir.«

Sie nickte und wies dann auf die Sicherheitskontrolle. »Ich muss los, bin leider spät dran.«

Er nickte, winkte ihr zu und ging zurück zum Dienstwagen.

Gitta schob den Wagen weiter durch die Kinderabteilung eines großen Möbelhauses. Sie war wie im Rausch und steckte mit ihrem Tatendrang irgendwann auch Sarah an, die mit ihrem kleinen Kugelbauch hinter ihr hertrottete.

»Robben-Mobile oder Sternchen?«

»Sternchen!«

»Oh ja, dann lass uns auch noch die Sternchen-Bettwäsche nehmen!«

Sarah nickte und warf die Bettwäsche in den vollen Korb.

An der Kasse konnten sie kaum über den vollgepackten Wagen gucken. Sie kauften viel zu viele Stofftiere und eine kleine Holzeisenbahn, mit der das Kind frühestens in zwei Jahren spielen konnte.

»Gitta«, Sarah zog sie am Arm, »danke. Ich weiß, das ist alles nicht leicht für dich.«

Gitta wurde rot und strich dem Stoffhirsch im Wagen das Fell glatt. »Das ist schon okay. Ich wollte schon immer mal in der Kinderabteilung einkaufen. Und den hier«, sie nahm den Hirsch in den Arm, »bezahle ich!«

Nachdem sie alles im riesigen Kofferraum von Gittas Volvo verstaut hatten, fuhren sie weiter zum Baumarkt.

Sarah hätte die neuen Möbel für das Kind erst einmal ins Gästezimmer gestellt, aber Gitta bestand darauf, dass sie auch die Wände strichen. »Wenn ich schon ein Kinderzimmer einrichte, dann aber auch richtig!«

Es tat Sarah gut, jemanden an der Seite zu haben, der mit so viel Begeisterung an die Sache heranging. Es war nicht einfach mit Jens, der die Vorbereitungen ganz allein ihr überließ und alles geflissentlich ignorierte, was mit ihrer Schwangerschaft zu tun hatte. Es schien, als würde er, so lange er konnte, so tun, als würde alles beim Alten bleiben. Sarah hoffte, das würde spätestens mit der Geburt des Kleinen aufhören, aber sicher war sie sich nicht. Sie musste dem Krümelchen in ihrem Bauch also doppelte Rückendeckung geben, was ihr selbst nicht leichtfiel. Wenn Gitta aber da war, sah sie das Wunder, dass ein kleiner Mensch in ihr heranwuchs. Sie sah sich plötzlich Schlaflieder singen und dicke Pappbücher vorlesen. Ein Schaukelstuhl wäre vielleicht noch schön.

»Du solltest irgendwo noch einen Schaukelstuhl besorgen!«, sagte Gitta neben ihr, während sie den Volvo auf den Baumarktparkplatz steuerte.

»Manchmal habe ich das Gefühl, dich hat ein Engel geschickt!«, sagte Sarah und strahlte sie an.

Schnapsidee

»Du hast nicht wirklich auf Sylt ein Haus gemietet!« Gitta sprang geradezu vom Sofa. Sie konnte nicht glauben, was Marlies ihr gerade am Telefon gesagt hatte. »So verrückt bist nicht mal du!«

»Offensichtlich bin ich das.«

»Seit wann willst du denn plötzlich auf einer Insel wohnen?«

»Das war eine relativ spontane Eingebung.«

»Eine *relativ spontane Eingebung?* Marlies!« Gitta rannte ein paar Schritte durch das Wohnzimmer. »Meinst du nicht, das war eine relativ *wahnsinnige* Eingebung? Was willst du auf Sylt denn machen?«

Marlies hatte zwar mit Gegenwind gerechnet, aber nicht mit dem Sturm, der gerade losbrach. Sie hatte kaum vernünftige Argumente, die sie für diesen Umzug anführen konnte. Sie wusste selbst, wie schräg sich das alles anhörte. »Es fühlt sich einfach richtig an, und das Haus ist ein Traum und viel günstiger, als es eigentlich sein müsste«, sagte sie.

Gitta schlug sich die Hand vor die Stirn. »Marlies, so was gibt es nicht. Schon gar nicht auf Sylt. Wenn das Haus unter Marktwert vermietet wird, hat es einen Haken! Hast du dir wenigstens mehrere angeschaut?«

»Nein, ich –«

Gitta ließ sie nicht weiterreden. »Oh Gott, Marlies! Was ist denn mit dir los? Du hast noch keinen Vertrag unterschrieben, oder? Du kannst das alles noch rückgängig machen. Marlies, das war eine Kurzschlussreaktion. Die hat jeder mal.«

»Natürlich habe ich den Vertrag schon unterschrieben. Ich will auf die Insel. Das Haus ist genau das, was ich brauche. Das verstehst du nicht, Gitta.«

»Da hast du recht: Ich verstehe überhaupt nichts mehr. Wir müssen uns sehen! Ich rufe Conny an. Heute Abend in der *Pizzabande*, um acht!«

Im nächsten Moment zeigte das Tuten des Telefons, dass Gitta aufgelegt hatte.

Marlies betrachtete den Hörer in ihrer Hand. »Na, das lief ja spitze«, sagte sie zu sich selbst und legte den Kopf auf den Tisch.

Alle saßen vor ihren Pizzen, ohne auch nur einen Bissen davon zu essen. Keine hatte einen Blick für die attraktiven Pizzabäcker, die vor ihnen mit Teig jonglierten.

»Das heißt, ich muss jetzt auch auf Sylt leben, sonst sitze ich auf der Straße.« Vor Schreck hatte Cornelia die Augen weit aufgerissen.

»Ja, hast du bei deiner spontanen Eingebung mal an Conny gedacht?« Gitta legte tröstend einen Arm um Cornelia, die das allerdings gar nicht wahrzunehmen schien.

»Ihr kommt jetzt beide mal wieder runter.« Marlies schaute ihre Freundinnen genervt an. »Ich habe mir ein Haus auf Sylt gemietet, weil ich neu anfangen will. Ihr habt beide keine Ahnung, wie es sich für mich anfühlt. Ich war das Zentrum unserer Familie, habe drei Kinder großgezogen und meine Bedürfnisse immer hintenangestellt. Dann hat sich Frank eine jüngere Frau gesucht. Das kann ich dank der Hilfe unseres Engels inzwischen akzeptieren, und deshalb ist es jetzt an der Zeit, etwas ganz Neues anzufangen. Das Leben teilt einem die Dinge nicht zu, man muss sich selbst darum kümmern, das habe ich jetzt verstanden. Es gibt keine unbekannte Großtante, die einem plötzlich ein Haus auf einer Insel vererbt oder meinetwegen einen Weinberg in Südfrankreich. Das sind alles nur Träumereien! Ich habe das Glück, ein bezauberndes Häuschen gefunden zu haben, das ich mir leisten kann. Mein Gott, ihr stellt euch an, als hätte ich es gekauft! Ich miete das erst mal nur …«

»Erst mal! Und dann? Du willst doch nicht wirklich auf Dauer auf einer Nordseeinsel leben?« Gitta wedelte aufgeregt mit ihrer Serviette herum.

»Wenn ich dich mal kurz erinnern darf, liebe Gitta: Du hast Sylt für uns ausgesucht.«

»Ja, für ein Wochenende!«

»Aus dem dann eine Woche wurde! Sylt ist doch keine Hallig, und es ist wunderschön dort!«

»Und was ist mit Conny?«, fragte Gitta.

»In meinem Häuschen gibt es für dich ein entzückendes Zimmer. Ich hab dich nicht vergessen!« Marlies umarmte Conny von der anderen Seite und sah sie an. »Außerdem gibt es nichts, was dich hier hält«, fuhr sie an Cornelia gewandt fort.

»Und was ist mit mir?«, fragte Gitta beleidigt.

»Du kommst uns einfach besuchen!«

»Ja, super. Ist ja auch gar nicht weit weg, diese blöde Insel«, grummelte sie und schnitt sich endlich ein Stück von ihrer Pizza ab.

Cornelia saß immer noch regungslos zwischen den Freundinnen. Sie sollte jetzt also auf diese »blöde Insel« ziehen. Seltsamerweise sträubte sich in ihrem Innern kaum etwas dagegen. Sie hatte Sylt in ihrer gemeinsamen Urlaubswoche lieb gewonnen. Vielleicht nicht so lieb, dass sie dort für immer wohnen wollte, aber es wäre ein neuer Anfang, auch für sie. Außerdem wohnte dort ein gewisser Polizist, den sie mit seinen nackten, haarigen Beinen und seiner Mütze auf dem Kopf ständig vor sich sah …

Sie schnitt ein großes Stück von ihrer Pizza. »Ich bin dabei!«

Marlies glühte vor Freude. Das hatte sie sich schwieriger vorgestellt.

»Jetzt mal ganz langsam.« Gitta setzte ihre sanfte Stimme ein, die sie auch gerne bei schwierigen Kundengesprächen nutzte. »Lasst uns eins nach dem anderen klären: Warum Sylt?«

Marlies wurde rot. Sie seufzte und packte dann aus: »Seit wir da waren, träume ich davon, in einer Strandbar zu arbeiten. Am liebsten würde ich mich selbstständig machen, aber ich fange ganz klein an, als Bedienung.«

»Bei Wind und Wetter«, fragte Gitta kritisch, »willst du anderen Leuten Kaffee bringen?«

»Und Chai Tea und Aperol Spritz und Crêpes – alles!« Marlies musste plötzlich an den Mann denken, der ihr an der Tankstelle kalten Kaffee verkauft hatte. Ihre Beschwerde hatte ihn möglicherweise den Job gekostet. Hoffentlich würden ihre Kunden mit ihr gnädiger sein, als sie es gewesen war. Sie schämte sich für ihr Verhalten und hoffte, dass der Mann seinen Job doch behalten oder zumindest ganz schnell einen neuen gefunden hatte.

»Noch einmal: Du willst an einer Strandbar als Bedienung arbeiten?«, wiederholte Gitta mit einem spöttischen Unterton, der Cornelia plötzlich aufregte.

»Ja, wieso denn nicht? Es hat nicht jede von uns studiert und einen gut bezahlten Job, der sie erfüllt«, mischte sie sich ein. »Das ist nämlich ein ziemlicher Glücksfall. Ich werde vermutlich mit Marlies zusammen bedienen, ich muss schließlich auch irgendwie Geld verdienen!« Es klang giftiger, als sie beabsichtigt hatte.

Gitta konnte glücklicherweise gut einstecken. »Entschuldigt, ihr habt recht. Ich will nur nicht, dass Marlies' romantische Vorstellungen sich am Ende nicht erfüllen.«

»Wenn man Dinge nie ausprobiert, weil man von vornherein sagt, es ist nur eine Schnapsidee, wird man nie erfahren, wie es gewesen wäre!«

»Spontan ein Haus auf Sylt zu mieten ist sogar mehr als eine Schnapsidee!«

»Ist es nicht. Ich kann dir sagen, warum das Haus vergleichsweise günstig ist«, sagte Marlies und erzählte von ihrer Begegnung mit Herrn Baumgärtner. »Du hättest ihm auch vertraut!«, schloss sie.

Gitta war noch nicht überzeugt. »Und wenn das nur eine Geschichte war, damit du unterschreibst? Musstest du schon eine Kaution hinterlegen?«

»Gitta, jetzt ist es aber gut. Ein bisschen Menschenkenntnis wirst du mir doch zutrauen!«

»Gut, dann sage ich nichts mehr. Aber sag hinterher nicht, ich hätte dich nicht gewarnt!«, grummelte sie. »Ich hoffe ja auch, dass das alles mit rechten Dingen zugeht. Aber fehlen werdet ihr mir!«

Gitta kuschelte sich nach dem Pizzaessen mit ihren Freundinnen an Michael, der auf dem Sofa auf sie gewartet hatte. »Stell dir vor: Die will tatsächlich hier alle Brücken hinter sich abbrechen und nach Sylt ziehen«, erzählte sie ihm aufgebracht. »Nach Sylt! Was für eine Schnapsidee – ich meine Sylt im Winter. Da kannst du dann nicht mehr nett im Strandkorb sitzen, da ist es kalt und grau und stürmisch. Nass und trüb!«

»Ich glaube, du bist ein bisschen neidisch«, sagte Michael sanft und streichelte ihren Arm.

»Neidisch, wieso? Sylt ist herrlich, um dort Urlaub zu machen, gerne auch mehrmals im Jahr, aber dort leben? Wolltest du da leben?«

Michael schüttelte den Kopf. »Ich meine nicht, dass du auf das Haus neidisch bist, sondern auf ihr neues Leben. Sie hat jetzt ein richtiges Projekt, um das sie sich kümmern kann.«

Gitta nahm einen Schluck Tee. Da hatte er gar nicht so unrecht. Vielleicht kümmerte sie sich deshalb so gerne um die Angelegenheiten von anderen: die beginnende Liebesgeschichte von Conny und ihrem Polizisten, Sarahs Schwangerschaft …

Sie setzte sich auf und stellte ihr Glas ab. »Du hast recht! Ich brauche ein eigenes Projekt!«

»Was könnte das sein? Eine Affäre mit einem jungen Mann?«, scherzte Michael.

»Darüber denke ich nach«, sagte Gitta und gab ihn einen langen Kuss.

Cornelia konnte nicht schlafen. Sie war aufgeregt. Nach dem ersten Schock kam jetzt langsam die Freude.

Sie warf die Bettdecke zurück und stand schwungvoll auf.

Sie fuhr ihren Computer hoch und gab »Sylt« in die Suchmaske ihres Browsers ein. Zu ihrer Überraschung gab es sogar eine Musikschule. Dort würde sie sich bewerben.

Wieso eigentlich nicht sofort?

Nachdem sie die E-Mail mit ihren Unterlagen verschickt hatte, suchte sie nach Supermärkten, Ärzten und Schwimmbädern. Es gab auf Sylt eigentlich alles, was man zum Leben brauchte. *Natürlich*, dachte sie, *warum auch nicht?*

Sie sah auf die Uhr. Es war viel zu spät, um Marlies anzurufen. Sie lief im Nachthemd ein bisschen auf und ab und wählte dann doch ihre Nummer.

»Hab ich dich geweckt?«

»Nein, ich sitze noch im Wohnzimmer und mache Listen. Was ist los? Du hast es dir doch nicht anders überlegt, oder?«

»Wusstest du, dass es auf Sylt ein Schwimmbad gibt und eine Musikschule und acht verschiedene Supermärkte?«

»Heißt das, du freust dich?«

»Ich glaube schon.«

Beide lächelten vor sich hin, und obwohl sie einander nicht sehen konnten, spürte jede das Lächeln der anderen.

»Ich habe mich gerade an der Musikschule beworben!«, berichtete Cornelia.

»Du bist ja schnell, Wahnsinn!«

»Die Chancen, dass sie mich nehmen, sind ziemlich gering«, räumte Cornelia ein. »Sie suchen gerade keine Gesangslehrerin. Es ist ein Versuch, ein Schuss ins Blaue. Hast du schon eine Idee, wo wir Kaffee servieren können, um uns am Leben zu halten?«

»Conny, du musst keine Miete zahlen. Ich habe genug Rücklagen und verkaufe das Haus hier –«

»Das ist superlieb von dir, Marlies«, unterbrach Cornelia sie, »aber das geht ja nicht auf Dauer so. Wenn ich mit meiner Musik nichts verdiene, kellnere ich, so wie du!«

Marlies lachte. »Warte erst mal ab, ich hab da ein gutes Gefühl. Und ich war schon fleißig, ich habe schon zehn Cafés und Restaurants rausgesucht, die für mich infrage kommen. Drei davon suchen gerade Mitarbeiter.«

»Echt, jetzt in der Nebensaison?«

»Ich glaube, auf Sylt ist inzwischen das ganze Jahr über Saison. Und Kaffee oder Tee kann man auch in der kalten Jahreszeit trinken!«

»Hast du dich schon beworben?« In der Leitung blieb es still. »Marlies?«

Conny hörte ein Seufzen. »Vielleicht könnte ich dabei etwas Hilfe brauchen. Es ist ziemlich lange her, dass ich …«

»Ja, klar«, versprach Conny eifrig, »ich helfe dir dabei, deinen Lebenslauf zu schreiben!«

Wieder blieb es in der Leitung still.

»Marlies?«

Das gleiche Seufzen wie eben. »Was soll ich denn in so einen Lebenslauf schreiben? Ich hab doch nie gearbeitet, bis auf die Zeit im Fahrradladen!«

»Danach wirklich nie?« Cornelia konnte nicht verhindern, dass ihre Frage entsetzt klang. Sie kannte Marlies jetzt so lange, aber das hatte sie sich nie bewusst gemacht.

»Nein«, sagte Marlies kläglich. »Du weißt doch, ich habe Frank während meines Studiums getroffen, und dann wurde ich schwanger … Da war plötzlich keine Zeit mehr für eine Diplomarbeit. Wir beide fanden es gut, dass ich zu Hause blieb und er das Geld verdiente.«

»Und du kamst dir nie komisch vor ohne Job?«

»Doch. Auf jeder Party. Irgendwer fragt ja immer, was man beruflich macht. Aber mit drei Kindern wird dann doch hingenommen, dass man keinen Job hat. Mir hat es auch nicht gefehlt. Bis jetzt.« Sie schwieg und seufzte dann erneut. »Jetzt weißt du, dass Gitta eigentlich doch recht hat. Der Umzug nach Sylt ist eine Schnapsidee. Ich möchte eine Strandbar eröffnen und habe null Erfahrung in der Gastronomie …« Sie klang frustriert und wütend.

»Marlies, lass dich nicht von der ersten Hürde gleich aus dem Rennen kicken. Du mietest ein Haus und fängst ganz klein an, als Kellnerin. Und wenn dir das alles zu anstrengend, zu blöd und zu windig ist, kommst du einfach zurück! Du kannst nur gewinnen.«

Marlies fühlte sich mit einem Mal getröstet. Ja, sie hatte tatsächlich nichts zu verlieren. Ihr ging es gut. Sie hatte ein großes finanzielles Polster und würde auch nicht auf der Straße sitzen, sollten ihre Sylt-Pläne irgendwann scheitern. Das war wahrlich keine Selbstverständlichkeit. Bei Cornelia hingegen stand viel mehr auf dem Spiel. »Gehst du jetzt eigentlich nur mit nach Sylt, weil du keine andere Möglichkeit hast?«, fragte Marlies leise.

Cornelia schüttelte den Kopf und lächelte dann über sich selbst, weil Marlies das nicht sehen konnte. Sie war schließlich kein Engel. »Nein, ich gehe mit, weil ich dann vermutlich Hannes wiedersehe«, gab sie zu.

»Hannes! Heiliger Klappstuhl, das habe ich ja völlig vergessen!«

»Was?«, fragte Cornelia gespannt. »Was hast du vergessen?«

»Ich habe Hannes am Flughafen getroffen. Er hat mich angesprochen. Ich soll dich grüßen.«

»Was hat er genau gesagt?«

Marlies überlegte kurz. »Er hat mich gefragt, ob ich nicht deine Freundin sei, und dann hat er sich als ›der Polizist‹ vorgestellt, weil ich ihn nicht gleich erkannt habe.«

»Und dann?«

»Dann hat er gesagt: ›Sagen Sie ihr schöne Grüße.‹«

»Nur das?« Cornelia war enttäuscht.

»Aber es war ihm wichtig!«

»Okay …« Sie versuchte, ihre Enttäuschung zu verbergen.

»Ruf ihn endlich an, Conny! Er kann dir doch gar nicht mehr als Grüße ausrichten, weil er ja immer noch glauben muss, du wärst mit dem Toilettenmann zusammen.«

»Aber was, wenn er mich gar nicht will?«

»Daran scheitern immer alle, Conny. Lieben ist ein Risiko, so ist das.«

»Lohnt es sich denn?«, fragte sie leise. »Du und Frank, ihr seid jetzt getrennt. Hat es sich gelohnt, ihn zu lieben?«

»Was für eine Frage. Wir haben drei tolle Kinder …«

»Und wenn ihr keine Kinder hättet?«

Marlies atmete tief ein. »Es gab eine Zeit, da hat er mir das Gefühl gegeben, das Wertvollste auf der ganzen Welt zu sein. Allein für dieses Gefühl hat es sich schon gelohnt. Liebe ist immer kompliziert, und vermutlich gibt es in jeder Liebe auch Schatten, aber ich glaube trotz meiner Trennung, Liebe lohnt sich immer.«

»Bist du denn jetzt versöhnt mit Frank, mit eurer Geschichte? Bist du schon bereit für eine neue Liebe mit Pit? Er bleibt hier, oder?« Conny wusste, dass sie sich mit diesen Fragen sehr weit auf dünnes Eis hinauswagte. Draußen war es dunkel, es war inzwischen tief in der Nacht, die Welt schlief. Es war die Zeit, in der man solche Fragen stellen konnte.

Marlies gab ihre sitzende Position auf und legte sich lang auf ihr Sofa, das sie nicht mehr wollte, in ihrer Wohnzimmerhalle, die ihr viel zu groß war. »Nein, ich bin noch nicht versöhnt mit der Geschichte«, gab sie zu. »Aber ich bin so weit, dass ich mich mit ihm versöhnen möchte. Er hat ein neues Leben, und ich will auch eins beginnen. Ob das mit Pit etwas wird, weiß ich noch nicht. Es tut momentan einfach gut, dass da einer ist, der mich will.«

Bevor Conny etwas sagen konnte, fügte Marlies hinzu: »Keine Sorge, er weiß Bescheid. Ich habe ihm gesagt, dass ich noch nicht bereit bin für eine große Sache.«

»Das wird ihn aber vermutlich nicht davon abhalten, sich in dich zu verlieben.«

»Da muss ich mal drüber nachdenken«, sagte Marlies müde.

Frau Dieffenbach und die Kondome

Während Marlies und Cornelia in Morpheus' Armen lagen und von klobigen Sofas und haarigen Männerbeinen träumten, schreckte Gitta gerade aus einem Traum hoch. Jetzt saß sie schwer atmend im Bett, mit einer verschwommenen Erinnerung daran, dass der Engel sie gerüttelt und »Wach auf!« gerufen hatte.

Hektisch blickte sie sich um. Es war kein Engel zu sehen.

»Hallo?«, flüsterte sie in die Dunkelheit.

Michael neben ihr schlief tief. Sie schlüpfte aus dem Bett und ging in den Flur. Erst da machte sie das Licht an, das unwirklich hell auf sie herunterschien.

Warum hatte der Engel sie geweckt? Brannte etwa das Haus? Sie schnupperte, ging dann durch alle Zimmer und machte überall Licht an. Kein Feuer, kein Rauch. Lag eine andere Gefahr in der Luft? Gas? Etwa ein Meteorit, der gerade auf ihr Haus zuraste?

Sie musste Michael wecken, sie musste ihn aus dem Haus schaffen! Sie rannte voller Panik zurück zum Schlafzimmer und stieß fast mit dem Mann zusammen, der im Flur auf sie wartete. Er hatte offenbar damit gerechnet, dass sie schreien würde. Mit einer Hand hielt er ihr den Mund zu, mit der anderen hob er sie hoch und trug sie mühelos ins Wohnzimmer. Erst als er sie sanft auf dem Sofa absetzte, dämmerte ihr, wer das war.

»Spinnst du denn, mich so zu erschrecken?«, schrie sie ihn flüsternd an.

»Hätte ich etwa abwarten sollen, bis du deinen armen Mann weckst? Warum bist du plötzlich so in Panik?«, flüsterte er zurück und löschte mit einer Handbewegung das Licht im Haus. Die einzige Lichtquelle war er jetzt selbst.

»Du hast mich doch geweckt, oder nicht?«

Er nickte stolz, als sei dies eine besondere Leistung von ihm gewesen.

»Na also! Engel wecken einen, um einen zu warnen, vor Sturmfluten und –«

»Meteoriten?«, fragte er lächelnd.

Natürlich kannte er ihre Ängste. »Es nervt, wenn du deine übernatürlichen Kräfte raushängen lässt!«, zischte Gitta.

»Die Chance, von einem Meteoriten getroffen zu werden, ist eins zu –«

Sie unterbrach ihn: »Ach ja, und die Chance, nachts von einem Engel ins Wohnzimmer verschleppt zu werden, wie hoch ist die?«

»Das könnte ich dir genau berechnen, mach ich aber nicht.«

Natürlich nicht! Immer wenn es mal spannend wird, schweigt er sich aus, dachte Gitta und zog die Sofadecke zu sich. Sie war müde und verwirrt und überhaupt nicht in der Stimmung, mit dem Engel zu streiten.

»Ich bin auch nicht hergekommen, um mit dir zu streiten.«

»Ich hab dir doch gesagt, das nervt mit deinen übernatürlichen Kräften!«

Der Engel lächelte und schrieb mit seinem rechten Zeigefinger eine Acht in die Luft. Im nächsten Moment stand vor Gitta ein kleines Tablett mit einer Tasse heißem Kakao mit Marshmallows.

»Immer noch?«, fragte er gut gelaunt.

Gitta seufzte und griff nach der Tasse. Sie sah ein, dass sie gegen ihn nicht gewinnen konnte. Sie nahm einen Schluck. *Perfekte Temperatur und perfekter Geschmack.* »Wenn du so was kannst, wieso machst du das jetzt erst?«

»Du hast das jetzt nötig. Sonst kommen wir nicht zu der Erkenntnis, die du brauchst.«

»Du hast mich geweckt, weil ich eine *Erkenntnis* nötig habe?«

»Mehr eine Idee.«

Gitta fing sofort an nachzudenken.

»Trink doch erst mal!«, unterbrach der Engel ihre Gedanken, die wie Pferde hinaus in die Nacht galoppieren wollten.

Gitta trank, und sowie der himmlische Kakao sich warm und herrlich in ihr ausbreitete, beruhigten sich ihr Puls und ihr Atem.

Der Engel beobachtete sie und nickte ihr zu, als sich ihre Blicke trafen. »Na also. So ist es besser, stimmt's?«

»Gib zu, dass deine Mitten-in-der-Nacht-wecken-und-dann-verschwinden-Strategie nicht funktioniert hat.«

Der Engel zuckte unbekümmert mit den Schultern. »Bei den meisten klappt das.«

»Im Ernst? Die wachen auf und denken: ›Huch, da hab ich ja mal eine tolle Idee.‹?«

»So in etwa.«

»Gut, dann bin ich eben seltsam.« Gitta trank den letzten Schluck des besten Kakaos ihres bisherigen Lebens und hielt dem Engel die leere Tasse hin: »Reden wir jetzt über meine nächtliche Eingebung? In welche Richtung geht sie?«

Der Engel schüttelte sanft den Kopf und stand auf. »Es ist deine Idee, Gitta. Und sie steckt schon in dir drin. Du musst nichts tun. Du musst einfach nur abwarten, bis sie bereit ist rauszukommen.«

»Und du gibst mir gar keinen Hinweis?«

Er lächelte und hob entschuldigend die Hände. »Ich lass dich jetzt allein.«

»Und wenn nun ein Meteorit auf das Haus zurast?«, fragte Gitta mit einer kindlichen Stimme. Sie wollte nicht, dass er ging.

Der Engel seufzte. »Die Chance, dass ein Meteorit dieses Haus trifft, ist eins zu –«

»Ich weiß, sie ist gering! Nutz doch bitte mal deine übernatürlichen Kräfte und beantworte mir meine echte Frage.« Sie lehnte sich im Sofa zurück.

Er verstärkte sein Leuchten. »Ja, Gitta, ich bin da, wenn du mich brauchst.«

Gitta nickte zufrieden. Der Engel leuchtete stärker und stärker, bis sie geblendet die Augen schließen musste. Als sie sie wieder öffnete, war er weg. Gitta berührte die leere Kakaotasse. Sie fühlte sich absolut echt an. Das kleine Tablett war mit bunten Mustern verziert. Gitta starrte auf die Farben, als wäre dort ihre Idee versteckt.

Sie stand auf und ging zum Fenster, schaute in den dunklen Garten.

Nichts.

Ihr Kopf war voll von blöden Gedanken. *Ich könnte den Flur streichen*, dachte sie. War das schon die Idee? Eher nicht. *Man müsste viel mehr Gemüse einkaufen. Meine Fingernägel könnten mal wieder geschnitten werden.*

Nein, so kam sie nicht weiter.

Sie setzte sich mit geradem Rücken auf das Sofa und schloss die Augen. *»Free your mind«*, sagte sie theatralisch und legte die Hände an die Stirn. *Mach deinen Kopf frei.* Doch statt weniger Gedanken hatte sie jetzt noch mehr.

Angestrengt versuchte sie, an nichts zu denken.

Sie gab auf und öffnete die Augen. »Das ist mir zu blöd, ich geh wieder schlafen!«, sagte sie laut zu ihrem Wohnzimmer und zu allen Engeln, die unsichtbar in der Nähe herumhängen mochten. Als kein Widerspruch kam, legte sie sich zurück in ihr Bett. Doch es half nichts, ihr Gedankenkarussell drehte sich nur noch schneller. Dass Michael neben ihr laut atmete, half ihr auch nicht gerade beim Einschlafen.

Genervt stand sie wieder auf und suchte die Yogamatte, die Marlies ihr geschenkt hatte. Sie fand sie in der Abstellkammer und nahm sie mit ins Wohnzimmer, um sich mit ein paar Übungen abzulenken. Sie würde sich jetzt müde turnen und dann ins Bett gehen.

Ohne Marlies' Anleitung war es schwierig. Sie beschloss, mit dem Baum anzufangen, fixierte einen Punkt vor ihr, legte vorsichtig den rechten Fuß an ihr Standbein und hob die Arme über den Kopf. *Handflächen aneinander. Atmen. Nicht wackeln.* Beim dritten Anlauf funktionierte es endlich. Gitta war im Gleichgewicht, blieb so stehen. Sie balancierte und atmete, sonst tat sie gar nichts. Da schlich sich still, leise und ziemlich unspektakulär eine Idee in ihr Bewusstsein.

Gitta verbeugte sich lächelnd. Darauf hätte sie schon viel früher kommen können.

Marlies hatte mit ziemlich starkem Gegenwind ihrer Familie gerechnet. Immerhin hatten sich schon ihre Freundinnen über ihren Plan, nach Sylt zu ziehen und das Haus zu verkaufen, aufgeregt. Erstaunlicherweise reagierten ihre Kinder gelassen auf die Nachricht, dass sie ihr Elternhaus verkaufen würde. Frank wurde sogar beinahe euphorisch. »Das ist eine großartige Idee. Das Haus tut dir nicht gut. Es tut uns allen nicht gut.«

Jetzt hatte Marlies fast das Gefühl, das Haus verteidigen zu müssen. »Immerhin haben wir hier viele schöne Jahre verbracht. Die Kinder sind hier aufgewachsen, wir haben viel gefeiert und –«

»Mir war unsere kleine Wohnung immer lieber«, unterbrach Frank sie.

Ja, die Wohnung … Marlies erinnerte sich gut an sie. Hier hatten sie gewohnt, bis ihr jüngster Sohn auf die Welt kam. Es war schon mit zwei Kindern viel zu eng gewesen. Vielleicht war das Haus so übertrieben groß geworden, weil sie sich damals so nach mehr Platz gesehnt hatten. Frank hatte damals einen großen Karrieresprung gemacht, Geld hatte plötzlich keine Rolle mehr gespielt.

»Weißt du noch, wie an Weihnachten der Herd kaputtging?«, fragte sie, plötzlich in nostalgischer Stimmung.

»Wir haben ein Picknick unter dem Baum gemacht und kalten Kartoffelsalat mit kalten Würstchen gegessen.«

»Und du hast gesagt, kalte Würstchen sind ab sofort dein Lieblingsessen«, ergänzte Marlies die gemeinsame Erinnerung.

»Das sind sie bis heute.«

»Du spinnst doch!«

Er räusperte sich. »Ich will damit sagen, dass die schönen Erinnerungen nicht verfliegen, nur weil man nicht mehr in der gleichen Wohnung lebt. Und das wird mit dem Haus genauso sein.« Seine Stimme war warm und liebevoll, als er das sagte.

»Danke, Frank. Das hilft mir!«

Es half wirklich. Außerdem hatte das Haus nicht nur ihre guten Jahre miterlebt. Auch die schlechten hatte es sich angeschaut. In diesen Räumen hatten sie sich gestritten. In diesen Räumen hatten sie sich getrennt. Vielleicht hing die Enttäuschung immer noch im Flur zwischen den Jacken.

Marlies hatte gar nicht erst versucht, das Haus zu entrümpeln. Ihr Mann und ihre Kinder, vier Menschen, hatten ihre nicht mehr benötigte Vergangenheit hiergelassen, und Marlies sah nicht ein, dass sie diese jetzt ausräumen sollte.

Die Kinder kamen vorbei und nahmen sich mit, was sie in die Zukunft retten wollten.

Ihr ältester Sohn brachte ein paar Freunde mit, die ihm halfen, einige Möbel in einen kleinen Transporter zu laden. Er wollte sie im Internet verkaufen.

Frank hatte ganz plötzlich unbedingt den unzerstörbaren Couchtisch haben wollen. Nadine würde davon sicher nicht begeistert sein, aber das behielt Marlies für sich. Unberührt sah sie zu, wie alles aus dem Haus geschleppt wurde.

Ihre Familie machte es ihr leicht. Alle waren bemüht, gute Laune zu verströmen. Es wurde gelacht und gescherzt, was das Zeug hielt. Am Ende bestellten sie Pizza und versammelten sich ein letztes Mal um den großen Esstisch. Doch bevor es sentimental werden konnte, bekam Frank einen Anruf von Nadine, und Lucas musste zum Bahnhof, um seine Freundin abzuholen.

Marlies war der kunterbunte und recht plötzliche Aufbruch von allen ganz recht. Sie wollte um jeden Preis rührige Szenen vermeiden. Jetzt musste nur noch sie ihre Sachen packen. Den Rest würde später ein Entrümpelungsunternehmen mitnehmen. Frank hatte angeboten, das Haus für sie zu verkaufen. Einer seiner Freunde war Makler und würde sicher einen guten Preis aushandeln.

Ihr Plan war, alles, was sie mitnehmen wollte, ins Schlafzimmer zu tragen.

Sie legte los.

»Marlies? Bist du da?«

»Komm einfach rein, Pit, die Tür ist offen!«

Zögernd trat er ein. Er fand sie nicht in der Küche und auch nicht im Wohnzimmer. »Marlies?«

»Ich bin hier!«

Er folgte der Stimme, bis er zu einem Zimmer kam, aus dem kreuz und quer Möbel, Lampen, Kisten, Bücher und jede Menge gerahmte Bilder quollen. Der Raum war so voll, dass es ihm unmöglich war, ihn zu betreten. »Bist du in diesem Chaos?«

»Ja, ich sitze hier mittendrin.«

»Und was machst du?«

»Verzweifeln.«

Pit schmunzelte. »Kann ich dazukommen? Oder stört dich das beim Verzweifeln?«

»Ich kann das alles unmöglich nach Sylt mitnehmen. Aber ich kann es auch nicht wegschmeißen. Was mach ich denn jetzt?«, kam es kläglich aus dem übervollen Raum.

»Erstens kannst du so viel nach Sylt mitnehmen, wie du willst.«

»Kann ich nicht. Das Haus, das ich gemietet habe, ist möbliert.«

Die Stehlampe wackelte ein bisschen, aber es erschien keine Marlies. »Und zweitens habe ich einen großen Keller, in dem du gerne ganz viele Sachen unterstellen kannst«, sagte er.

Die Stehlampe wackelte wieder. »Ich dachte, es geht ohne diesen emotionalen Quatsch.«

Pit hörte ihrer Stimme an, dass sie jetzt weinte. »Es geht doch nie ohne emotionalen Quatsch. Das ist doch das Schöne am Leben«, erklärte er der schwankenden Lampe.

Er hörte ein Rumpeln, dann ein leises Fluchen, und dann tauchte eine verwuschelte Marlies mit einem tränennassen Gesicht auf. Pit nahm sie in den Arm, und sie ließ es geschehen.

»Was brauchst du jetzt? Einen Mango-Milchshake?«

»Ich glaube ein Mango-Milchshake wäre genau das, was jetzt all meine Probleme lösen würde«, sagte sie lächelnd.

»Ich kenne mich eben aus mit Frauen!« Er bot ihr lächelnd seinen Arm an und geleitete sie hinüber zu seinem Haus.

Dass Pit diese Nacht nicht allein in seinem Bett verbrachte, lag nicht nur daran, dass Marlies gar nicht in ihrem eigenen Bett schlafen konnte, weil das ganze Schlafzimmer rappelvoll mit Sachen war, sondern vor allem daran, dass Marlies nicht allein sein wollte.

Als sie schnell nach Hause ging, um ihre Zahnbürste zu holen, gaffte die alte Frau Dieffenbach sie aus ihrem Vorgarten heraus an. Grußlos stand sie da, die Arme verschränkt, und sie schaute bedeutungsvoll von Marlies zu Pits Haus, als wollte sie damit andeuten, dass sie genau wusste, welch lasterhafte Dinge hier vorgingen.

Frau Dieffenbach war die Hüterin der Straße. Nicht korrekt abgestellte Mülltonnen, falsch geparkte Autos oder auffällige Kleidung. Alles wurde von ihr registriert und mit Kopfschütteln, Seufzen oder bösem Murmeln quittiert. Es juckte sie, der Frau endlich mal etwas entgegenzusetzen.

»Pit!«, schrie sie laut zu seinem Haus herüber. »Pit!«

»Ja?« Sein Kopf erschien am geöffnetem Fenster.

»Hast du noch Kondome, oder soll ich die mitbringen?«, rief sie ihm zu.

Pit fiel vor Schreck fast aus dem Fenster. Dann entdeckte auch er die gaffende Nachbarin, der gerade die Gesichtszüge entgleisten, und grinste. »Ich hab nur noch fünf, bring lieber noch ein paar mit!«, antwortete er, so laut er konnte.

Entsetzt verließ Frau Dieffenbach ihren Posten im Vorgarten und flüchtete in ihr Haus. Laut ratternd ließ sie die Rollläden herunter, um sich vor der ausschweifenden Enthemmung zu schützen, die hier offensichtlich um sich griff.

Marlies und Pit kicherten wie Teenager. So machte es noch viel mehr Spaß zu tun, was sie ohnehin hatten tun wollen …

Auf dem Festland

Hannes saß nach langer Zeit wieder einmal mit seinem alten Freund Rainer zusammen im *Lütt Hüs*. Von außen betrachtet wirkte alles wie früher, dabei hatte sich alles verändert. Rainer war ein neuer Mensch geworden – und hatte sich mit Birgit Feddersen in eine rege Fernbeziehung gestürzt. An den Wochenenden besuchten sie sich gegenseitig und gingen eng umschlungen entweder an der Elbe oder an der Nordsee spazieren. So hatte Rainer dieses Wochenende allein deshalb Zeit für Hannes, weil seine Birgit eines ihrer Radioseminare gab und deshalb nicht gekommen war.

Hannes nahm einen Schluck von seinem Flens und musterte seinen Freund.

Rainer war auf Mineralwasser umgestiegen. »Birgit trinkt keinen Alkohol, da hab ich auch einfach damit aufgehört«, erklärte er und lutschte an seiner halben Zitronenscheibe. Er wirkte nicht halb so lethargisch wie sonst. Er saß aufrechter, erzählte lebhafter. Die Liebe tat ihm offensichtlich gut.

»Ich freu mich für dich, Rainer, ehrlich!«, sagte Hannes und meinte es auch so.

»Jetzt müssen wir das bei dir nur auch noch hinkriegen«, sagte Rainer verschwörerisch über seinem Wasserglas.

Hannes seufzte. »Wenn das so einfach wäre«, sagte er und erzählte ihm, was er alles unternommen hatte – bis zu seiner unbeantworteten Nachricht, die er auf Cornelias Anrufbeantworter hinterlassen hatte.

»Alter, du weißt doch, wie unzuverlässig Anrufbeantworter sind!« Rainer schob sein Glas von sich weg. »Ich hatte mal einen, der jede dritte Nachricht gelöscht hat – einfach so! Oder deine

Nachricht ist überhaupt nicht auf ihrem AB gelandet. Auf meinem AB war mal eine Frau, die bei mir fünfundzwanzig blaue Mützen bestellt hat! Die hat sie ja auch nie bekommen!«

Hannes dachte nach. Wenn Cornelia die Nachricht auf seinem Anrufbeantworter nicht bekommen hatte, hatte er ja vielleicht wirklich noch eine Chance!

»Und selbst wenn sie die Nachricht bekommen hat … Du hast da sicher einen unverbindlichen Stuss draufgequatscht, stimmt's?« Rainer klopfte ihm heftig auf den Rücken und nahm sein Schweigen als Zustimmung. »Du musst ihr dein Herz öffnen, Hannes. Hab' ich auch gemacht. War nicht leicht, aber es hat sich gelohnt!« Er grinste zufrieden. »Ruf sie auf dem Handy an, jetzt!«

»Ich habe ihre Handynummer nicht.«

»Das ist nicht dein Ernst! Bist du bei der Polizei, oder was?«

Hannes setzt zu einer Erklärung an, dass es nicht erlaubt war, für private Zwecke die Datenbanken zu durchforsten, aber Rainer unterbrach ihn und zückte sein Handy. »Dann zeig ich dir jetzt mal, wie so was geht. Ich bin Journalist. Von mir kann jeder Polizist was lernen!«

Hannes verdrehte die Augen, schaute aber neugierig auf Rainers Display.

Sein Freund gab Cornelias vollen Namen in eine Suchmaschine ein und suchte dann eine Weile in den Ergebnissen. Schließlich hatte er etwas Brauchbares gefunden: ein kleines Lokal, in dem Cornelia früher im Jahr aufgetreten war. Die Konzertankündigung war noch im Netz zu finden.

Rainers Finger huschten über die Tastatur, kurze Zeit später rief er dort an. »Moin, hier Hannes Walther vom *Lütt Hüs* auf Sylt …«

Hannes knuffte ihn in die Seite, weil er seinen Namen benutzte.

»… ich wollt' mal nachfragen … Ihr hattet im Mai da diese Sängerin bei euch. Die mit den roten Haaren, genau … Uns ist hier jemand abgesprungen, und ich müsste sie kurzfristig erreichen … Ihr habt nicht zufällig noch ihre Handynummer? Jo. Super, ich schreibe mit.« Er tippte Cornelias Nummer in Hannes' Handy ein, das dieser ihm hektisch hinhielt, weil weder Stift noch Papier greifbar waren.

Rainer bedankte sich, beendete das Gespräch, stand auf und verbeugte sich vor Hannes. »Das war jetzt nicht datenschutzkonform, aber sehr erfolgreich.«

Hannes applaudierte. Das hatte sein Freund sich wirklich verdient.

»So, und jetzt rufst du an«, bestimmte Rainer, und Hannes fasste sich tatsächlich ein Herz.

»Mailbox!«, sagte Hannes eine Minute später und klickte auf Beenden. Er war enttäuscht und erleichtert zugleich.

»Weißt, du was du jetzt machst? Du –«, begann Rainer, auf ihn einzuquatschen.

»Ich weiß allerdings, was ich jetzt mache«, unterbrach Hannes ihn bestimmt. »Ich beantrage für nächste Woche Urlaub, und dann fahre ich hin. Ich werde ihr mein Herz öffnen und keine weiteren Nachrichten auf Anrufbeantwortern hinterlassen! Ich werde«, er hob feierlich seine Bierflasche, »einfach hinfahren!«

»Du wirst nicht jahrelang auf fünfundzwanzig blaue Mützen warten, die nie ankommen. Du wirst dein Mädchen nach Hause holen!« Begeistert hob Rainer sein Glas, und sie stießen an.

Nachdem Gitta Michael ihre Idee ausführlich geschildert hatte, war er einverstanden. Sie hatte versprochen, alles Nötige dafür zu tun, damit es funktionierte. Seitdem nutzte sie jede freie Minute für ihre Vorrecherche. Sie durchsuchte das Internet, kaufte sich Stapel von Fachliteratur und telefonierte wild durch die Gegend.

Gemeinsam mit Michael überlegte sie hin und her. Beide machten sich tausend Gedanken. Und dann ging doch alles ganz schnell.

Es war Liebe auf den ersten Blick.

Cornelia hatte ebenfalls damit begonnen, ihre Wohnung zu leeren. Es war für sie, wie für Marlies, eine große Herausforderung, sich von fast allen Möbeln zu trennen und wirklich nur das Nötigste zu behalten.

Die beiden telefonierten viel in letzter Zeit, während sie von Gitta gar nichts hörten. Sicher war sie in Arbeit versunken.

Der Plan war, nur mit einem kleinen Transporter auf die Insel zu ziehen. Alles, was darüber hinaus nicht mehr in Marlies' MINI passte, musste hierbleiben.

Cornelia verkaufte ihren Schrank, den Schreibtisch, das Bett. Es machte ihr Spaß, sich vorzustellen, dass auch ihre Möbel jetzt ein neues Leben anfingen, in einer neuen Umgebung, mit anderen Besitzern. Die Tage waren so angefüllt mit Packen und Verkaufen, dass sie ihren Groll über die nicht mehr stattfindenden Konzerte und den verlorenen Job an der Musikschule vergaß. Der Abschied von ihren Schülern hatte sie traurig gemacht, aber nach wie vor tauschte sie täglich Sprachnachrichten mit Liz aus. Cornelia fand, sie hätten stattdessen auch einfach telefonieren können, aber das schien in den Augen dieser Generation ein veraltetes System zu sein. Liz war gerade für sechs Wochen für Proben und Aufnahmen mit der neuen Band auf Ibiza. Das Mädchen fühlte sich wohl mit den anderen Musikern, der Musik und tat sich mit allem ziemlich leicht. Dinge, die Cornelia zu schaffen gemacht hätten, bewältigte sie mit jugendlicher Leichtigkeit. Auch Liz' Eltern hatten sich nicht nur mit der Situation angefreundet, sondern waren inzwischen unheimlich stolz auf sie und erzählten allen, ihre Tochter würde bald auf Welttournee gehen, obwohl es sich nur um eine kleine Europatour handelte.

Cornelia lächelte. Die »kleine Europatour«, wie Liz die Reise nannte, wurde generalstabsmäßig vorbereitet. Liz würde vermutlich nicht vor einer Handvoll Leute auftreten müssen.

Der Engel ließ sich in dieser Zeit weder bei Marlies noch bei Cornelia blicken, und beide werteten das als ein gutes Zeichen.

Offensichtlich waren sie auf dem richtigen Weg. Um die Sache mit Hannes würde Cornelia sich kümmern, sobald sie auf der Insel war. Sie hoffte nur, dass er sie bis dahin nicht ganz vergessen hatte.

Pit bestand darauf, auf eine Abschiedsfeier mit Marlies zu verzichten. »Lass es uns gar nicht Abschied nennen«, sagte er, »unsere Beziehung geht einfach nur in einen anderen Zustand über, das ist alles.«

Marlies fand das eine schöne Vorstellung. Sie vermied auch, sich von Freunden und Bekannten zu verabschieden. Jeder zweite versprach sowieso, sie auf der Insel zu besuchen, und Marlies hoffte sehr, dass einige diese Ankündigung auch verwirklichen würden.

Der Umzugstag kam schneller, als sie gucken konnte. Pit hatte angeboten, den Transporter zu fahren, und Marlies hatte sich angewöhnt, seine Hilfe dankend anzunehmen.

Gleich am Morgen rief Conny sie aufgeregt an. »Es gibt ein Problem«, erklärte sie dringlich. Eine Nachbarin von ihr zog ebenfalls aus, was bedeutete, dass sie sich das enge Treppenhaus teilen mussten. Da sie nicht viele Sachen hatte, war die Nachbarin damit einverstanden, dass sie ihre Sachen zuerst einlud. Allerdings bedeutete das, dass Marlies sich jetzt beeilen musste, damit sie nicht zu lange warten musste.

Kurz danach rief Gitta an. Sie könnte leider nicht kommen und helfen, Sarah hätte vorzeitige Wehen bekommen, sagte sie. Sie würde sich jetzt auf den Weg zu ihr ins Krankenhaus machen.

Marlies wünschte ihr alles Gute und legte gestresst auf. Sie hatte alles so gut geplant, wollte noch eine Erinnerungsrunde durch das Haus drehen. Jetzt waren sie eine Person weniger zum Einladen.

Der größte Teil ihres geschrumpften Besitzes lagerte zwar

schon in Pits Keller. Trotzdem gab es noch genug, was verstaut werden musste.

»Wir schaffen das!«, sagte Pit wenig später und nahm Marlies tröstend in den Arm. Er wusste, dass sein Job heute nicht nur Packer und Fahrer war, sondern er auch der Fels in der Brandung zu sein hatte. Er telefonierte kurz, und zwanzig Minuten später erschienen drei seiner Freunde, die all die Sachen schneller in den Transporter gepackt hatten, als Marlies brauchte, um die Blumen noch einmal zu gießen. Es hatte geregnet, und der Garten brauchte kein Wasser, aber es war Marlies' Art, sich von ihm und den Rosen zu verabschieden.

»Lasst es euch gut gehen, ihr Hübschen.« Wer wusste schon, wer der nächste Besitzer sein würde. Angesichts der Größe des Hauses würde vielleicht eine neue Familie einziehen und die Räume wieder mit Leben füllen.

Sie winkte den Rosen zu, schaute ein letztes Mal vergeblich nach Mrs. Winterbottom, dann schloss sie ein allerletztes Mal die Terrassentür und verließ zügig das Haus.

Die Freunde von Pit waren so schnell verschwunden, wie sie gekommen waren.

»Alles in Ordnung?«, fragte Pit und begleitete Marlies zu ihrem MINI.

Marlies nickte.

»Dann mal los! Wir treffen uns bei Cornelia.« Er sprang in den Transporter und wirkte auf einmal viel jünger, als er war.

Marlies warf noch einen letzten Blick auf das Haus. Sie startete den Motor und fuhr schweren Herzens los. Zum Glück blieb bei Cornelia keine Zeit für Sentimentalitäten. Der große Umzugswagen der Nachbarin blockierte die Straße und musste umständlich umgeparkt werden, damit auch ihr Transporter Platz fand. In der Wartezeit schleppten Marlies und Conny schon alles nach unten.

»Das ist alles, was du mitnimmst?«, fragte Marlies auf der Treppe und zeigte auf das Duzend Kisten, die zwei Koffer und Cornelias Reisetasche. Keine Möbel.

»Eine wahre Künstlerin trägt ihr Kapital nicht in Kisten«, sagte Cornelia salbungsvoll und lachte. Ihr fiel der Auszug aus ihrer kleinen Wohnung offenbar gar nicht schwer. Sie schien ihr mit dem Jobverlust ebenso verknüpft zu sein wie mit den vielen anderen Enttäuschungen. Wie oft hatte sie sich am Telefon in der Küche sitzend anhören müssen, dass kaum Karten verkauft waren, das Konzert deshalb abgesagt wurde!

Eine neue Umgebung mit einem neuen Wirkungsfeld war genau das, was sie jetzt brauchte.

Hannes machte sich von der Straßenbahnhaltestelle auf den Weg zu Connys Wohnung. Es war, wenn er seinem Handy trauen konnte, ein Weg von gerade einmal fünfzehn Minuten. Er atmete tief durch. *Jetzt nur keine Panik kriegen!* Er würde es machen, wie er es sich vorgenommen hatte: einfach sein Herz öffnen und Cornelia gestehen, dass er sich bis über seine Mütze in sie verliebt hatte.

Es ist ganz einfach. Du musst es nur sagen, machte er sich selbst Mut. *Es ist wie ins kalte Wasser gehen, man muss es einfach tun.*

Er bog in ihre Straße ein und sah sofort den Umzugswagen.

Auf sein Klingeln öffnete eine Nachbarin in Jacke die Tür und verkündete missmutig, dass Frau Berger heute auszog. Dabei deutete sie auf den Transporter.

Hannes sah sich um. Weit und breit war nichts von Cornelia zu sehen. Zwei Männer beluden den Wagen, schienen jetzt aber fertig zu sein. Die Nachbarin schwang sich auf ihr Fahrrad und fuhr davon. Die beiden Männer verschwanden noch einmal im Haus.

Jetzt oder nie. Hannes atmete tief ein. Das war seine Chance auf eine Liebeserklärung, die Conny nie vergessen würde.

Ohne zu zögern, sprang Hannes in den Laderaum des Umzugswagens und versteckte sich zwischen den Kisten. Sein Plan ging auf: Die Männer luden zwar noch einige letzte Sachen ein, bemerken ihn aber nicht und verschlossen die Tür. Es wurde dunkel.

Cornelia war sicherlich schon an ihren neuen Wohnort vorgefahren. Na, die würde gucken, wenn er dort gleich als Geschenk auf der Laderampe stand.

Diese Vorstellung, sie so ungewöhnlich zu überraschen, beflügelte ihn und half ihm über seine plötzliche Angst hinweg, als der Transporter in die Kurve fuhr und die Kisten um ihn herum bedrohlich in Bewegung kamen. Es war nicht ganz ungefährlich, was er hier veranstaltete. Aber für die Liebe konnte man schon mal seinen Hals riskieren.

Gitta saß in einem schmucklosen Krankenhausflur und wartete. Der Linoleumboden war stumpf, die Stühle waren unbequem. Eine Krankenschwester hatte Sarah in einen Behandlungsraum geführt und an einen Wehenschreiber angeschlossen, der die vorzeitigen Wehen sichtbar gemacht hatte. Sarah war zutiefst besorgt, und Gitta teilte ihre Ängste, auch wenn der freundliche Arzt gesagt hatte, dass die Chancen für das Baby selbst dann gut ständen, wenn es bereits jetzt auf die Welt käme.

Sarah wusste als Ärztin trotzdem, was alles schiefgehen konnte und welche Komplikationen bei einem Frühchen auftauchen konnten. Sie wollte mit dem Arzt direkt einen Notfallplan entwerfen, aber er sagt beruhigend: »Darüber machen wir uns noch keine Gedanken.«

Gitta legte den Kopf nach hinten und starrte auf die vielen kleinen Löcher in der Krankenhausdecke. Der Arzt hatte noch einige Untersuchungen machen wollen und sie gebeten, inzwischen im Wartebereich Platz zu nehmen. Ob die Deckenplatten hier so viele Löcher hatten, damit Angehörige, die hier warten mussten, etwas zählen konnten? Es wäre sicher angenehmer, Löcher in den Wänden zu zählen, dann müsste man sich nicht so den Hals verrenken.

Sie war erleichtert, von Sarah und dem Arzt wegzukommen. Sarah war hier sicher in guten Händen. Wie gut, dass sie das Ziehen im Bauch richtig interpretiert hatte!

Die Verantwortung, die man als Mutter zu tragen hatte, erschien ihr auf einmal übergroß. Wie um Himmels willen konnte man ein ganzes Leben lang die richtigen Entscheidungen für sein Kind treffen? War das nicht unmöglich? Wie hatte Marlies das bloß geschafft?

Sie war froh, dass Michael und sie sich nur eine verhältnismäßig kleine Verantwortung aufgehalst hatten. Sie checkte ihr Handy, hatte aber kaum Empfang. Fahrig sah sie sich ein paar Bilder an, die sie in den letzten zwei Tagen gemacht hatte. Beim Anblick des Kleinen musste sie lächeln.

Was Marlies und Conny wohl sagen würden? Es tat ihr leid, dass sie beim Umzug nicht dabei sein konnte. Sie würde die beiden, sobald sie konnte, in ihrem neuen Zuhause besuchen.

Ein Mann kam nervös den Gang herunter. Noch bevor sie ihn richtig sah, wusste Gitta, dass es Jens sein musste. Er hatte ein wichtiges Meeting gehabt und war für Stunden nicht erreichbar gewesen, vor allem deshalb hatte Sarah in ihrer Not Gitta angerufen.

Jens erkannte Gitta und stotterte statt einer Begrüßung nur ein paar Fragen zusammen: »Gitta, du … Was … Weißt du …«

»Setz dich, es ist alles im grünen Bereich. Sarah hat zwar vorzeitige Wehen, aber der Arzt meint, das Baby ist momentan nicht in Gefahr. Sie machen gerade noch ein paar Untersuchungen.«

Jens ließ sich wie ein nasser Sack neben sie auf die unbequemen Stühle fallen. »Wie geht es ihr?«, fragte er, ohne sie anzusehen. Er starrte zur Wand, als würde er dort Löcher zum Zählen suchen.

»Es geht ihr gut. Sie war viel cooler als ich. Du hast eine tolle Frau!«

Jens nickte und strich sich über das Gesicht. »Wenn sie das Baby verliert …« Jetzt starrte er zu den Löchern an der Decke.

»Es ist ziemlich unwahrscheinlich, selbst wenn das Kind heute auf die Welt kommen würde.«

Jens traten Tränen in die Augen, die er mit aller Kraft zurückzuhalten versuchte. »Es ist meine Schuld, wenn sie es verliert«, presste er hervor.

Du lieber Himmel, dachte Gitta. »Ach, *du* bist Gott. Na, dich wollte ich ja lange schon mal kennenlernen«, sagte sie sarkastisch.

»Ich wollte das Kind nicht. Ich wollte es die ganze Zeit nicht!«, gestand er, was sie schon wusste.

»Ich glaube nicht, dass du damit vorzeitige Wehen einleiten kannst.« Gitta sah ihn an, und auch er suchte jetzt ihren Blick. »Wie würdest du dich fühlen, wenn sie es verliert?«

Er schüttelte den Kopf, als wollte er diese Möglichkeit nicht durchdenken. »Es wäre furchtbar für sie. Sie hat sich die letzten Wochen so gefreut.«

»Und wie wäre es für dich?«, wiederholte sie ihre Frage.

»Da wäre Erleichterung … und …«, er sah sie erstaunt an, »und eine große Traurigkeit.«

Gitta unterdrückte ein Lächeln und bemühte sich um einen neutralen Gesichtsausdruck.

»Ist das nicht schräg? Zwei so gegensätzliche Gefühle?«

»Das Leben ist schräg«, sagte Gitta und stand auf. »Grüß Sarah lieb von mir.«

Er nickte stumm. Sie ging den Gang entlang. Kurz bevor sie die Tür erreichte, drehte sie sich noch einmal zu ihm um. »Irgendwann in den nächsten Wochen wirst du Vater.«

Er schaute sie an, und langsam stahl sich ein winziges Lächeln auf sein Gesicht. »Ja«, sagte er, »das werde ich.«

Hannes war naiv davon ausgegangen, dass Cornelia nur ein paar Straßen weiter zog. Der Umzugswagen war jetzt aber schon vierzig Minuten unterwegs, und langsam dämmerte ihm, dass es sein konnte, dass er hier Stunden würde ausharren müssen.

»Marlies …« Conny rutschte unruhig auf ihren Sitz herum. Sie waren noch nicht lange unterwegs, aber sie musste einfach mal auf Toilette.

»Du bist ja schlimmer als meine Kinder früher«, schimpfte Marlies und steuerte eine Raststätte an. Insgeheim war sie jedoch dankbar für eine frühe Toilettenpause. In dem ganzen Packstress hatte sie ganz vergessen, selbst noch einmal zu gehen.

Als sie aus der Raststätte wieder in die Frühlingskälte traten, kam ihnen Pit entgegen.

Sie grinsten sich alle drei an. Marlies und er küssten sich. »Läuft das gut mit dem Wagen? Du sagst uns Bescheid, wenn dich einer ablösen soll!«

»Als ob ich euch den Transporter fahren lasse!« Er winkte ihnen zu und verschwand ebenfalls in Richtung der Sanitäranlagen.

Der Umzugswagen war endlich zum Stehen gekommen. Erleichtert stand Hannes auf und rieb sich die schmerzenden Beine. Er war sich nicht sicher, ob Cornelia dabei sein würde, wenn die Türen geöffnet wurden. Für den Fall der Fälle fuhr er sich dennoch durch die Haare und brachte sich in eine lässige Position.

Keine Sekunde zu früh. Die Türen wurden aufgerissen, und das helle Tageslicht blendete ihn.

Als er wieder klar sehen konnte, starrten ihn zwei Männer an.

Er hob die Arme. »Ich bin die Überraschung für Cornelia!«, präsentierte er sich stolz.

»Cornelia? Welche Cornelia?« Die beiden Männer starrten erst ihn, dann einander verständnislos an.

Gestrandet in Wanne-Eickel, brauchte Hannes erst einmal einen Kaffee.

Es hatte ihn einige Mühe gekostet, die Männer davon zu überzeugen, dass er kein Dieb war. Schließlich hatte er ihnen seine Dienstmarke gezeigt, und von diesem Moment an hatten die beiden es sehr eilig gehabt, ihn loszuwerden, was seine Informationen über Cornelias Verbleib nicht gerade aufstockte. Aus den Männern war nur herauszubekommen gewesen, dass außer ihnen heute auch eine Nachbarin ausgezogen war. Wohin, wussten sie leider nicht.

Dämliches Festland, dachte Hannes. Eine so geringe Informationsdichte hätte es auf der Insel nicht gegeben.

Hannes machte sich nichts aus Horoskopen oder »Zeichen«. Aber wenn eine Liebesgeschichte so gar nicht in die Gänge kam, war es dann überhaupt eine? Wollte das Schicksal ihm hier, in diesem kleinen Café in Wanne-Eickel, etwas sagen? Sollte es einfach nicht sein?

Er rührte in seinem Kaffee und versuchte, den Milchschaum zu ertränken, der sich beharrlich weigerte, sich aufzulösen. Sollte er sich wie der Milchschaum den widrigen Umständen widersetzen und weiter um Cornelia kämpfen? Oder sollte er das Ganze vergessen und zurück auf die Insel fahren?

Er löffelte sich Milchschaum in den Mund und sprach ein rasches Gebet. Wenn man auf einer Insel aufwächst, so nah verbunden mit dem Meer, Stürmen ausgeliefert ist und dem ewigen Wind, ist der Glaube an eine höhere Macht nicht fern. Auch Hannes kramte diesen Glauben in seiner Not hervor und bat um ein Zeichen. Er brauchte etwas, das ihm Mut gab, weiterzumachen und nicht den nächsten Zug nach Hause zu nehmen.

Marlies und Cornelia kamen gut voran. Das Radio spielte schöne Musik, und sie fuhren ihrer neuen Zukunft entgegen und ließen ihr altes Leben Kilometer für Kilometer hinter sich.

Beide waren froh, eine Freundin neben sich zu haben und diesen Schritt nicht allein gehen zu müssen.

Je näher sie der Insel kamen, desto mehr flatterten die Schmetterlinge in Cornelias Bauch. Sie würde Hannes wiedersehen. Sie hatte aufgegeben, die Tatsache zu verdrängen, dass sie sich in den schüchternen, ungeschickten Inselpolizisten verliebt hatte.

Hannes bezahlte seinen Kaffee. Er war enttäuscht. Er hatte nicht erwartet, dass nach seinem kleinen Hilferuf an die Mächte des Himmels Rosenblätter von der Decke schwebten, aber dass überhaupt nichts passierte, war frustrierend.

Er holte seine Jacke von der Garderobe, zog sich Schal und Mütze an und bückte sich nach seiner Reistasche. Zu seinen Füßen blinkte es. Ein Glückscent!

Als er ihn aufhob, kam ihm ein Gedanke. Er würde die Münze werfen und sie entscheiden lassen. »Zahl« bedeutete, er sollte Cornelia auf dem Handy anrufen; lag das Eichenlaub auf der Rückseite oben, hieß es, er sollte nach Hause fahren.

Gerade als er die Münze werfen wollte, klingelte sein Handy.

Es war Rainer. »Du, hör mal!«, rief er aufgeregt, kaum hatte Hannes den Anruf angenommen. »Ich habe gerade den Baumgärtner beim Bäcker getroffen! Der hat doch tatsächlich das Haus seiner Tochter an zwei vom Festland vermietet. Er hat mir sogar ihre Namen verraten. Marlies Hopper mit ihrer Freundin – halt dich fest – Cornelia Berger! Sie zieht auf die Insel, Hannes! Du bist ein Glückspilz, weißt du das?«

Hannes starrte auf den Glückscent in seiner Hand.

Er beendete das Gespräch, ohne etwas zu sagen, und machte einen kleinen Luftsprung.

Auf der Insel

Der Anruf erreichte sie auf dem Autozug, gerade als die Vorfreude bei Cornelia ihren Höhepunkt erreicht hatte.

Marlies hörte nur, dass eine weibliche Stimme sehr aufgeregt in Cornelias Ohr sprach.

Cornelias Antworten waren kurz und verrieten wenig von dem, was sie mit der unbekannten Anruferin besprach: »Bist du sicher? Ab wann? Wie lange?«

Ohne zu wissen, worum genau es ging, rauschte Marlies' Laune in den Keller.

Cornelia wurde hingegen immer euphorischer. »Ich habe ein Jobangebot!«, sagte sie, sobald sie das Telefonat beendet hatte. »Ich soll Liz' Band als Vocalcoach unterstützen. Es wird sehr gut bezahlt. Ich soll die Proben begleiten und dann direkt mit auf Europatour!«

»Ab wann?«, fragte Marlies mit schwacher Stimme.

Cornelia sah sie wehmütig an. »Sie wollen mich so bald wie möglich. Ich soll mich bis morgen entscheiden, dann buchen sie mir sofort einen Flug nach Ibiza. Ihr bisheriger Coach ist kurzfristig ausgefallen.«

Marlies schluckte. »Das ist großartig, Conny, ich gratuliere dir!«

Als sie Westerland erreichten, setzte ein dichter Nieselregen ein. Beide Frauen hatten sich die Ankunft in ihrem neuen Zuhause anders vorgestellt. Der Regen war so dicht, dass sie erst mal nur das Nötigste aus dem Auto räumten.

Marlies hatte sich darauf gefreut, Cornelia das Haus, ihr neues Zimmer zu zeigen. Jetzt schlichen beide von Raum zu Raum, die Stimmung war gedrückt.

Als Pit endlich mit dem Transporter ankam, waren beide

Frauen froh. Jetzt gab es etwas zu tun, und sie mussten nicht mehr angestrengt vermeiden, über das Offensichtliche zu reden: Ihre Wohngemeinschaft würde sich auflösen, bevor sie sich überhaupt eingerichtet hatten.

Erst als sie am Abend bei Kerzenlicht und Wein im Restaurant saßen, um sich für die getane Arbeit zu belohnen, erzählten Cornelia und Marlies auch Pit von dem Anruf und den unerwarteten Folgen für ihr Zusammenleben.

»Das ist eine Riesenchance für dich, Conny, und eine Riesenkatastrophe für euren Neustart hier zu zweit«, fasste er zusammen.

Die beiden nickten wie Schulmädchen.

»Es ist aber klar, dass sie es machen muss«, sagte Marlies schnell. Sie hoffte, es würde ihr keiner anmerken, wie sehr die Vorstellung, plötzlich allein auf der Insel zu sitzen, schreckte.

Cornelia nahm einen Schluck Wein und schwieg. Vielleicht hätte aus Hannes und ihr ja doch noch etwas werden können, hier, auf Sylt, umgeben vom Meer.

Mit vollem Magen kehrten die drei schließlich besser gelaunt ins Haus zurück. Nach dem anstrengenden Tag waren sie froh, ihre Schlafanzüge anzuziehen und endlich schlafen gehen zu können. Zum Glück hatte Marlies darauf bestanden, dass sie die Betten noch vor dem Ausgehen frisch bezogen.

Auch Hannes war fix und fertig, als er endlich wieder in Westerland ankam. Er hatte in Dortmund gerade noch den letzten Zug nach Sylt bekommen, und es war spät geworden. Er sah auf die Uhr. Eigentlich zu spät, um noch bei Cornelia zu klingeln, die immerhin einen Umzug hinter sich hatte. Aber warten konnte er dennoch nicht. Er musste diese Sache jetzt endlich zu einem guten – oder schlechten – Ende bringen.

Er lief zur Adresse, die ihm Rainer genannt hatte.

Es regnete, fast lautlos strömte der Regen auf ihn herunter und durchweichte seine Jacke und die Tasche, die er den ganzen Tag schon mit sich herumschleppte.

Die Klingel schrillte laut durchs ganze Haus. Kurze Zeit darauf ging in zwei Zimmern das Licht an. Eine Gardine bewegte sich. Offenbar wollten Cornelia und ihre Freundin erst einmal sehen, wer da zu so später Stunde noch etwas von ihnen wollte.

Endlich! Das Licht im Treppenhaus. Gleich würde er Cornelia gegenüberstehen.

Hannes richtete sich auf.

Dann öffnete sich die Tür. Hannes hatte mit allem gerechnet, aber nicht damit, dass ihm ein Mann im Pyjama die Tür öffnete. War *das* der Typ aus der Toilette? War er direkt miteingezogen?

»Kann ich Ihnen helfen?«, fragte der Mann ein wenig verschlafen, aber freundlich.

Alles, was Hannes sich zurechtgelegt hatte, fiel in sich zusammen. Solange dieser Typ im Schlafanzug dastand, brachte er kein Wort heraus. Hoffnungsvoll linste er in den Flur. Vielleicht stand Cornelia dort irgendwo und bat ihn herein. Aber sie war nicht zu sehen. Sicher lag sie oben im Bett und wartete, dass der Kerl zurück ins Bett kam.

Hannes ging einen Schritt zurück. Er war die ganze Zeit einer Illusion hinterhergejagt. Deshalb hatte sie auch nicht auf seine Nachricht geantwortet. Er wollte etwas sagen, aber sein Hals war wie zugeschnürt. Er warf einen letzten sehnsüchtigen Blick in den Flur, dann drehte er sich um und ging.

Marlies und Conny hörten die Haustür zufallen und kamen neugierig nach unten.

»Wer war es?«, fragte Marlies.

»Keine Ahnung.« Pit gähnte. »Ein Typ mit Sporttasche. Er hat kein Wort gesagt.«

»Trug er eine dunkelblaue Wollmütze?«, fragte Cornelia aufgeregt.

»Kann sein«, erwiderte Pit und beobachtete verwundert, dass Cornelia so, im Nachthemd, zur Tür lief und auf die Straße rannte.

Marlies, die sich sicher war, dass Cornelia sich bei den Temperaturen in kürzester Zeit den Tod holen würde, wollte ihr mit einer dicken Jacke in der Hand hinterherhechten, aber Pit hielt sie zurück. Er zeigte stumm auf die Straßenlaterne, unter der Cornelia den späten Besucher jetzt eingeholt hatte.

Marlies kniff die Augen zusammen, um besser sehen zu können. »Hannes«, sagte sie erstaunt. »Das muss Connys Hannes sein.«

Hannes sagte etwas.

Cornelia sagte etwas.

Was, konnte Marlies durch den dichten Regen nicht hören. An Pit gelehnt, beobachtete sie, was geschah.

Hannes und Cornelia sahen sich an. Hannes sagte wieder etwas, diesmal länger und heftiger. Er nahm seine Arme hoch und gestikulierte mit seiner Sporttasche. Dann machte Conny einen Schritt auf ihn zu, er ließ seine Tasche fallen, und die beiden fielen sich in die Arme und küssten sich.

Marlies und Pit umarmten sich ebenfalls und zogen sich diskret von ihrem Beobachtungsposten zurück.

Hannes ließ es sich nicht nehmen, die nasse und frierende Cornelia zur Haustür zu tragen.

Im Wohnzimmer lagen Handtücher bereit, und jemand hatte den Kamin angemacht.

Sie trockneten sich ab und kuschelten sich dann auf dem Sofa unter die einzige Decke.

Hannes hielt Cornelia im Arm. Sein Herz klopfte wie verrückt.

Beide hatten ihre nassen Sachen ausziehen müssen und lagen jetzt nur in Unterwäsche unter der Decke, die alles verhüllte. Er hielt sie warm und erzählte von seiner Odyssee durch die Republik.

Conny wärmte sich auf und hörte ihm zu. Seine Stimme, seine Hände, die sie festhielten, seine Bartstoppeln, die sie leicht streiften. Sie berührte sanft seine Lippen, was ihn völlig aus dem Konzept brachte. Er redete dennoch tapfer weiter – auch als sie ihn am Hals berührte und an der Brust. Seine Sätze bekamen Lücken, seine Hände wollten nicht bleiben, wo sie lagen.

Als ihre Hände seinen Bauch erreichten, gab er auf. Er packte sie und küsste sie so leidenschaftlich, dass nichts, was dann folgte, mehr aufzuhalten war.

Die Männer waren schnell einkaufen gegangen, während die Frauen in den Kisten nach Tellern und Besteck gewühlt und den Frühstückstisch gedeckt hatten.

Jetzt saßen sie alle zusammen am Tisch und aßen mit großem Appetit. Marlies konnte die Augen nicht von Cornelia lassen, so glücklich wirkte ihre Freundin mit einem Mal. Ihre roten Haare leuchteten noch mehr als sonst, ihr ganzes Gesicht strahlte. Kein Wunder, turtelten Cornelia und Hannes doch wie Teenager und saßen mehr auf einem Stuhl als auf zweien.

Marlies traute sich nicht, Cornelia zu fragen, ob sie das Jobangebot noch annehmen wollte, weil sie nicht wusste, ob Cornelia ihrem Hannes schon davon erzählt hatte.

Pit war weniger vorsichtig. Als sie zusammen den Tisch abräumten, fragte er: »Wann musst du eigentlich bei deinen Ibiza-Leuten Bescheid geben, wegen des Jobs?«

Alle erstarrten.

»Heute«, sagte Conny. Sie sah zu Hannes und ergänzte schnell: »Aber ich habe mich noch nicht entschieden.«

»Es ist eine einmalige Chance für Conny. Sie muss das machen!«, erklärte Marlies, als hätte sie diesen Satz auswendig gelernt.

Cornelia schaute unglücklich zu Hannes, der sich im Kühlschrank verkroch, damit niemand seinen Gesichtsausdruck sehen konnte. »Ich muss mal telefonieren. Haben wir eine Banane?«, fragte sie.

Die Männer guckten verständnislos, nur Marlies wusste, warum Cornelia eine Banane zum Telefonieren brauchte, und drückte ihr eine Gurke in die Hand. »Nimm erst mal die. Das müsste eigentlich auch funktionieren.«

»Danke. Dann versuch ich das mal«, sagte Cornelia und stieg die Treppe zu ihrem Zimmer hoch.

»Fragt nicht«, sagte Marlies zu Pit und Hannes. »Das versteht ihr ja doch nicht. Aber ihr könnt die Kisten hier schon einmal auspacken.«

Cornelia schloss die Tür ab, damit ihr Hannes nicht folgen konnte, und setzte sich mit der Gurke aufs Bett. Sie strich mit den Fingern über die Decke, unter der sie mit Hannes die Nacht verbracht hatte.

»Hallo, Engel. Hier ist Conny, ich müsste mal dringend mit dir sprechen.«

Keine Antwort.

»Ich muss eine Entscheidung treffen.«

Das Gurkentelefon schwieg.

»Ich brauch einen Rat von dir. Ja, ich weiß, dass du keine Ratschläge verteilst. Normalerweise … Aber kannst du nicht eine Ausnahme machen? Es ist wichtig!« Sie ließ die Gurke sinken und sprach ohne ihren improvisierten Telefonhörer weiter. »Der Job ist genau das, was mir gefehlt hat. Alle raten mir zu, es zu machen. So eine Chance kommt bestimmt nicht wieder, oder?«

Sie lauschte auf eine Antwort.

»Aber es fühlt sich plötzlich überhaupt nicht richtig an. Es fühlte sich gestern, bevor Hannes geklingelt hat, schon nicht richtig an, aber jetzt, mit ihm … hier.« Sie musste lächeln. »Kann ich so einen Job absagen? Darf man das?«, fragte sie die Gurke, die in ihrer Hand lag.

Die Gurke wusste es auch nicht.

Als Cornelia zurück ins Wohnzimmer kam, blickten Marlies, Hannes und Pit sie erwartungsvoll an.

»Und?«, fragte Marlies. »Hast du ihn erreicht?«

Cornelia lächelte und blieb auf der letzten Treppenstufe stehen. »Keiner rangegangen«, sagte sie und holte tief Luft, bevor sie weitersprach. »Hört zu. Ich habe in meinem Leben viele vernünftige Entscheidungen getroffen. Es ist an der Zeit für etwas Unvernunft. Ich nehme mir ein Beispiel an meiner mutigen Freundin Marlies und …«

Die drei hingen an ihren Lippen, während sie ihre dramatische Pause genoss.

»Ich bleibe hier!«

Jubel brandete auf. Hannes und Marlies stürzten auf sie zu und umarmten sie. Pit, der auch dabei sein wollte, umarmte das Knäuel, kam versehentlich an Hannes' Hinterteil und ließ verlegen wieder los.

Marlies nahm ihn an der Hand und zog ihn in die Küche, um dem Liebespaar ein bisschen Raum zu geben.

»Bleibst du meinetwegen?«, fragte Hannes nach einem langen Kuss.

»Nein, wegen des guten Wetters hier«, kicherte Conny und wies auf das Fenster, gegen das dichter Regen prasselte.

Sie schauten hinaus in den Garten. Nanu! Warum kam er ihr so bekannt vor? Cornelia ging näher an die bodentiefen Fenster heran. Der Strandkorb, der Blick auf die angrenzenden Dünen, war das nicht …?

Auf einmal erinnerte sich Cornelia glasklar. Sie war zu Beginn ihrer gemeinsamen Sylt-Woche zuerst zur falschen Adresse gelaufen und war hier aus Versehen gestrandet. Sie hatte die Blumenzwiebeln in die Dünen geworfen und war dann vor dem Gärtner geflohen.

Wie seltsam, dass Marlies ausgerechnet dieses Haus gemietet hatte!

»Finde ich gar nicht. Es macht alles Sinn«, sagte Marlies und nahm vorsichtig einen Schluck von ihrem heißen Chai.

Sie saßen vor einer kleinen Strandbar, in dicke Jacken gehüllt, nur von einer Glasscheibe vor dem kalten Wind geschützt. Auch jetzt präsentierte Sylt sich grau in grau.

Pit war bald nach dem Frühstück mit dem Transporter losgefahren, und auch Hannes hatte sich verabschiedet, damit die beiden Frauen in Ruhe ankommen und ihren gemeinsamen Start auf der Insel genießen konnten.

Cornelia zog die Schultern hoch. »Liz war ganz schön enttäuscht, als ich ihr gesagt habe, dass ich nicht komme.«

»Das glaube ich. Aber es gibt hier noch ein Mädchen, das dich braucht.« Marlies zeigte treuherzig auf sich selbst. Ohne Pit an ihrer Seite kam sie sich plötzlich gleichzeitig klein und frei vor.

»Dann sag ich mal: Auf unser neues Leben!« Cornelia hob ihre Tasse Chai Tea.

»Auf unser neues Leben!«, sagte Marlies und stieß mit ihr an. Beide trugen ihre Sylt-Mützen und hatten rote Nasenspitzen von der Kälte.

»Und morgen starten wir die Jobsuche«, bestimmte Cornelia, die immer noch ein schlechtes Gewissen hatte, weil sie das gut bezahlte Jobangebot einfach ausgeschlagen hatte.

»Was hat der Engel eigentlich gesagt?«

»Nichts, er war gar nicht da.«

»Typisch!« Marlies seufzte. »Es wäre ja auch zu schön, wenn man bei schwierigen Entscheidungen einfach einen Engel anrufen könnte.«

Conny dachte nach. »Irgendwie war er doch da. Es fühlte

sich so an, als würde er mir bei der Entscheidungsfindung zuschauen.«

»Meinst du, er war mit dem Ergebnis zufrieden?«, fragte Marlies neugierig.

»Ich denke schon. Es war eine Entscheidung für die Liebe und die Freundschaft. Das müsste doch jedem Engel gefallen.«

Beide grinsten sich an und tranken ihren Chai.

»Du und der Polizist – wer hätte das gedacht!«, frotzelte Marlies.

»Ja, wer hätte das gedacht«, wiederholte Conny und sah lächelnd aufs Meer.

Käsekuchen nach 18 Uhr

Seit Sarah aus dem Krankenhaus entlassen war, brachte Jens ihr jeden Morgen Frühstück ans Bett. Die vorzeitigen Wehen hatten aufgehört, aber ihr Gebärmutterhals war bereits verkürzt, was bedeute, dass sie sich unbedingt schonen musste.

Sie hatte die Jobpause, die sie machen wollte, gut geplant und hätte die letzten Wochen vor ihrem Mutterschutz dringend gebraucht, um letzte Dinge in die Wege zu leiten, aber das war jetzt egal. Was zählte, war, dieses Baby so lange wie möglich »auszubrüten«, wie sie es nannte.

Was Sarah besonders rührte, war nicht das Frühstück, das ihr Mann ihr morgens auf einem Tablett auf die Bettdecke stellte, sondern der kleine Zettel, der jedes Mal dabeilag. »Für euch zwei« stand da mit einem kleinen Herz dahinter.

Es lief momentan erstaunlich gut zwischen ihnen, was vielleicht auch daran lag, dass Sarah Thomas, soweit es ging, ausklammerte. Wenn das Baby erst auf der Welt war, würde es wieder komplizierter werden, denn Thomas wollte unbedingt Kontakt zu seinem Kind. An manchen Tagen war Sarah danach zumute, es ihm einfach zu verwehren. Das hätte ihre Partnerschaft mit Jens erleichtert. Aber musste sie nicht auch an das Baby denken? Würde es ihr später nicht große Vorwürfe machen, wenn sein leiblicher Vater Kontakt wollte, den sie aber unterbunden hatte? Und auch juristisch hatte Thomas als leiblicher Vater einen Anspruch, sein Kind regelmäßig zu sehen.

Für Sarah war es neu, für einen anderen Menschen eine so große Verantwortung zu tragen. In ihrer Ehe mit Jens waren beide sehr frei gewesen, was ihre Lebensplanung anging. Jens hatte ein Jahr für Ärzte ohne Grenzen in Afrika gearbeitet, und sie wäre nie auf die Idee gekommen, ihn in seiner beruflichen Freiheit zu beschneiden. Vielleicht war diese große Freiheit ein Grund für ihren Seitensprung gewesen. Sarah wusste es nicht. Sie hatten zwar keine offene Beziehung vereinbart, aber die berufliche Freiheit schien auf die private abzufärben. Sie hatte ihn nie gefragt, ob während seines Afrika-Aufenthalts etwas mit einer anderen Frau gelaufen war. Sie wollte es auch gar nicht wissen.

Dieses Baby änderte alles. Ihre Beförderung konnte sie erst mal vergessen. Vielleicht sah das in ein paar Jahren wieder anders aus. Sarah plante, nur vier Monate lang Babypause zu machen und dann wieder voll einzusteigen. Sie hatte einen Kitaplatz für das Kleine in Aussicht. Jetzt ahnte sie zum ersten Mal, dass Planungen einer Mutter ganz anderen Gesetzen unterworfen waren als die Pläne anderer Menschen.

Ihre vorzeitigen Wehen hatten sie vorzeitig aus dem Job gekickt. Wer wusste schon, was das Baby noch mit ihrem Leben vorhatte und ob eine so schnelle Rückkehr in den Job überhaupt möglich war. Jens würde beruflich nicht kürzertreten. Würde er sich überhaupt einbringen, oder war sie bald eine dieser verheirateten und doch allein erziehenden Frauen? Wickeln, nachts aufstehen, füttern, tragen, spielen, beruhigen – würde das alles rund um die Uhr ihre Aufgabe sein?

Sie strich nachdenklich über den Zettel. Sie würde endlich mit Jens reden müssen. Es war höchste Zeit.

Obwohl sie alles tat, um es nicht zu sein, war Marlies ein bisschen eifersüchtig auf Cornelia und Hannes. Die beiden waren einfach zu verliebt, schickten sich ständig Nachrichten und nahmen jede Gelegenheit wahr, einander zu sehen. Es gab keine Nacht, in der sie nicht gemeinsam in einem Bett schliefen – wobei von Schlafen kaum die Rede sein konnte. Cornelia jedenfalls döste tagsüber oft ein, wenn sie sich zu lange aufs Sofa setzte.

Marlies fragte sich, wie Hannes das machte. Schließlich war

er nach Ende seines Urlaubs wieder im Dienst, und ein schlafender Polizist war bei einem Einsatz vermutlich nicht besonders hilfreich.

Pit und sie schickten einander zwar ebenfalls Nachrichten und telefonierten jeden Abend, aber die »ganz, ganz, ganz, ganz, ganz, ganz große Liebe«, wie der fiktive Schlagerstar Bruce Berger sie in *Männerherzen* besang, war es nicht.

Marlies war das erst beim Anblick von Cornelia und Hannes so richtig bewusst geworden. Auch wenn sie manchmal mit Neidattacken zu kämpfen hatte, gönnte sie ihrer Freundin ihr Glück aus vollem Herzen. Wenn irgendjemand an der Reihe war mit der großen Liebe, dann Cornelia. Sie blühte mit ihrem Polizisten auf. Wenn sie jetzt sang, strahlte und vibrierte der ganze Raum. Sie hatte ihren Traumjob abgesagt und war doch so glücklich, wie man nur sein konnte.

Es war also momentan an Marlies, die Vernünftige zu sein und die Jobsuche voranzutreiben. Der Lebenslauf, den sie mit Conny zusammen gebastelt hatte, brachte sie nicht weiter. Sie hatte schon in einigen Restaurants gefragt – überall wurden zwar Leute gesucht, denn auch im Frühjahr war auf Sylt Saison –, aber bei der Frage, ob sie Erfahrung in der Gastronomie habe, antwortete sie wahrheitsgemäß mit Nein und kam deshalb nie infrage.

»Du musst das machen wie Heidi Klum«, riet Gitta am Telefon.

»Ich soll mich als Model bewerben?«

»Du sollst dich verkaufen! Als Heidi Klum bei Victoria's Secret gefragt wurde, ob sie Erfahrung darin habe, Unterwäsche zu präsentieren, hat sie einfach Ja gesagt.«

»Ich soll lügen?«

»Marlies, du sollst die Wahrheit in ein besseres Licht rücken.«

»Aha.«

»Ja, nichts ›aha‹. Die Klum hat doch auch nicht wirklich gelogen. Jede Frau hat doch schon mal Unterwäsche präsentiert, nur nicht auf einem Laufsteg! Und du hast sehr wohl Erfahrung darin, Leute zu bedienen, und zwar jahrelange Erfahrung!«

Da hatte Gitta allerdings recht. »Und wie schreibe ich das in meinen Lebenslauf?«

»Gar nicht. Vergiss den Lebenslauf. Du gehst da hin und überzeugst sie.«

Marlies atmete tief aus. Das war nicht so leicht, wie Gitta sich das vorstellte. Ihr Selbstbewusstsein war in beruflichen Dingen nicht gerade groß. Woher auch? »Ich habe Angst vor den vielen Dingen, die ich nicht kann«, gestand sie. »Die haben alle so ein kleines Ding, in das sie die Bestellungen tippen. Man muss die Kasse bedienen können, man muss sich alles merken und –«

»Marlies! Das kann jeder, wirklich! Aber was nicht jeder kann, ist, den Menschen das Gefühl zu geben, dass sie willkommen sind und gerne verwöhnt werden. Und dass es okay ist, wenn sie erst eine Apfelschorle wollen und sich dann doch für einen Kaffee Latte entscheiden. So wie ich dich kenne, kannst du sogar sehen, was ein Gast gerade wirklich braucht. Du kannst mehr, als du glaubst.«

»Ich kann mehr, als ich glaube«, wiederholte Marlies und fragte dann: »Was macht dein Findling im Garten?«

»Ich hätte nie gedacht, dass es geht, aber es geht«, antwortete Gitta, die wusste, dass Marlies eigentlich wissen wollte, ob sie ihren Kinderwunsch inzwischen überwunden hatte. »Es ist, als lägen die Enttäuschung und der Schmerz weiter dort begraben, aber ich lebe jetzt auf einer anderen Straße, auf einer Parallelstraße. Ab und zu sind sich diese beiden Straßen noch ganz nah, ich kann alles da liegen sehen und fühle den Schmerz, aber ich kann ihn dann auch wieder loslassen und meine neue Straße weitergehen.«

Eine Weile sagte keiner etwas.

»Das hast du schön beschrieben«, sagte Marlies schließlich. Sie sah auf die Uhr. »Oh Gott, ich muss los, ich hab gleich ein Vorstellungsgespräch in der *Strandbar!*«

»Du hast da ein Vorstellungsgespräch? Wie toll ist das denn?«, freute sich Gitta. »Hast du nicht eben noch gesagt, du hättest bisher keinen Erfolg gehabt?«

Marlies winkte ab. »Nein, die wissen gar nicht, dass ich komme. Ich habe diesen Termin mit mir selbst vereinbart, weil ich mich schon so lange davor drücke!«

Marlies fuhr mit dem MINI über die Insel. Hier und da waren schon Schneeglöckchen und Krokusse zu entdecken. Der Frühling würde bald kommen und mit ihm mehr Wärme und mehr Gäste.

Ihr Herz klopfte ihr bis zum Hals, als sie nach dem Geschäftsführer fragte. Obwohl die Strandbar so klein war und man nur draußen sitzen konnte, war es Marlies' Lieblingsplatz auf Sylt. *Nicht besonders schick, nicht besonders teuer. Wind und Wetter ausgeliefert, bodenständig und einfach sehr sympathisch. So wie ich*, machte sie sich selbst Mut.

Der Geschäftsführer war ein Mann um die vierzig. Dynamisch sah er aus mit seiner Mütze und der grün leuchtenden Daunenjacke. Er trug Fingerhandschuhe, bei denen die Fingerspitzen frei lagen. Man konnte sehen, dass er gleich wieder losmusste, Leute bedienen, Getränkekisten schleppen, was eben zu tun war.

»Was kann ich für dich tun?«

Seine blauen Augen blickten sie freundlich an.

Das Du half. Sie fühlte sich sofort gleich alt, obwohl sicherlich zehn Jahre zwischen ihnen lagen. Marlies holte noch einmal Luft. »Ich möchte hier arbeiten. Das ist der beste Platz auf Sylt, um einen Chai Tea Latte zu trinken, und ich …« Sie stockte, wusste nicht, was genau sie sagen sollte. Sie hätte sich eine Rede schreiben sollen. »Ich bin genau die Richtige für einen Job hier«, beendete sie mutig ihren Satz.

»Warum?«, fragte er nicht unfreundlich.

Warum? Weil, weil, ich gut bin, dachte Marlies. Ihr Gehirn war leer. Sie dachte an das, was Gitta gesagt hatte, konnte es aber nicht in Worte fassen. »Weil ich Glück bringe!«, sagte sie ins Blaue hinein.

Er lachte. Eine Horde Kinder, vielleicht eine Schulklasse, stellte sich in diesem Moment am Crêpe-Stand an.

»Ich muss …« Er zeigte bedauernd auf die schubsende Schlange. »Lass mir deinen Lebenslauf da, dann rufe ich dich an!« Er schenke ihr ein letztes Lächeln, dann war er weg.

Kein Lebenslauf, sondern überzeugen, hatte Gitta gesagt. Marlies ging auf die Kinderhorde zu. Sie hatte in ihrem Leben vierundfünfzig Kindergeburtstage organisiert, sie wusste also, wie man mit einer Horde hungriger Kids sprechen musste.

»Alle herhören! Wer möchte alles einen Crêpe?«, rief sie.

Alle schrien gleichzeitig und doch durcheinander: »Ich!«, »Ich!«. Alle Hände flogen in die Höhe.

Marlies lächelte. »Gut, das habe ich mir gedacht. Dann mal gut zuhören. Wer nicht aufpasst, geht leer aus: Es gibt Crêpes mit Zimt und Zucker, Crêpes mit Nutella und Crêpes mit Banane und Nutella.« Auf der Karte standen noch mindestens sieben weitere Crêpe-Varianten, aber Marlies hatte schnell die drei kinderkompatibelsten ausgewählt. Außerdem durfte man einer wilden Horde niemals zu viele Wahlmöglichkeiten lassen.

»Wer will Zimt und Zucker?«

Acht Hände flogen hoch.

»Wer will Nutella?«

Zehn Hände flogen hoch.

»Und wer will Banane mit Nutella?«

Zwölf Hände reckten sich ihr entgegen.

»Du hast dich zweimal gemeldet.« Sie zeigte auf einen Jungen mit längeren Haaren. »Zucker *oder* Nutella?«

Er überlegte, konnte sich aber nicht entscheiden.

»Du nimmst Zucker, sonst ist deine weiße Jacke gleich ganz versaut«, entschied Marlies für ihn. Sie lief hinter die Theke. »Neunmal Zucker, neunmal Nutella und zwölfmal Banane!«, rief sie dem Chef zu, der verwundert zusah, wie sie sich eine Schürze umband und sich dann die Hände wusch.

»Messer. Bananen!«, verlangte sie knapp.

Er grinste, zeigte auf eine Plastikbox und reichte ihr ein Messer.

Jens wusste nicht, wohin er fuhr. Er hatte sich mit seiner schwangeren Frau gestritten und war einfach in seinen Wagen gestiegen und losgefahren. Er war nicht stolz darauf, dass er einfach weggelaufen war. Es war nicht gut, sie in ihrem Zustand in Aufregung zu versetzen, aber er war eben auch nur ein Mensch.

Er konnte einfach nicht über das Baby reden. Ja, er wurde Vater, aber deshalb war nicht plötzlich alles gut.

Ihr Seitensprung hatte ihn schockiert. Er hatte fest daran geglaubt, dass ihre Beziehung alles gut wegstecken würde: sein Jahr in Afrika, ihre langen Arbeitszeiten. Gemeinsam und doch frei – so hatten sie leben wollen, sich nicht wie viele andere Haus, Kinder und einen Hund ans Bein binden.

Und dann wird sie schwanger, von einem anderen Mann.

Er folgte der Autobahn nach Norden, und mit jedem Kilometer, den er hinter sich brachte, fühlte er sich gleichzeitig besser und schlechter.

Unbewusst war er in seine Heimatstadt gefahren. Er fuhr am Haus seiner Eltern vorbei, die wie so oft gerade verreist waren, und dann sinnlos weiter durch die Straßen, bis er an einem Café vorbeikam. Er parkte spontan. Entweder war es das einzige Café weit und breit oder ein ziemlich gutes. Der Laden war richtig voll.

Er setzte sich zu einem älteren Herrn an den Tisch, der ihn interessiert musterte und ihm dann den Käsekuchen empfahl.

»Kranz, mein Name«, stellte sich sein Tischnachbar knapp vor und fragte dann: »Ärger zu Hause oder auf der Arbeit?«

»Zu Hause«, sagte Jens nach kurzem Zögern. Es war ihm unangenehm, dass ein Fremder ihm seine Gefühle ansehen konnte.

Herr Kranz nickte und stellte keine weiteren Fragen.

Der Käsekuchen kam und schmolz Jens auf der Zunge. Es war eigentlich viel zu spät für Kuchen, nach 18 Uhr schon, aber das schien hier niemanden zu stören. Der Kellner lief gerade wieder mit vier Stücken an ihm vorbei und verteilte sie an einem Tisch am Fenster. Ein Stück Kuchen zum Abendessen war genau das, was er jetzt brauchte.

»Sind es unüberwindbare Differenzen, oder liegt ein Alltagsstreit vor?«, fragte Hartmut Kranz, um das Problem analytisch einzugrenzen. In letzter Zeit hatte er sich viel mehr für die Menschen in seiner Umgebung interessiert. Es war wie von selbst passiert, und er fühlte sich wohl mit dieser neuen Nähe. Dieser Mann sah aus, als könnte er Hilfe brauchen.

Jens war die Frage unangenehm. Was wollte der Mann von ihm? Er beschloss, ihn mit der Wahrheit abzuschrecken. »Meine Frau bekommt ein Kind von einem anderen Mann.« Er knallte den Satz auf den Tisch, als würde er beim Kartenspielen einen Trumpf ausspielen.

Sein Gegenüber reagierte völlig unerwartet. Er war weder schockiert noch betroffen. »Und?«, fragte er leichthin.

Jens stach aufgebracht ein Stück von seinem Kuchen ab. Er wusste vor Empörung gar nicht, was er auf diese dumme Frage erwidern sollte. »Das ist nicht schön!«, sagte er schließlich.

»Ist das Baby gesund?«, fragte Herr Kranz.

Jens musste an die drohende Frühgeburt denken. Momentan waren Sarah und das Baby außer Gefahr. Er nickte.

»Und möchte Ihre Frau das Kind mit Ihnen gemeinsam großziehen?«

Wieder nickte er.

Herr Kranz stellte keine weiteren Fragen. Er sagte vorerst überhaupt nichts mehr und ließ Jens nachdenken.

Das Baby war gesund, und Sarah wollte weiterhin mit ihm zusammen sein. Bevor sie sich gestritten hatten, hatte sie über konkrete Entscheidungen sprechen wollen, darüber, wie sie alles regeln sollten, wenn das Kind auf der Welt war. Jens unterdrückte ein Seufzen. Ob er nun wollte oder nicht: Es war ihm offenbar bestimmt, Vater zu werden.

Halt, das stimmt nicht ganz, unterbrach er sich. Er konnte sich entscheiden: Sarah und das Kind – oder ein Leben ohne die beiden.

Wenn er sich für Sarah und das Kind entschied, musste er auch voll und ganz zu dieser Entscheidung stehen.

Jens sah zu, wie der Kellner die leeren Kuchenteller auf sämtlichen Tischen abräumte. Menschen kamen und gingen. Alles veränderte sich. Nichts blieb, wie es war.

»Viel Glück«, sagte der seltsame Mann an seinem Tisch und stand auf.

Als er weg war, entdecke Jens den Glückscent, den er auf dem Tisch hatte liegen lassen. Jens steckte ihn ein und hatte es eilig zu zahlen. Eine kleine Familie wartete auf ihn.

Club der Engel

Die Idee, gemeinsam Ostern zu feiern, kam ziemlich spontan zustande. Marlies' Kinder waren dieses Jahr alle auf Reisen, und Cornelia konnte sich sowieso nicht vorstellen, Ostern nicht im neuen Haus mit Marlies, Pit und Hannes zu feiern. Es lag einfach nahe, auch noch Gitta und Michael einzuladen, die sowieso bald auf die Insel kommen wollten.

Gemeinsam bereiteten Cornelia und Marlies alles vor. Sie kauften einen Osterstrauch und schmückten ihn. Cornelia kaufte außerdem weiße Geschenkbänder und machte an jeden dritten Zweig eine weiße Schleife. »Mädchenosterstrauch«, würde Pit ihn später nennen.

Marlies machte das Gästezimmer zurecht und legte kleine Schokoladeneier auf die Kopfkissen. Sie genoss es sehr, in ihrem neuen Haus Besuch zu bekommen. Gitta hatte angekündigt, eine Überraschung mitzubringen. Conny und Marlies waren davon ausgegangen, dass sie damit etwas Essbares meinte. Sie hatten zwar selbst Berge von Lebensmitteln eingekauft, aber Gitta war dafür bekannt, dass sie immer alle um sie herum mit Essen versorgte.

Sie täuschten sich. Gitta hatte überhaupt nichts Essbares mit, als sie kam. Nur Hundefutter. Ihre Überraschung entpuppte sich als ein kleiner fluffiger Fellball, der fröhlich hüpfend um alle herumsauste, sobald Gitta ihn aus dem Auto ließ.

»Du hast einen Hund?« Marlies konnte es nicht glauben.

»*Wir* haben einen Hund!«, erklärte Michael stolz und schleppte ein Körbchen, Näpfe und eine Menge anderer Hundeutensilien ins Haus.

Cornelia bückte sich, um den Hund, der aussah wie ein kleiner Bär, zu streicheln. »Der ist ja süß! Wie heißt er denn?«

»Das ist Ulla.« Gitta schnappte sich das Tier und nahm es auf den Arm. Sofort leckte der Hund ihr über das Gesicht.

»Ulla?« Marlies zog die Augenbrauen hoch. Das war doch kein richtiger Hundename!

»Ulla bedeutet ›kleiner Bär‹, und so sieht sie doch aus, findet ihr nicht?«, fragte Gitta und küsste Ulla auf ihr plüschiges Fell.

»Ich hab dir das Hundehandtuch in den Eingang gelegt, für ihre Pfoten«, rief Michael ihr zu und schleppte jetzt ihr eigenes Gepäck ins Haus.

»Ich geh schnell noch eine Runde mit ihr«, sagte Gitta. Die Leine wurde gesucht und gefunden, dann rangelten Michael und Gitta miteinander, wer jetzt mit dem Hund gehen durfte, und einigten sich schließlich darauf, dass sie zusammen gingen. »Wir sind gleich wieder da«, flötete Gitta.

Marlies, Conny und Pit gingen allein zurück ins Haus.

»Die spinnen doch«, sprach Pit aus, was alle dachten. Sie lachten und stiegen über den Berg an Gepäck, der größtenteils aus Hundekram bestand.

Ulla brachte eine Menge Trubel ins Haus. Sie war erst vier Monate alt und liebte es, Papier zu zerfetzen. Marlies' Altpapierkiste hatte sie binnen kürzester Zeit entdeckt und in einem unbeobachteten Moment erledigt. Sie brauchten alle zusammen eine halbe Stunde, um alle Papierfetzen aufzusammeln, während Ulla sich erschöpft auf dem Boden zusammenrollte und einschlief.

»Sie ist schlimmer als ein Kleinkind!«, schimpfte Marlies, als sie wieder einmal eine ihrer Socken aus dem kleinen Maul zog. Wenig später streichelte sie Ullas weiches Fell unter dem Tisch wieder mit ihren Zehenspitzen.

Der Fellball hatte nicht lange gebraucht, um sich bei allen in die Herzen zu schleichen. Keiner konnte ihr widerstehen, wenn sie mit Hundeblick vor einem saß und mit einem Pfötchen sanft stupste, damit man sie auf den Schoß nahm und streichelte. Marlies, Pit, Cornelia und sogar Hannes verstanden bald, warum

Gitta und Michael bis über beide Ohren in ihr neues Familienmitglied verliebt waren.

»Gitta ist ganz im Glück mit dem Hundchen«, sagte Marlies zu Michael, als beide in der Küche die Spülmaschine einräumten.

»Ich auch«, schmunzelte er. »Erst war ich nicht so begeistert von der Idee, aber jetzt können wir uns ein Leben ohne Ulla nicht mehr vorstellen. Und jetzt hat sie auch endlich jemanden, den sie bemuttern kann.« Er zeigte grinsend auf Gitta, die das schlafende Tier im Flur sanft mit einer Decke zudeckte.

»Was denn? Es ist kühl im Flur!«, verteidigte sie sich, als sie in Marlies' und Michaels grinsende Gesichter sah.

»Ich versteh dich!«, kam Conny ihr zu Hilfe. »Ich möchte sie am liebsten den ganzen Tag rumtragen.«

»Ihr spinnt doch!«, sagte die Dreifachmutter kopfschüttelnd. Es musste ja keiner wissen, dass sie dem kleinen Fell alle paar Stunden frisches Wasser hinstellte, damit es kein abgestandenes Wasser trinken musste.

Am Ostersonntag bereiteten alle zusammen das Essen vor. Die kleine Küche war vollgestopft mit Menschen, die sich gegenseitig auf die Füße traten und mit eng an den Körper gepressten Armen nebeneinander Gemüse schnippelten. Als sich Ulla mit ihren vier Pfoten auch noch dazuquetschte, war das Chaos perfekt.

Hannes sparte schließlich Platz, indem er sich von hinten an Cornelia schmiegte, um sie beim Tomatenschneiden mental zu unterstützen, wie er behauptete.

Pit versuchte dasselbe bei Marlies. Sie aber fand das albern und fühlte sich außerdem eingeengt.

Gitta wollte unbedingt mit dem Auto in die Kirche fahren, damit Ulla nicht so lange allein bleiben musste.

»Nimm sie doch einfach mit«, schlug Pit vor.

»Ich kann doch einen Hund nicht mit in die Kirche nehmen.«

»Vielleicht doch.« Conny kramte in einer noch unausgepackten

Umzugskiste. Sie zog eine große Strandtasche hervor, die sich mit einem Stoffband verschließen ließ. »Du setzt sie einfach hier rein!«

»Und dann?«, fragte Gitta verständnislos.

»Dann machst du den Stoff oben zu, und keiner sieht sie.«

»Und wie bekommt sie dann Luft?«

Cornelia zeigte auf das Blumenmuster der Tasche, das aus vielen kleinen Löchern bestand.

Gitta hängte sich die Tasche probeweise über den Arm. »Aber wie schaffe ich es, dass sie auch in der Tasche bleibt?«

Jetzt wusste Marlies Rat: »Das funktioniert wie bei einem kleinen Kind: Erst spielen wir sie müde, dann kommt sie in die Tasche, und in der Dunkelheit und bei dem Geschaukel, wenn du sie trägst, schläft sie ein. Ganz einfach.«

»Ganz einfach«, wiederholte Gitta nachdenklich.

Michael fand die Idee auch gut, und so verbrachten die beiden die Zeit, in der sie sich eigentlich für die Kirche schön gemacht hätten, mit wilden Ballspielen auf dem Wohnzimmerteppich.

Conny kam auch nicht wirklich dazu, Lippenstift aufzutragen. Kaum waren die beiden oben im Zimmer, zog Hannes sie auf ihr Bett und küsste sie. Es war immer noch aufregend, ihn zu küssen. Sie liebte seinen Dreitagebart und die Art, wie er sie festhielt. Fest und trotzdem so, als wäre sie eine Kostbarkeit, auf die man ganz besonders achten musste.

»Ich kann es immer noch nicht glauben, dass du hierbleibst«, murmelte er in ihre Haare.

»Warum nicht?«, fragte sie und küsste ihn wieder, was seine Antwort etwas verzögerte.

»Als du mir damals gesagt hast, dass du das Jobangebot hast, dachte ich: ›Das war klar, es wäre viel zu schön gewesen, wenn das mit uns einfach klappen würde.‹ Ich hatte nicht wirklich viele Freundinnen in meinem Leben«, sagte er und schaute sie an.

»Ich hatte auch nicht besonders viele Freunde in meinem Leben, Hannes.«

»Ich hatte, ehrlich gesagt, keine einzige Freundin in meinem Leben«, flüsterte Hannes.

»Und ich keinen einzigen Freund«, flüsterte Cornelia zurück. Es war das erste Mal, dass sie das jemandem anvertraute.

»Wir haben uns füreinander aufgehoben«, flüsterte Hannes.

»Ja, das haben wir«, wisperte Cornelia.

In diesem Moment klopfte es laut an ihre Zimmertür, und Marlies rief von draußen: »Bist du fertig? Wir müssen los!«

Conny stand blitzschnell auf und friemelte sich eine Spange in die wild abstehenden Haare.

»Komme!«, rief sie durch die geschlossene Tür.

Ulla kam den ersten Teil des Weges noch an der Leine mit und wurde dann von Gitta auf eine kuschelige Decke in die Strandtasche gebettet. Sie hatte ihr auch ein blaues Tuch um den Hals gebunden, damit wenigstens der Hund für das Fest angemessen gekleidet war.

»Sie streckt dauernd ihren Kopf aus der Tasche«, jammerte sie, als sie ein paar Meter so gegangen war.

»Warte ab, die schläft schon noch ein«, sagte Marlies zuversichtlich. Und sie behielt recht.

In der Kirche war es so voll, dass sie hinten stehen mussten. Gitta stellte die Tasche ganz vorsichtig auf dem Boden ab. Ulla schlief zusammengerollt weiter. Sie lockerte die Kordel ein bisschen, damit sie genug Luft bekam. Man sah hier hinten nicht viel vom Chor, aber die Lieder sangen sie alle mit und genossen es.

Es war eine feierliche Stimmung.

Die Paare hielten sich an den Händen, während die drei Frauen, jede still und heimlich für sich, ein kleines Gebet an ihren Engel und seinen Chef schickten.

Auch Hannes schickte ein Dankesgebet nach oben und musste sich heimlich ein paar Tränen aus den Augenwinkeln wischen.

»Ulla ist weg«, zischte es plötzlich panisch in die österliche Rührseligkeit.

»Wie denn? Die Tasche ist doch oben zugebunden?« Michael öffnete die gelockerte Kordel. Der kleine Hund war offensichtlich wie Houdini aus seinem Gefängnis entkommen und hatte sich weggeschlichen, ohne dass es jemand bemerkt hatte.

Weit und breit kein Fellball.

»Ihr geht links rum, wir rechts!«, raunte Gitta den anderen zu. Keiner wusste so recht, wer »ihr« und »wir« war, aber alle setzten sich so unauffällig wie möglich in Bewegung.

Marlies linste zwischen die Bankreihen. Die Kirche war rappelvoll. Ein kleiner Hund konnte sich hier überall gut verstecken, und keiner würde mit ihm rechnen. So war die Gefahr groß, dass ein Gottesdienstbesucher versehentlich auf ihn trat, wenn gleich alle aus der Kirche strömten. Sie mussten Ulla vorher finden.

Der Segen wurde gesprochen und die Ankündigungen auf die folgenden Gottesdienste. Das letzte Lied wurde angestimmt.

Gitta hatte denselben Gedanken wie Marlies und sah sich hektisch um. Sie musste ihr Hundchen unbedingt vor dem Ende des Gottesdienstes finden.

Conny und Hannes hatten eine Sackgasse gewählt. Sie steckten fest. Vor ihnen stand eine Menschenwand, durch sie nicht ohne grobes Schubsen und Drängeln kommen konnten. Sie gaben auf und lehnten sich an die gemauerte Steinwand der Kirche, dicht neben eine Wendeltreppe. Sehen konnten sie beinahe nichts, aber sie hörten, wie die Gemeinde weitersang.

Hannes Walther war kein spontaner Mann. Er brauchte für die meisten Entscheidungen in seinem Leben länger als andere. Was er Cornelia ins Ohr flüsterte, kam für ihn genauso überraschend wie für sie.

Sie starrte ihn mit großen Augen an. »Hast du mir gerade einen Heiratsantrag gemacht?«

Er wusste nicht, was er sagen sollte. Es wäre vielleicht vernünftig gewesen, das Ganze als Scherz abzutun, es abzumildern, zu beschwichtigen, zu sagen, dass sie sich noch Zeit lassen sollten, aber er wollte nicht. Sein Herz hatte gesprochen, ohne den Kopf einzuschalten, und es hatte recht.

Er ging auf die Knie. Cornelia hielt sich die Hände vor den Mund.

»Cornelia Berger, willst du meine Frau werden?«, fragte er nach oben.

Die Gemeinde sang: »Froh, froh, frohhhh!« Keiner bemerkte, dass Cornelia wild mit dem Kopf nickte und in Tränen ausbrach. Keiner, außer einem Mann auf der Empore, Rainer Elpenhorst, der durch eine Eingebung ausgerechnet jetzt in die dunkle Ecke hinter der Wendeltreppe blickte. Er lächelte und konnte lange nicht damit aufhören.

Mitten im Refrain entdeckte Gitta die kleine Ulla, die in aller Ruhe auf den singenden Pfarrer zulief und an seiner Robe schnüffelte.

Sie stürzte nach vorne und schnappte sich das Tier gerade in dem Moment, als die Gemeinde das Lied beendet hatte. Alle starrten sie an, wie sie mit dem plüschigen Fell neben dem Pfarrer stand.

»Entschuldigung«, sagte sie ins Mikrofon. »Der Hase hier ist entwischt!«

Die Gemeinde lachte dröhnend. Sogar der Pfarrer musste schmunzeln.

»Frohe Ostern«, sagte Gitta und verschwand, so schnell sie konnte, mit Ulla auf dem Arm aus der Kirche.

Der Abend hätte schöner nicht sein können. Es wurde ausgiebig geschlemmt, gelacht und geküsst.

In einem unbeobachteten Moment klaute Hannes Anhänger

vom Osterstrauch und stülpte Conny den Ring, an dem er befestigt war, über den Finger.

Conny schaute glücklich auf den Metallring, als wäre er mit dicken Diamanten besetzt, und schloss die Finger um den kleinen Engel, der noch daran hing.

Es wurde getrunken und gelacht und am Ende sogar noch getanzt. Die Männer zogen sich nach und nach müde vom Tag zurück, und die Frauen blieben allein neben dem Kamin sitzen.

»Wie wäre es mit einem Nachtspaziergang? Ulla muss sowieso noch mal raus. Kommt ihr mit?«, fragte Gitta irgendwann.

Sie packten sich warm ein, alle hatten ihre Sylt-Mützen auf dem Kopf, als sie hinaus in die Kälte traten. Eine Weile gingen sie schweigend nebeneinanderher.

»Habt ihr in letzter Zeit von unserem Engel Besuch gehabt?«

Alle schüttelten den Kopf.

»Bei mir war er vor ein paar Wochen das letzte Mal.« Gitta erzählte, wie der Engel sie geweckt hatte, damit sie auf die Idee kam, sich einen Hund anzuschaffen.

»Das hat er alles schon sehr geschickt eingefädelt, der Gute«, meinte Marlies und zog sich den Schal enger um den Hals. Sie liefen in Richtung Meer. Der Wind zerzauste Ullas Fell. »Ich habe übrigens einen Job in der Strandbar!«, erzählte sie stolz.

Gitta und Conny umarmten sie mit kalten Wangen.

»Das ist ja super, wie hast du das angestellt?«

Marlies erzählte und erntete viel Lachen und Ohs und Ahs.

»Und du findest sicher auch noch einen Job auf der Insel«, machte Gitta Cornelia Mut.

Sie lächelte dazu nur. Eigentlich hatte sie noch nicht mit ihrer Nachricht rausrücken wollen, aber als sie jetzt am menschenleeren Ufer entlangliefen, Wolken und Sterne über ihnen, konnte sie nicht anders: »Ich habe mich heute verlobt.«

Es dauerte eine Weile, bis sich alle wieder beruhigt hatten. Das Meer plätscherte auf dieser Seite der Insel nur sanft ans schilfige

Ufer. Der Mond kämpfte sich aus dem Wolken und spiegelte sich dramatisch schön im ruhigen Wasser. Die drei Frauen standen Arm in Arm da und sahen ihm dabei zu.

»Keine von uns hat bekommen, was sie sich einmal gewünscht hat«, stellte Cornelia fest.

Das stimmte. Marlies' Frank war immer noch mit Nadine zusammen, auf den großen Bühnen sang nicht Cornelia, sondern Liz, und das Baby bekam nicht Gitta, sondern Sarah.

»Trotzdem hat sich alles wunderbar gefügt.« Gitta sah die beiden Freundinnen an. Sie nickten und legten ihre Hände übereinander.

»Club der Engel«, flüsterte Marlies.

»Für immer …«, sagte Conny.

»… und ewig«, vervollständigte Gitta.

Der Regen setzte so plötzlich ein, als hätte jemand einen Schalter umgelegt. Der Mond rettete sich schnell hinter die Wolken, und die drei traten den Rückweg an, so schnell sie konnten.

An der Straße hielt glücklicherweise ein Auto an und bot an, sie mitzunehmen. Die drei Frauen nahmen an und quetschten sich vergnügt auf die Rückbank. Allen stockte der Atem, als sie im Rückspiegel das Gesicht des Fahrers erkannten.

Conny sah den Gärtner, dessen Blumenzwiebeln sie in die Dünen geworfen hatte.

Marlies meinte den jungen Mann von der Raststätte erkannt zu haben, der wegen ihrer Beschwerde gefeuert wurde.

Gitta war sicher, es war der Mann aus dem Zug, dem sie auf der Hinfahrt den Platz weggenommen hatte.

Wer auch immer es war – er sagte kein Wort und fuhr den Club der Engel sicher, wie ein Schutzengel, im rauschenden Regen nach Hause.

Epilog

»Chef?

Ja, natürlich, der Auftrag ist abgeschlossen. War tatsächlich keine leichte Aufgabe.

Ja, ein bisschen musste ich nachhelfen. Ich hoffe, das war in Ihrem Sinn?

Ja, es war eben ein bisschen mehr nötig, als nur die Tür aufzumachen.

Okay.

Ich weiß, dass enger Kontakt mit den Klienten nicht erlaubt ist. Es war auch nur *eine* Nacht bei Marlies. Es erschien mir nötig, wissen Sie?

Ja, der Kakao. Ich weiß, auch verboten. Normalerweise. Aber sagen Sie nicht immer, wir sollen unserem Herzen folgen?

Man muss wissen, wann man die Regeln brechen soll, da haben Sie recht!

Gut. Ich bin froh, dass Sie das auch so sehen.

Alle drei sind auf dem richtigen Weg jetzt, selbstverständlich, und ein paar andere, die den Weg kreuzten, auch …

Danke, vielen Dank, Ihr Lob bedeutet mir sehr viel.

Na logisch, Chef! Ich behalte sie sehr gern im Auge, die Neuen. Ist doch Ehrensache, also Engelsache.

Urlaub? Nein, wissen Sie, ich würde lieber direkt den nächsten Auftrag annehmen.

Ja, ich bin sicher.

Aha. Ja. Interessant.

Die Person hat also gerade ein Buch über einen Engel gelesen?

Na, das sollte dann ja schnell erledigt sein.

Ich mache mich gleich auf den Weg.«

Dank an:

- Meine Freundin Hilo, die mich in vielen Telefongesprächen zu einigen Weisheiten hier im Buch inspiriert hat.
- Meinen Mann, der ein sehr gutes Vorbild für Gittas Michael abgab.
- Meine Mama, von der der schöne Ausdruck »aus den Schluffen kommen« stammt.
- Meinen Agenten, der zwar nicht unbedingt an Engel glaubt, aber einer ist.
- Meine Lektorin, die nicht nur Hunderte von Kommata setzte, sondern auch mit Leidenschaft in die Geschichte eintauchte.
- Euch Leserinnen und Leser, dass ihr Gitta, Marlies und Cornelia bis zur letzten Seite begleitet habt. Falls ihr Mrs. Winterbottom seht, sagt mir Bescheid!

Endlose Strände, einsame Dünen und eine große, leidenschaftliche Liebe

Marie Merburg
OSTSEEFUNKELN
Roman
DEU
ISBN 978-3-404-18365-4

Laura gilt als pflichtbewusst und karriereorientiert. Doch als sie in einem Hotel auf Rügen ihren Verlobten im Bett mit ihrer Freundin erwischt, knallen bei ihr die Sicherungen durch. Nach einer Nacht auf dem Polizeirevier flüchtet sie sich zu ihrer Tante Gerti, um dort zur Ruhe zu kommen. Diese wird jedoch gründlich durch die Hunde des Nachbarn gestört. Für Anwältin Laura juristisch ein klarer Fall – doch dummerweise gibt es etwas, das sie unbedingt von dem nervigen Nachbarn haben möchte ...

Was braucht die Liebe, um zu bleiben?

Sarah Fischer
ZEILEN ANS MEER
Roman
DEU
ISBN 978-3-404-18351-7

Der Australier Sam findet auf seiner Joggingrunde eine Flaschenpost. Die hat vor über fünfzehn Jahren die junge Deutsche Lena am Ende ihres Work & Travel-Jahres ins Meer geworfen, darin ein Brief mit ihren Wünschen und Träumen für die Zukunft.
Er schreibt ihr, ohne mit einer Antwort zu rechnen. Doch Lena bedankt sich beim Finder, und es beginnt eine Freundschaft, die sich mit jedem Brief vertieft. Bis die Liebe ins Spiel kommt. Doch kann man sich in einen Menschen verlieben, den man noch nie gesehen oder gesprochen hat? Dem man sich nah fühlt, obwohl er so weit weg ist?

Lübbe